박종희의 행복일기

# 다시 일어나 희망을 쏘다

박종희의 행복일기

# 다시 일어나 희망을 쏘다

초 판 1쇄 펴낸날  2015년 12월 17일
개정판 1쇄 펴낸날  2018년 2월 28일

지은이  박종희

펴낸이  최윤정
펴낸곳  도서출판 나무와숲 | 등록  2001-000095
주  소  서울특별시 송파구 올림픽로 336 1704호(방이동, 대우유토피아빌딩)
전  화  02)3474-1114 | 팩스  02)3474-1113 | e-mail : namuwasup@namuwasup.com

ISBN  978-89-93632-52-1   03810

박종희의 행복일기

# 다시 일어나 희망을 쏘다

# 차 례

책을 내면서  9


## 제1부  시련은 나를 단련하는 하느님의 축복

부끄러운 패배  15

5년여 만의 여의도 복귀  22

장안구 당협위원장으로 돌아오다  32

선거법 위반, 시련의 문턱에 서다  40

차라리 출마하지 않았더라면  47

선산을 지키는 굽은 나무가 되겠습니다  54

의원 배지 떼고 행복한 생활인으로  61

쳐다보기도 싫은 선거지만 어쩌랴  70


## 제2부  꿈을 향한 거침없는 도전

늘 힘이 되는 사랑하는 나의 가족  85

세상에! 암과 친구가 되다니  92

숨이 턱에 차도록 나는 왜 달리는가  101

무모한 도전, 맨몸뚱어리로 치른 첫 선거  111

세상과 맞선 겁 없는 청춘 116

세상을 바꾸자, 특종기자 박종희 121

줄 없는 초선의원 노른자위 당직을 독식하다 127

풍비박산난 한나라당의 '주말 당수' 133

제3부

지금 바꾸지 않으면 뒤처진다

세상을 바꾸려면 교육부터 바꿔라 147

청년은 대한민국의 미래다 154

금수저와 흙수저 159

일하는 여성정책으로 인구절벽을 극복한다 166

너도나도 치킨집, 자영업의 위기 171

장애는 결코 남의 일이 아니다 178

노인老人이 아니라 노인努人이라오 183

코앞에 닥쳐 온 통일, 서둘러도 늦는다 191

매맞는 공권력, 만신창이 된 법치주의 198

결과에 깨끗이 승복해야 진정한 선진국 203

제4부     첫 마음으로 다시 출발선에 서다

민심의 바다에서 세상의 변화를 읽어라 211
&lt;복면가왕&gt;에서 읽는 정치판 226
술독에 빠진 정치 233
국회의원이 뭐라고 특권 누리나 239
살아온 기적, 살아갈 기적 246
정조대왕에게서 민생을 배운다 252
그 많던 수원의 명문고는 다 어디로 갔을까 257
균형 잃은 도시, 새 리더십이 답이다 262
내 영원한 꿈은 사회개혁가 268


글을 마치며 : 다시 일어나 희망을 쏘다 277

# 책을 내면서

"뭐라구? 네가 도지사를?" "흐음… 중앙언론 도청 출입기자에 두 번의 국회의원까지… 자격은 충분하네…."

내가 도지사 출마를 준비하고 있다며 주변 분들께 상의하자, 딱 두 부류로 갈렸다.

도지사 하면 바로 대권으로 직행할 수 있다고 생각한 분들은 현역 국회의원도 아닌 내가 서울 면적의 17배나 되고 국회의원이 60명이나 되는 경기도의 도백 자리를 노리고 있다고 하자, 대놓고 "네가 도지사감은 아니야"라고 말은 못 하면서 다시 한 번 생각해 보라고 만류한다.

반면에 기자 시절 기사 욕심이 많아 두 달여쯤 특종 기사를 못 쓰면 몸살이 나는 나를 지켜본 이들과 국회의원 시절 권력형 비리를 고발하고 서민 생활을 옥죄는 각종 법안을 발의하던 나를 아는 분들은

'타고난 도지사감'이라고 용기를 준다.

어쨌든 감투나 자리 욕심은 별로 없기 때문에 이번 지방선거에서 내가 맡은 당협위원장 역할이나 하려고 마음먹었었다. 그러나 현직인 남경필 지사에 대한 교체지수가 너무 높아 경기도 지방선거의 얼굴격인 도지사감이 없을까 찾아다니다가 결국 내가 나서게 됐다. 운명이면 물러설 생각이 없다는 결연함까지 엄습한다.

어떻게 생각해 보면 내 인생은 경기도지사를 위한 준비 기간이 아니었나 싶다.

포천 시골에서 농사꾼의 아들이 고교 시절 수원에 유학 와서 라면을 끓여 먹으며 대학까지 졸업하고 지방지 기자 생활을 하게 된다. 편집 취재기자를 거쳐 동아일보에 스카우트되고 8년간 경기도청·경찰청·교육청·법원·검찰 등 31개 시·군의 사건·사고·행정 등 사회부 기자로 일하게 된다.

2000년 16대 총선 당시 한나라당의 개혁 공천 바람에 면접도 보지 않고 공천을 받아 두 달간 선거운동을 벌여 화려하게 여의도에 입성하고 초선으로서 대변인·대표비서실장 같은 굵직굵직한 당직을 무난하게 해냈다. 그 후 두 번의 국회의원 낙선, 5년의 정치 휴지기 동안 세상 돌아가는 이치와 정치 공부를 하게 되고 원외로서 당 사무부총장과 대한민국의 인재를 일별할 수 있는 공천관리위원까지 역임했다.

사실 나보다 경기도를 잘 아는 사람은 없다. 우선 가장 일하기 좋은 50대 후반으로, 가난과 불균형 개발에 차라리 분도를 해달라고 절규하는 경기 북부 태생이고, 경기도 중심지로 용인·화성과 함께 정서가 비슷한 300만이 거주하는 수원에서 고교를 졸업했다.

수도권 5개 신도시 건설, 화성 연쇄살인사건, 여주 아가동산 사건, 씨랜드 화재, 서해대교 붕괴, 경기 북부 수해, 아산만 개발, 삼성전자 단지 개발, 판교 테크노밸리 건설 등 각종 사건·사고와 건설 현장을 발로 뛰며 취재했다.

경기도청 출입기자로 관선 지사 세 명과 이인제 지사부터 임창렬 지사까지 민선 지사를 가까이 보면서 그들의 정책을 비판하는 기사를 참 많이 썼다.

그리고 손학규·김문수·남경필 지사는 내가 대변인으로, 캠프 총괄로 선거를 진두지휘했다. 특히 남지사 캠프 총괄로서 경제부총리에 3선 의원인 민주당 김진표 후보를 2만여 표 차이로 이긴 것은 지금도 자랑스럽게 이야기할 수 있다.

지사 당선 후에는 도정인수위원회에 들어가 도정 브리핑을 받으며 공약을 어떻게 실천할 수 있을지 현안 정책으로 자리매김하는 과정도 체득했다. 옆에서 보고 체험하고, 또 밖에서 여론을 듣는 그야말로 도지사 예행 연습을 3D로 한 것이다.

자유한국당의 여건이 좋으면 현역 의원들이 너도나도 출마하겠다고 줄을 서 내게 도지사 출마 기회가 주어졌을까?

포천의 대정치 선배이신 이한동 전 총리, 손학규·김문수 전 지사 등과 직접 만나서 혹은 전화로 도지사 출마 포부를 밝히자, 내게 해준 격려도 큰 힘이 됐다.

"박 의원! 누구보다 잘 해낼 수 있어. 잘 준비해 봐."

누구보다도 잘할 자신이 있어서, 정쟁 없이 도민의 삶만을 보살피기 위해서, 국가 백년대계를 포퓰리즘과 부패로 망치지 않기 위해, 미래세대의 행복을 위해 내 한 몸 던지기로 결심했다.

발로 뛰는 현장 도지사! 서민의 눈물을 닦아 주는 서민 도지사! 누구에게도 귀기울이는 경청 도지사! 반대의 목소리도 설득하고 함께 끌고 가는 소통 도지사! 대권병에 함몰되지 않고 오직 경기도민의 민생만을 챙기는 살림 도지사! ….

이런 간절한 소망이 경기도에서, 과연 박종희에게 이뤄질 것인가.

혼자 꾸는 꿈은 단지 꿈에 불과하지만 함께 꾸는 꿈은 현실이 된다. 매일 아침 운동화끈을 묶으며 마치 주문을 걸 듯 기도문 한 구절을 읊조리곤 한다.

> Mea culpa, mea culpa, mea maxima culpa
> (메아 쿨파, 메아 쿨파, 메아 막시마 쿨파
> 내 탓이오, 내 탓이오, 내 큰 탓이로소이다)

2018년 2월
박종희

-------

# 제1부

# 시련은

# 나를 단련하는

# 하느님의 축복

-------

산을 오를 때는 주변의 꽃이나 나무도
보이지 않고, 심지어 어디쯤 오르는지
도 알지 못한다. 땀을 닦고 숨을 고르려
고 잠시 쉬었을 때 비로소 주위가 보이
고, 내가 가야 할 길도 보이는 법이다.

# 부끄러운 패배

낙선은 상상도 못 했던 2016년 4월 13일 제20대 총선에서 떨어지고 난 뒤 망연자실했다. 더구나 엉망이 된 새누리당 공천과 공천관리위원으로 있었던 죄과를 단단히 치르느라 표 차이도 많아 충격이 더 컸다.

당의 사무부총장을 맡아 거의 매일 서울로 출근하면서 지역구 관리에 소홀할 수밖에 없었고, 정치공백 5년여 만에 치르는 선거 등 여러 가지 악재가 겹쳤다.

내 정치인생에서 가장 아픔으로 남을 공천관리위원으로 들어간 것부터가 잘못이었다. 사무부총장도 그해 2월 초 총선 체제 출범과 함께 내놓을 생각이었는데 계파 간 공천관리위원 선임에 대해 합의가 안 되자 내게 일언반구 상의도 없이 공천관리위원으로 발표해 버린 것이다.

공천관리위원은 당 내외 인사 10여 명으로 구성되는데, 당시에는 이한구 위원장을 청와대에서 지명해 내려보내 김무성 당대표는 이를 추인할 수밖에 없었다. 황진하 사무총장과 홍문표 제1부총장과 2부총장인 나, 그리고 김회선 의원(서초을)까지 5명이 당내 인사로, 역시 청와대에서 낙점한 친여 시민단체 중심의 외부 위원 6명이 당외 인사로 공천관리위원회가 구성됐다.

그렇다 보니 2월부터 3월 20일까지 선거운동을 해야 할 금쪽같은 시간을 공관위에 할애할 수밖에 없었다. 당시만 해도 새누리당이 180석을 석권하느니 마느니 하며 당은 총선 승리를 기정사실화했다. 3월 초까지만 해도 상대인 이찬열 후보(민주)와 10% 이상 차이가 나는 여론조사도 여럿 있었기 때문에 좀 방심한 것도 사실이었다. 이처럼 공천 업무에 많은 시간을 빼앗긴 탓에 선거운동은 집사람과 딸 하영이에게 맡기다시피 했다.

그러나 서울 은평·송파, 대구 공천에 대한 청와대의 찍어누르기에 불만이 폭발한 김무성 대표가 당대표 직인을 찍지 않고 지역구로 내려가 버린 이른바 '옥쇄 파동'으로 치달으면서 선거 판세가 요동쳤다.

공천 파동 전날 국회 앞 감자탕집에서 김무성 대표, 서청원 최고위원, 원유철 원내대표, 황진하 사무총장 등이 폭탄주를 돌리면서 갈등을 봉합하려 했으나 실패로 돌아갔다.

이 무렵부터 내가 이한구 위원장과 함께 공천자 명단을 발표하는 장면이 종편 등을 중심으로 하여 하루종일 보도되면서 지지율이 하루가 다르게 떨어지는 걸 직감할 수 있었다.

불안감이 엄습했다. 비례대표 공천 과정이 남았지만 서둘러 내 의견만 개진해 놓고 지역구에서 득표 활동에 매달렸지만 유승민 파동으로 이미 등을 돌린 유권자들의 마음을 사기에는 너무 늦었다. 방송 등에 나가 유승민 의원이 국회법 개정 파동으로 대통령에게 거부권을 행사하게 만들고 공무원연금 개혁을 하면서 야당에 너무 많은 것을 내주는 등 월권을 해서 미움을 샀다는 등 청와대 입장을 대변한 것도 내게 불리하게 작용했다.

진박 감별사 최경환을 비롯한 TK 지역 친박 의원들이 엎드려 절을 하며 국민에게 사죄하고, 나도 선거 캠페인을 하면서 공천 잡음에 대해 잘못된 일이라고 인사를 하고 다녔으나 멀어진 표심을 잡기에는 역부족이었다. 민심의 쓰나미는 준엄했다. 특히 수도권 도시 지역에서는 될 만한 후보도 모두 낙선했다. 다만 민주당 현역 의원이 공천을 못 받아 국민의당으로 갈아타면서 각각 30~35%를 나눠 가진 경우 새누리당 후보가 어부지리를 얻어 당선됐다. 참으로 정치는 '운7기3'이라는 말이 맞다는 것을 보여줬다.

아무튼 6년 만의 정치 복귀는 이렇게 처참하게 실패로 돌아갔다.

나는 선거 다음날 유세차를 타고 지역구를 순회하며 낙선 인사를 했고, 그 이튿날부터 5일간 지역구를 돌며 삼보일배를 했다.

'공천 실패, 총선 패배 제 탓입니다'라며 장안구의 재래시장을 중심으로 삼보일배를 하면서 속으로 뜨거운 눈물을 삼켰다. 축구 골키퍼가 차는 무릎보호대를 차고 두꺼운 실장갑을 끼었지만 무릎은 두 시간쯤 지나자 시퍼렇게 멍이 들면서 허물까지 벗겨졌고 차가운 땅바닥에 손은 꽁꽁 얼었다.

하루 삼보일배를 하고 나니 다음날 눈을 뜨기조차 싫었으나 장안구를 한 바퀴 돌 계획으로 시작했기 때문에 중간에 포기할 수 없었다. 당원과 지지자들이 나와서 격려를 해주며 부둥켜안고 울기도 했다. 삼보일배를 하다가 만난 여성 중년 당원들은 "박 위원장이 무슨 잘못이 있느냐"며 위로를 해줬지만 더 가혹하게 나를 학대하고 싶었다.

선거 캠페인 과정에서 "16·18대 국회의원으로 짝수 전문이어서 20대 국회에는 반드시 들어갈 것", "20대 국회에 진출하면 원내대표나 사무총장을 맡아 지역발전에 큰 기여를 할 것"이라고 큰소리를 쳤던 내 자신이 부끄러웠다.

험난한 여소야대 정국이 걱정도 됐지만 내 코가 석 자였다. 당장 먹고사는 문제가 급했고 매달 1천만 원가량 들어가지만 중앙당 지원은 한 푼도 없는 당협 운영도 허리띠를 졸라매야 했다.

9월 들어 심각해진 최순실 국정농단, 뒤이은 대통령 탄핵과 구속 등 내가 원외에서 속수무책으로 지켜봐야 할 정치 상황 때문에 하루하루가 멘붕 상태였다.

내가 캠프 총괄을 맡아 김진표 전 부총리와의 대결에서 2만여 표 차이로 당선시킨 남경필 경기도지사가 2016년 11월 중순, 내게는 한마디 상의도 없이 새누리당 1호 탈당으로 나갔다.

남 지사는 "생명이 다한 새누리당을 역사의 뒷자락으로 밀어내고자 한다"고 탈당했다가 1년여 만에 슬그머니 복당하면서 당원들에게 사과 한마디 하지 않았다. 철저히 자기중심적 사고로, 참 편하게 정치한다는 생각이 들었다.

탄핵 국면에서 지금도 두고두고 아쉬운 것은 20대 총선 원 구성

때 제1당이면서도 총선 민의라는 데 흘려서 국회의장을 민주당에 내준 일이다. 또 2016년 11월 27일 여야 원로들이 합의한 4월 대통령 하야, 6월 대선이 새누리당 의원들의 반란으로 지켜지지 않은 것이다. 그 이후 지금까지 이어지는 보수의 붕괴는 전적으로 두 가지 일에서 당의 이익을 따르지 않은 국회의원들의 책임이다.

보수진영에서는 이때의 뼈아픈 추억이 아프게 각인돼 두고두고 분열의 씨앗이 될 것이다.

총선에서 낙선한 뒤 채널A·TV조선·MBN 등 종편에서 가끔 패널로 불러 출연하게 됐다. 날마다 최순실 국정농단, 박근혜 재판을 거의 중계방송하다시피 해 그때는 뉴스라고는 쳐다보기도 싫었으나 방송에 출연하면서부터 조금씩 정신을 가다듬어 뉴스도 보고 정치 동향도 살피게 됐다.

그러다가 2017년 5월 대선에서 홍준표 대표 캠프의 유세본부(본부장 강석호 의원)에서 유세기획단장을 맡아 유세를 기획하면서 전국을 누비고 다녔다. 당선 가능성이 낮아 그리 신바람이 나지는 않았으나 당인으로서 최선을 다했다.

홍 후보는 유세 때마다 '추풍령고개' 같은 노래를 계속 부르고 지역 공약도 거론하지 않는 등 자신의 스타일로 선거유세를 해 답답한 나머지 내가 "지역에 가면 사람 이름도 부르면서 격려해 주고 유세 말미엔 지역 공약도 얘기해 줘야 좋아합니다"라고 얘기했으나 듣는 둥 마는 둥 변화가 없었다. 홍 대표가 새누리당 원내대표 때 내가 정무위 간사였고 가끔 운동도 해서 가깝게 지냈기 때문에 지금도 편하

게 얘기하는 사이다.

법정선거경비 보전(15% 이상 득표)을 받느니 못 받느니 하며 참으로 어렵게 치른 선거가 끝나고 대선 참패를 수습한 당은 자유한국당으로 이름을 바꾸고 전당대회를 통해 새 대표로 홍준표 후보를 선출했다.

당무감사를 통해 서청원·유기준 같은 현역 의원, 권영세·박민식 같은 전직 의원 출신 당협위원장이 대거 탈락하는 대폭 물갈이 와중에서도 나는 살아남았다. 친박계로 분류되는 당협위원장들이 대거 포함됐고 정치신인들이 빈자리를 메웠다.

내가 신문기사를 장식하면 늘 '친박계로 분류되는 박종희 전 의원은…', '서청원 의원의 최측근인 박종희 전 의원은…' 식이다.

서청원 의원은 날 이만큼 끌어주고 키워준 분이기 때문에 인간적으로는 내가 참 잘 모셔야 한다. 정치적으로도 그분이 출마할 때 난 성심성의껏 도왔다.

그러나 박근혜 대통령과의 관계를 보면 난 친박이 아니라 '찬박'이다. 선거법 위반으로 5년간 정치활동을 못하던 중 2011년 말 복권의 기회가 있었으나 박근혜 대통령의 반대로 5년을 고스란히 채운 뒤 복권됐다. 박근혜 정권 시절 장관·수석은 고사하고 그 흔한 공기업 감사나 사외이사도 제안받지 못했다.

당에서 궂은일은 도맡아 했지만 이명박·박근혜 정권이 집권하던 시절 아무런 혜택도 못 받고 뒤늦게 친박 굴레가 씌워진 것을 보면 내 처신에 참 문제가 많다는 생각이 들었다.

남들처럼 출세를 위해 굽신거리거나 달콤한 충성맹세를 못하니 힘있는 여당 시절 아무런 혜택도 못 받고, 듣보잡(듣도 보지도 못했던…)들은 청와대로, 장·차관으로, 물 좋은 공기업으로 자리를 차고 나가는데 난 뭔지…. 이제 와 생각하니 새삼 자괴감이 엄습하기도 하고 그나마 불러주지 않았으니 지금처럼 편안하게 사는 거 아닌가 하는 생각에 씁쓸하게 웃기도 했다.

# 5년여 만의 여의도 복귀

-------

"박 선배! 혹시 중앙당에서 걸려온 전화 받으신 거 없어요? 당직 인선에 관한 언질 같은 거 말예요."

2015년 7월 중순쯤이었다. 새누리당 출입기자들로부터 여러 통의 전화를 받았다. 중앙당 당직 인선에 관한 연락을 받았냐는 전화였다. 전혀 뜬금없는 소식이라 의아할 수밖에 없었다.

"아니, 그럴 리가⋯."

정치판을 떠난 지 6년이 다 돼가는 데다 당협위원장으로 선출된 것도 고작 7개월째 들어가는 중이었으니 생각하고 자시고 할 것 없이 그럴 리가 없었다. 심지어 현역 국회의원도 아닌 내게 당직이라니 상식적으로 이해되지 않는 게 당연했다. 물론 국회의원이 아닌 원외 당협위원장에게 돌아가는 당직이 있기는 했다. 원외를 대표하는 사무2부총장이 그것이다. 그런데 이 자리는 대부분 원외위원장이 몰려 있는 호남이나 충청권 출신을 선임하는 것이 관례처럼 되어 왔다. 아무리 봐도 내가 맡을 당직은 없었다.

그러나 며칠 뒤 뚜껑을 열어 보니, 이게 웬일인가. 김무성 대표 2기 체제를 상징하는 새로운 당직자 구성에 내 이름이 올라 있었다. 사무총장에 경기 파주 출신의 황진하 의원(3선), 사무1부총장에 충청 출신의 홍문표 의원(재선)에 이어 수도권 출신인 내가 사무2부총장에 임명된 것이다. 뜻하지 않은 의외의 인사였다. 정치권 공백 5년, 새롭게 당협위원장이 된 지 7개월도 못되어 중앙당 당직까지 맡게 되었으니, 이는 재기에 완전히 성공했다는 의미이기도 했다.

내 당직 인선은 여기저기서 화제가 되었다. 호남이나 충청이 아닌 수도권 출신으로서는 처음으로 사무2부총장에 임명된 것도 주목을 받았지만, 그동안 친박이니 비박이니 하며 잡음이 끊이지 않고 삐걱대던 당 지도부의 탕평 인사라는 점도 이야깃거리였다. 이제 당이 화합을 위한 발걸음을 내디뎠다는 분석도 많았다.

기쁜 거야 말할 나위가 없었지만 쉽게 이해되지 않는 의문이 있었다. 누가 나를 이 중요한 자리에 추천했을까 하는 궁금증이었다. 주위에서는 서청원 최고위원과 가까우니 서 최고위원이 추천한 것 아니냐는 추측들이 많았다. 그러나 서 최고위원께 넌지시 여쭤자 "난 그런 적 없다"는 말씀뿐이었다. 나중에 들어 알게 된 일이지만 김무성 대표가 나를 천거했고, 최고위원들의 동의를 일일이 받아내 일이 성사되었다는 것이다. 의외였지만 일면 이해가 가지 않는 것은 아니었다.

김무성 대표와는 그동안 여러 번 함께 일을 한 적이 있다. 2002년 대통령선거 때 김 대표는 한나라당 이회창 후보 비서실장으로, 나는 당시 당대표였던 서청원 대표 비서실장으로 호흡을 맞춘 적이 있다. 10년 뒤인 2012년 대통령선거 때에는 김무성 대표가 본부장을 맡았고, 나는 현장에 나가 있는 김학송 유세본부장을 대신해 캠프 안에서 업무를 조율하는 역할을 하면서 다시 한 번 김 대표와 가까이서 일을 했다. 전쟁을 같이 치른 사람들을 '전우'라 부르고 그 속에서 끈끈한 애정과 의리가 솟아나는 것처럼, 김 대표와 나는 두 번의 대선을 같이 치렀다는 인연으로 평소에도 형님 동생으로 비교적 편하게 지내는 관계다.

물론 늘 아군으로만 지냈던 건 아니다. 2014년 7월 당대표 선출을 위한 전당대회 때 내가 서청원 당대표 후보 캠프의 실무총괄을 맡게 되면서 조금 어색한 순간이 있기도 했다. 하지만 서로의 입장을 잘 아는 선수들이기에 큰 불편은 없었다. 오히려 그런 상황 속에서도 김무성 캠프 쪽의 권오을·안형환·김성수 전 의원 등과 네거티브 없는 경선을 이끌면서 비교적 잘 지내왔다. 전당대회가 끝난 후 최고회의 출범 때에도 김무성 대표와 서청원 최고위원과의 막후 대화를 주선해 잡음 없이 지도부를 구성하는 데 일조할 만큼 김 대표와의 인연은 끈끈한 편이다. 거기에 더해서 인선을 통해 관행에서 벗어난 과감하고 포용력 있는 결정을 한 김 대표의 됨됨이와 그릇을 거듭 확인하는 계기가 되었다.

그동안의 경험으로 비추어 보건대 사무2부총장이라는 직책은 당의 서열로는 그다지 높은 직책이 아니다. 하지만 당내 각종 회의에 대부분 참석하는 숨은 실세라 할 수 있다. 당헌과 당규에는 "사무총장을 보좌해 업무를 수행한다"고 지극히 간단하게 업무 범위를 명시해

놓았지만, 실제 업무와 역할은 그렇게 간단치가 않다.

우선 원외 당협위원장을 관리하고 대표하는 역할을 한다. 평소 이들의 고충도 듣고 지역 상황을 체크하느라 호남·충청·제주권으로 가끔 출장을 다녀야 한다. 일주일에 최소한 세 번은 중앙당사에 나가 각종 회의에 참석한다.

당의 조직을 관장하는 조직강화특위의 당연직 위원이면서, 당의 엔진과도 같은 사무처 직원들에 대한 인사위원회 위원도 겸한다. 당 안팎의 조직에 모두 관여한다고 봐도 틀리지 않다.

총선 때는 공천관리위원회 멤버로 참여하게 된다. 각종 당내 테스크포스TF나 주요 당직자회의, 전략점검회의 같은 각종 회의에 거의 들어가야 해서 업무량이나 권한이 상상을 초월한다. 일찍이 당대변인과 대표 비서실장 시절의 경험을 살려 조언까지 하자니 몸뚱어리가 서넛이라도 모자랄 지경일 때가 많다.

숨은 실세라고는 하지만 그 때문에 생기는 부작용이 아주 없지는 않다. 중앙당 일이 너무 많고 바쁘다 보니 정작 지역에서 사람을 만나거나 돌아다니는 일을 할 수 있는 시간이 상대적으로 적다는 점이다. 정치 공백을 메우려면 부지런히 사람을 만나야 하는데 타격이 아닐 수 없다. 사무부총장 임명 소식을 처음 들었을 때 가장 우려했던 점이기도 하다. 지역주민 한 사람에게라도 더 내 이름 석 자와 내 복귀를 알리고 더 많은 민원을 들어주고 경험을 나누며 공감대를 넓히기에도 빠듯하다는 걸 모를 리 없기에 더욱 그랬다.

그럼에도 불구하고 기꺼운 마음으로 임명을 받아들인 것은 무릇 정치란 지역에 기반을 두면서도 나라의 미래와 국민의 행복을 위해

봉사하고 헌신하는 일이라고 여겼기 때문이다. 이런 마음이 통했는지 사무부총장이 된 뒤로 각종 언론매체의 인터뷰와 방송 요청이 부쩍 잦아졌다. 지역을 관리할 시간을 빼앗긴 대신 받은 소득이기에 웬만하면 출연 요청을 마다하지 않고 성의를 다했다.

얼마 전 저녁답에 자전거를 타고 동네를 한 바퀴 돌다가 어르신 한 분을 만났다. 반갑게 인사를 하신다. 언제나 "박 위원장, 요새 어디에서 뭐 하기에 통 안 보여? 그래서 사람들이 찍겠어?" 하며 애정 섞인 충고를 인사처럼 달고 사시는 분이다. '어이쿠, 또 한소리 듣겠네'라고 생각하며 덩달아 손을 맞잡았다.

"박 위원장, 며칠 전 텔레비전에서 봤어요. 친구들이랑 막걸리집에 앉아서 봤는데 반갑더라고. 내 친구들한테도 막 자랑을 했어. 나 아는 사람 나왔다고. 이제 얼마 안 남았으니 열심히 해. 나도 선전 많이 하고 다닐 테니까."

어르신과 헤어진 뒤 '참깨가 열 번 구르는 것보다 호박이 한 번 구르는 게 낫다'는 말을 실감했다. 그렇게 동네방네 골목골목을 누비고 다니며, 허리가 휘어지게 인사를 하고 손목이 시큰거리도록 악수를 하고 다닐 때에는 "뭐 하느라고 안 보이느냐"며 호통을 치던 분들이 요새는 "중앙 일로도 바쁜데 지역까지 다니느라 고생이 많다"며 등을 두드려 주신다. 사무부총장을 맡으면서 들었던 걱정이 모두 기우였음을 사람들 속에서 몸으로 느끼곤 했다.

중앙당 당직이 맡고 싶다고 되는 것도 아니지만, 그 제의를 흔쾌히 받은 일이 이런 대가로 돌아올 줄은 미처 생각지 못했다. 역시 작은 집착을 버려야 큰 명분과 실리를 얻는다. 사무부총장이 되고 나서

다시 한 번 실감한 깨달음이다. 언제나 답은 현장에 있다.

매주 수요일 열리는 최고 중진의원 연석회의 때에는 만감이 교차했다. 이 회의의 단골 멤버인 정갑윤 국회부의장, 이병석 전 부의장, 심재철·정병국 의원 등이 나와 16대 국회 동기, 소위 따블빽 동기들인 까닭이다. 이들이 이미 당의 중진의원 격으로 마이크를 잡고 자신들의 정치적 소신을 거침없이 밝히는 회의에서, 나는 말석에 앉아 의견을 경청하고 받아 적어야 하는 처지이니 여러 생각이 드는 건 어쩔 수가 없다. 가끔은 자괴감이 느껴지기도 하고 내 신세가 처량하다는 생각이 들기도 했다.

하지만 다른 한편으로 생각해 보면 내가 정치를 쉬는 동안 이들과는 다른, 참으로 많은 것들을 배웠다는 점으로 위안을 삼는다. 산에 올라 본 사람들은 안다. 정상을 향해 오를 때는 주변에 어떤 풀과 나무가 있는지, 어떤 꽃이 피었는지 보지 못하고, 내가 어디쯤 오르고 있는지 알지 못한다. 흘러내리는 땀을 닦고 목까지 차오른 숨을 고르려고 잠시 쉬었을 때, 비로소 풀도 나무도 꽃도, 그리고 내가 가야 할 길도 보이는 법이다. 정치권을 떠나 살던 시간 동안 나는 다른 세계를 경험했고, 다른 세상을 배웠다. 이것은 그들이 갖지 못한 나만의 장점으로 언젠가는 요긴하게 쓰이리란 믿음이 있다.

어쨌거나 다시 돌아온 정치권에서 긴 공백에도 불구하고 압도적인 차이로 당협위원장에 선출되고 뜻밖에 사무부총장이라는 직책도 얻게 되면서 자연스럽게 재기에 성공해 그들과 더불어 여의도 한 귀퉁이에 서 있다는 점이 내겐 큰 위로가 되었다.

기자들과 어쩌다 이런 상황에 대해 얘기를 나눌 때가 있다. 내가 아무개 아무개와 국회 동기라고 하면 깜짝 놀라며 묻는다.

"아니 박 선배가 그렇게 국회에 빨리 들어왔어요?"

그럴 때면 나이 서른아홉에 의원 배지를 달고 첫 등원 하던 날이 떠올라 혼자 슬며시 웃기도 한다. 세월 참 빠르다.

# "중진 박종희로 보답하겠다"

5년 정치 쉬면서 발전 정체된 장안구에 죄책감

새누리당 제2사무부총장인 박종희 전 국회의원(수원갑 당협위원장)은 김무성 대표 2기 체제에서 유일한 원외다. 16, 18대 국회의원을 지낸 박 전 의원은 친박계 좌장인 서청원 최고위원의 최측근 중 한 명으로 분류된다. 원외에 머물던 지난 5년간 크고 작은 선거 현장을 누비며 뚜벅뚜벅 재기할 준비를 해왔다. 2010년 6·2지방선거 때는 오세훈 서울시장 캠프를 총괄했고, 2012년 대선에서 박근혜 후보의 유세기획단장으로 활약했다. 지난해 복권되자마자 당협위원장으로 컴백했다. 권토중래를 준비하고 있는 박 위원장을 지난 7일 만났다.

그는 "지난 5년간 처절하게 반성하고 속죄하며 살았다. 입이 열 개라도 할 말이 없다. 전적으로 내 잘못이다"면서 "모든 힘을 쏟아 침체된 장안구를 되살리고 비약적으로 발전시키기 위해 노력하겠다"고 밝혔다.

**정치 무대로 다시 돌아왔다. 내년 국회의원 선거 출마 준비는 잘 돼가고 있나.**

"정치를 5년간 쉬면서 정체된 수원 장안구가 너무 안타깝고 내 탓인 것 같아 죄책감도 느낀다. 장안구는 집권 여당 3선 국회의원의 힘이 실려야 지역 발전을 도모할 수 있다. 당선된다면 가지고 있던 모든 힘을 마지막까지 쏟아서 남김없이 보여주겠다. 지난번에 젊은 박종희에 대한 기대감으로 뽑아주셨다. 이번에는 중진 국회의원 박종희로 보답하겠다."

**장안구 출마를 준비하고 있는 여야 정치인들이 이구동성으로 인덕원선 북수원역 신설의 필요성을 주장한다. 이유가 뭔가.**

"인덕원선이 통과하게 될 정자동, 파장동, 이목동 일대는 최근 2~3년 동안 5천300세대 이상의 인구가 새롭게 유입되고 있다. 원예특작과학원 부지 재개발로 7천 세대 이상이 더 입주할 예정이다. 경기도인재개발원, 경기연구원 등 공공기관이 밀집돼 있어 역사 이용 수요가 높은 곳이다. 하지만 당초 설계에 빠져 있었다. 북수원 인근의 급증하는 교통수요에 대처하고 지역 간 형평성을 맞추기 위해서라도 북수원역 설치는 필요하다."

**인덕원선이 정치에 발목 잡혀 멈춰 섰다.**

"어떤 식으로든 정리가 필요하다. 인덕원선은 예비타당성 조사가 두 번이나 실시되면서 사업이 당초 기대보다 상당히 늦어지고 있다. 현 시점에서 가장 중요하게 고려돼야 할 사항은 이 사업을 다시 후진하거나 정체시켜서는 안 된다는 점이다. 역사 신설 또는 노선 변경 등의 영향으로 사업성, 즉 비용편익(B/C)이 하락하면 예비타당성 조사를 다시 받아야 한다. 절대 안 된다. 서로 양보할 것은 양보해서 합의안을 도출하거나 정부가 확실한 원칙을 갖고 추진해야 한다."

**수원 지역의 치안을 걱정하는 목소리가 높다.**

"사전에 범죄 발생을 막을 수 있도록 범죄 취약 지역에 CCTV를 설치하고 가로등이나 방범등, 비상벨을 추가로 설치해야 하며 경찰의 순찰을 강화해야 한다. 치안 공백 지역이 없도록 지속적인 경찰인력 충원도 필요하다. 수원으로 유입되는 외국인들에 대한 철저한 관리도 필요하다. 특히 형사공조를 통해 외국인 범죄자들의 국내 유입 시 소재지 파악 등이 반드시 이뤄져야 한다."

**김무성 대표는 국민공천제, 즉 오픈프라이머리 도입이 반드시 필요하다고 주장한다.**

"사무부총장으로서 김무성 대표가 추진하는 오픈프라이머리에 대해 전적으로 찬성한다. 과거 밀실공천, 계파공천 등의 부정적인 측면을 일소하고 공천권을 국민에게 돌려준다는 정치개혁의 첫걸음이기 때문이다. 그러나 매월 당비 2천 원씩을 내는 책임당원에게 공직 후보 선출권을 우선적으로 배정하지 않는 데 대한 반발과 역선택의 문제, 야당의 반대 등 해결해야 할 난제가 많다."

**본선에서 경쟁할 수도 있는 새정치민주연합 이찬열 국회의원을 평가해 달라.**

"이찬열 의원은 남자답고 선이 굵은 정치를 하는 사람이다. 이 의원이 한나라당(현 새누리당) 소속으로 도의원에 당선됐을 때 내가 공천을 준 적이 있다. 손학규 전 국회의원이 한나라당 대권 후보일 때도 같이 도왔던 인연이 있다. 잘 아는 사이다. 18대 총선에서 20% 이상 차이로 승리했던 경험도 있다. 유권자들에게 이미 한번 심판을 받았던 상대다."

**예선전을 치를 수도 있는 같은 당 김상민 의원은 어떤가.**

"김상민 의원은 젊고 패기 있고 신선한 정치가 장점이다. 하지만 지난 1월 당내 경선에서 61.5% 대 38.5%로 이겼다. 여론조사, 다면평가 등 모든 부문에서 다 앞질렀다. 당내 평가는 물론이고 일반 여론도 내가 압도적이다. 김 의원은 청년 몫 비례대표로 국회의원이 됐다. 자기 브랜드 구축에 실패했다. 비례대표가 임기 2년이 남았는데, 지역으로 내려와서 의정보고를 하면 안 된다. 정치를 너무 쉽게 생각하는 경향이 있다."

**자신을 평가해 달라.**

"내 불찰로 5년 동안 정치를 못한 것에 대해 석고대죄한다. 다시는 그런 일이 없도록 하겠다. 처절하게 반성했다. 그런 기분으로 정치에 복귀했다. 지난 1월 당원과 유권자가 용서를 해줘서 다시 정치를 하게 됐다. 장안구가 침체돼 있다. 내 책임이자, 정치인들 공동 책임이다. 이제는 장안구가 비약적으로 발전해야 하는 시기다. 골든타임을 놓쳐서는 안 된다. 그만큼 내년 선거가 중요하다."

- 이복진 기자

# 장안구 당협위원장으로
# 돌아오다

-------

정치일선에서 떠나 있던 지난 5년여 동안, 나는 수원 장안구 당원협의회에는 전혀 관여하지 않았다. 내 의원직 상실로 치러진 2009년 10월 재선거 때 박찬숙 후보를 돕기 위해 혼신의 힘을 다했지만, 그 선거가 패배로 끝난 뒤로는 웬만해서는 얼굴도 비추지 않았다. 전임 위원장인 내가 빨리 잊혀져야 후임 위원장도 편하고, 혹여 나로 인해 입었을 당원들의 상처도 쉽게 아물 수 있을 것이라는 판단 때문이었다. 당원들 경조사를 빼고는 당협에서 주최하는 공식 행사에 단 한 번도 가지 않았다.

재선거에서 패배한 박찬숙 후보는 곧바로 짐을 싸서 떠났고, 몇 달의 공백 후 새로운 당협위원장이 선임되었다. 박홍석 전 <경기일보> 편집국장이다. 편집부 기자로 <경기일보>에서 나와 함께 일한 경험도 있는 박 선배는 당협을 잘 이끌어 평이 꽤 좋은 편이었다. 부지런

하고 겸손한 데다 품성도 좋아서 당협 운영과 관리를 잘해왔다. 그러나 19대 총선 직전 현재 팔달구 국회의원인 김용남 전 수원지검 부장검사와의 당내 경선에서 패해 위원장직을 넘겨줄 수밖에 없었다.

두 사람이 경선하기 전 내게 당의 선배 한 분이 교통정리를 해달라고 부탁해서 박흥석 위원장과 접촉한 적이 있다. 장안구는 김용남에게 양보하고 출생지인 권선구로 가는 게 어떠냐고 그에게 권유했지만 거절당했다. 박 위원장으로서도 2년 가까이 애지중지 관리해 온 장안구를 포기하기가 결코 쉽지 않았을 것이다. 아무튼 장안구에 새로이 둥지를 튼 김용남 후보는 그해 선거에서 탈락의 고배를 마셨다. 그리고 2014년 7·30 재보궐선거에서 팔달구로 지역을 옮겨 당선되었다.

장안구는 다시 무주공산이 되었다. 한동안 마땅한 인물도 나타나지 않았다. 사람들의 부추김이 시작된 것도 이즈음이다. "박 의원이 한번 해보지 그래?" "마땅한 사람도 없는데 박 의원이 나서야 하는 거 아냐?" "이젠 아예 정치를 안 하기로 마음먹은 거야?" 만나는 사람들마다 한마디씩 거들었다. 하지만 흘려들었다.

의원직을 상실한 뒤로는 정말 정치를 하기 싫었다. 새로 얻은 직장인 Y회계법인에 나가는 동안 찾아오는 사람 없으니 여유 있어서 좋고, 시간이 많으니 그동안 손에 쥐지 못했던 책 읽기도 좋고, 여러 차례 수술을 받으신 후 몸이 불편하신 어머니와 마주 앉는 시간도 많아졌다. 선후배들과 시간에 쫓기지 않고 차분한 식사 자리를 가질 수도 있고, 가끔씩 가족과 여행을 떠날 수 있는 단란함이 좋았다.

하지만 한편에서는 내가 떠난 뒤로 끝없이 추락하는 장안구를 지켜보는 안타까움, 모든 것이 내 탓인 듯한 죄책감, 언젠가는 이 마음의 빚을 갚아야한다는 부채 의식이 도사리고 있었다. 또 설사 내가 결심을 한다고 해도 5년여 동안 거리를 두고 살았던 당원들과 지역주민들이 어떻게 받아들일 것인가 하는 문제도 여전히 미지수로 남았다. 무엇보다도 선거법 위반에 대한 나 자신의 자격지심이 장안구에서 정치를 재개하는 것을 허용하지 않았다.

2014년 9월 10일 나를 옭아매고 있던 모든 정치규제가 풀렸다. 나처럼 4년간의 정치 공백 끝에 훌륭하게 재기에 성공한 남경순 도의원을 비롯해 심상호·염상훈·홍종수·김은수·한명숙 시의원 등 현직 시의원은 물론 최홍식·이도형·한영남·박명자·이종월 등 전직 도의원, 주성광·김통래·이재원·이종후·박정용 등 전직 시의원 등을 두루 만나 자문을 구했다. 지역의 정신적 기둥인 원로들도 찾아뵙고 의견을 들었다.

대부분이 환영 일색이었다. 이들은 내가 의원직을 상실한 뒤로 수원시 발전의 모든 여력이 영통광교·호매실 등으로 쏠려, 이대로 가면 장안구는 머지않아 3류 지역으로 전락할 것이라는 열패감에 사로잡혀 있었다. 그 때문에 속이 많이 상해 있던 차였는데, 내 의향을 듣고는 깊이 공감하면서 열화와 같은 성원을 보내준 것이다. 못 보는 사이에도 이따금씩 바람결에 들려오는 내 소식이 그렇게 반가울 수 없었다고 말하는 이도 꽤 있었다.

그들은 아직도 16대 국회에서 당대변인과 대표비서실장으로 매스컴에 자주 등장하던 일이며, 교통위반자를 고발하면 보상을 하던 카파라치 제도를 폐지한 일, 분당 파크뷰 특혜 분양 등 권력형 비리를 폭로하던 내 활약을 어제 일처럼 생생히 기억하고 있었다.

갑자기 큰 죄를 지은 것처럼 부끄러웠다. 이렇게 일거수일투족을 기억하는 이들이 18대 국회에 집권여당의 의원으로 당선된 내게 걸었던 기대가 얼마나 컸을 것인가. 하지만 별다른 힘 한번 써보지 못하고 의원직을 상실했을 때 얼마나 실망했을까 생각하니 낯을 들 수가 없었다.

그 자리에서 당협위원장 출마를 결심했다. 5년여 동안 현장을 떠나 있어서 여러 어려움이 있겠지만 이들과 함께라면 뭔가 해볼 수도 있겠구나 싶었다. 중앙당에서 나와 같이 정치를 했던 이들도 만나기만 하면 "준비 잘 돼가지?" 하고 정치 복귀를 기정사실화했다.

위원장 경선은 애초 심사로 결정하기로 했다. 2004년 11월 중순쯤 서류를 마감했는데, 심사를 해보니 내가 큰 점수 차이로 앞섰다고 들었다. 그런데 당은 발표를 차일피일 미루더니 그때까지 예정되어 있지도 않던 여론조사로 결정하겠노라고 방침을 바꿨다. 아닌 밤중에 날벼락이라고 난데없이 경선을 치르게 된 것이다.

하지만 나는 그때까지 사무실도 없었고 전담해서 일을 도와줄 사람 한 명 없었다. 그야말로 준비된 게 아무것도 없었다. 반면 내 경쟁자인 김상민 의원은 현역 비례대표인 데다 12월 중순에는 개소식을 한다, 아나운서 출신과 결혼식을 한다며 연일 매스컴에 보도되고 있었다. 나는 오직 '5년 만의 정치 컴백'이라는 인터뷰를 카톡이나 문자로 보내는 수밖에 없었다.

그동안의 공백이 너무 큰 것이 조금 걱정은 됐지만 여론조사를 하더라도 질 것 같지는 않았다. 부랴부랴 예전 선거를 치를 때 도움을 받았던 몇몇 분들로 자원봉사자를 꾸리고 사무실도 얻었다. 장안구에서 도의원이나 시의원을 거친 분들은 물론이고 당협의 고문·자문위원·협의회장·여성회장·청년 등 옛 당 조직의 구성원들도 다시 뭉쳐 성심성의껏 도와주었다. 당협의 큰 행사에는 나가지 않았어도 당원의 경조사와 광교산 번개 산행 등으로 스킨십을 유지해 온 것이 큰 힘이 됐다.

당협위원장에 나서면서 내건 슬로건이 '지기만 해온 장안구에서 이기는 장안구로!'였다. 내가 당협위원장이던 2000년부터 2009년 9월까지 일곱 차례 선거가 있었는데, 그중 2002년 대선과 2004년 총선에서 두 차례 졌을 뿐 다섯 번의 선거에서는 압승을 거두었다.

그런데 내가 당협을 그만둔 이후 다섯 차례의 총선과 대선, 지방선거 등에서 야당에 이긴 적이 한 번도 없다. 져도 아주 크게 졌다. 슬로건은 이런 목마름을 반영한 것이었다. 당원들과 여론조사에 참여한 일반 국민들은 표로 지지해 주었다. 이는 장안구의 선거 판도를 한번 바꿔 보라는 명령이기도 했다.

경선은 당원 50%에 일반 국민 50%를 대상으로 조사한 여론조사를 60% 반영하고, 조직강화특위 위원들의 심사 점수 40%를 반영해 결정했다. 결과는 나의 압도적인 승리로 끝났다. 5년여 간의 정치 공백에 마침표를 찍는 순간이자, 현실정치판에 새롭게 발을 내딛는 재기의 첫걸음이기도 했다.

그동안 위원장이 여러 차례 바뀌고 비어 있는 기간도 오래여서 끝간 데 없이 표류하던 수원 장안구의 새누리당호였지만, 내가 선장으로 복귀하면서 점차 제자리를 잡아 갔고, 당원들 사이의 내홍도 끝났다.

이번 경선을 통해 고교 입학 후 수원을 새 터전 삼아 살아온 40여 년간의 내 인생이 결코 헛되지 않았다는 것을 새삼 느꼈다. 또 평소 쌓아둔 한 사람 한 사람과의 인연이 굉장히 소중하다는 것도 절감했다. 경선 과정을 거치면서 나는 그동안 달았던 두 번의 국회의원 배지가 내 노력이 아니라 한 사람 한 사람의 땀과 눈물, 의욕과 열정이 불과 망치가 되어 만들어진 것임을 다시 한 번 깨달았다. 봉사하는 이의 숭고함, 한 표의 소중함을 영원히 머릿속에서 지우지 않겠다는 다짐을 한 것도 이번 경선이 준 큰 선물이다.

첫걸음을 떼는 어린아이처럼 다시 시작하기 위해 나섰다. 자전거를 타고 골목골목 누비면서 서민들의 삶의 애환을 들어 주고 눈물을 닦아 주는 일부터 시작했다. 들어 주면서 배우고, 닦아 주면서 나 스스로도 치유가 되는 느낌은 예전에 접하지 못했던 감정이었다. 낮은 곳을 보려면 제 몸을 낮춰야 한다.

아침에 자전거를 타고 율전동 인사를 나갔다가 10미터를 이동하는데 30분가량 걸리는 장애인이 제 힘에 부치는 쇠붙이 하나를 들고 안간힘을 쓰는 장면을 본 적이 있다. 그렇게 해서 버는 돈이 단돈 500원이라는 말을 들었을 때 눈물을 쏟지 않을 수 없었다. 그런가 하면 하루에 열 명도 채 이용하지 않는 공원에 번듯한 체육시설이 갖춰져 있다거나, 시각장애인도 이용하지 않는 점자블록이 설치된 도로 등 예산 낭비의 현장을 직접 목격할 때는 화가 치밀었다. 승용차를 타고 다니면 볼 수 없는, 그야말로 살아 있는 현장이다.

새벽 시간에 파장·정자·조원 시장 골목길의 분식집에서 혼자 라면과 김밥도 먹었다. 떡집·두부가게·반찬가게를 돌며 장도 보고 물건도 사면서 많은 대화를 나눴다. 예전에는 명절이라거나 무슨 때가 되면 그야말로 인사치레만 하고 다니던 분들인데, 이젠 누가 누군지 다 알 수 있게 된 것도 새 출발점에 선 나로서는 참으로 고무적인 일이었다.

여의도 당사나 국회에 회의가 없는 날이면 밤낮없이 자전거를 타고 골목골목을 돌아다녔다. 내게 그 시간만큼 행복한 순간이 없었다. 내가 정치 하는 이유를 새롭게 알게 해주는 시간이고, 오늘의 나를 있게 해준 사람들을 만나는 시간이며, 그 속에서 진짜 나의 모습을 찾는 시간이기 때문이다.

뒷골목을 돌아다니다 보면 "박 위원장! 참 보기 좋네"라는 말을 참 많이 들었다. 서민들은 같은 눈높이를 가진 정치인을 보고 싶어 한다. 나는 그들의 눈높이에 나를 일부러 맞추려 하지 않아도, 있는 그대로 보인다. 왜? 나는 시골 농사꾼의 아들이기 때문에 애초부터 눈이 높지 않기 때문이다. 한 번도 내 스스로가 국민들로부터 '선택받은' 선량選良이라는 생각을 해보지 않았던 것도 그런 이유에서다. 그것이 '함께' '더불어' 사는 삶의 첫걸음이라는 것을 누구보다 잘 안다.

# 선거법 위반,
# 시련의 문턱에 서다

-------

2009년 9월 10일, 선거법 위반에 대한 대법원 상고심이 확정되는 날이다. 재판 결과는 보나마나 뻔했다. 포천 선산에 들러 조상님들께 인사를 드리려고 새벽부터 집을 나섰다. 내가 아주 어렸을 적에 "크면 경기도지사 자리 하나 할 인물이네"라고 예언(?)했던 포천 이동면의 원통사에도 들렀다. 서울로 향하는 차 안에서 전화벨이 울렸다.

"의원님! 상고 기각됐습니다."

"음, 알았어. 내일 짐 옮길 수 있게 준비 좀 해줘."

더 캐물을 것도 없었지만 목구멍 깊은 곳에서 울컥했다. 공직선거법 위반으로 기소되어 1심에서 벌금 500만 원, 2심에서 300만 원을 선고받고 대법원에서 상고한 것이 기각되었으므로 1년 6개월 동안 활동했던 대한민국 제18대 국회의원직을 잃은 것이다.

선거에서 패했을 때의 기분과는 또 달랐다. "원숭이는 나무에서 떨어져도 원숭이지만, 국회의원은 선거에서 떨어지면 사람 취급도 못 받는다"는 말이 있는데 멀쩡한 배지가 떨어진 것이다.

내가 16대 국회 정치개혁특별위원회에서 앞장서서 주장했던 것이 선거법 위반 사범의 피선거권(선거에 출마할 수 있는 권한)과 공무담임권(공직에 임명될 수 있는 자격) 박탈이었는데, 내가 딱 그 사례에 해당되었으니 참으로 아이러니한 일이 아닐 수 없었다.

각오는 했지만 암담한 심정에 하늘을 올려다봤다. 쓴웃음이 새어나왔다. 앞으로 5년간 피선거권이 박탈돼 선거에 출마할 수도 없고 투표를 할 수도 없다. 정치적 식물인간이다. 심지어 공기업이나 정부투자기관 등의 임직원이 될 수도 없다. 나의 당선을 위해 마치 자신의 일처럼 뛰어준 자원봉사자들과 선거운동원, 기꺼이 한 표를 던져준 유권자들에게 죄송한 마음이 몰려왔다.

오랜 병치레로 거동이 불편하셔서 직접 돕지 못하는 것을 안타까워하시면서도 자나깨나 아들 걱정이신 어머니, 팔자에도 없는 정치하는 남편과 아빠를 두어 겪지 않아도 될 마음고생을 하면서도 내색 한 번 않던 아내와 아이들, 당장 실업자가 된 8명의 보좌진 얼굴이 떠오르자 눈물이 흘러내렸다.

이제 시베리아 벌판에 벌거벗은 채 극심한 추위와 굶주림에 시달리며 나를 단련하는 일만 남았다. 길고 지루한 법정 싸움이 끝나 한편으로는 홀가분했지만, 다른 한편으로는 너무 억울하고 화가 났다.

선관위·검찰·경찰의 조사와 법정 공방이 시작된 것은 노무현 정권 말기인 2008년 1월 중순부터였다. 여성위원장 H가 2007년 11월

2일 1박2일로 강원도 오크밸리에서 야유회를 주관했는데 참석자들에게 돈을 제대로 걷지 않고 기부 행위를 했다고 선관위가 뒤늦게 조사에 나선 것이다. 이전에 사무국장을 지낸 L과 여성위원장 H는 사사건건 갈등 관계에 있다가 L은 그해 9월 사무국장을 그만둔 상태였다. 누가 선관위에 제보했는지 뻔히 알 수 있는 일이었다.

　나는 회비도 정상적으로 다 걷고 참여하는 사람들도 모두 당원인 것으로 알았다. 나중에 알았지만 당원은 20여 명에 불과하고 나머지 12명은 이 사람 저 사람이 데리고 온 그야말로 동네 아줌마들이었다. 회비는 형식적으로 걷고, 나머지는 찬조를 받았으며, 모자라는 비용은 내 친구 K가 부담하기로 했다는 것이다.

　일이 잘못되려다 보니 그랬는지, 참석 인원이 생각보다 적어 예약한 콘도가 남았다. 그 바람에 처형 가족과 우리 가족도 가을 나들이 겸해서 가게 되었고, 가는 김에 친구와 후배들도 동참하게 되었다. 그런데 이게 법정에서 보니 치밀하게 계획된 '박종희 국회의원 만들기' 행사로 둔갑한 증거가 되었다.

　검찰은 여기에다 내가 돈을 대준 흔적은 발견하지 못했지만 "박종희를 국회로" 등의 구호와 건배사로 볼 때, 이 모임이 국회의원 당선을 위한 사전선거운동이라고 기소했다. 야유회 식사비 90여만 원을 내 친구 K가 내고 나머지 비용은 여성위원장인 H가 지방의원 등의 찬조를 받아 해결했지만, 결국 151만 원을 내가 기부한 꼴이 되었다.

　이 사건은 17대 대통령선거 이전에 있었기 때문에 수사가 빨리 시작되었다면 나와는 아무 관계가 없는 '대선 준비모임'으로 치부될 사건이었다. 하지만 수사가 늦게 시작되는 바람에 내가 덤터기를 쓰게 되었다.

L은 사무국장으로 있던 1년여 간의 모든 일에 나를 걸고 넘어졌다. 공천헌금을 받았네, 당원 체육대회와 야유회에 돈을 뿌렸네 하고 검찰에서 진술했지만 나중에 모두 무죄를 받았다.

경기도 내 주요 일간지들은 이 사건에 대해 거의 보도를 하지 않았다. 반면 나와 민원 관계로 섭섭해하던 신생 K신문은 거의 중계방송을 하다시피 하며 이 사건을 크게 다루었다.

18대 총선 공천을 받고 열흘쯤 지난 2008년 3월 10일, 여성위원장 H와 총무 J가 구속됐다. 평생 경찰서 근처에도 가보지 않은 가정주부들이 수의를 입고 있는 모습을 보니 가슴이 찢어지는 것만 같았다. 나를 위해 일하다 구속까지 됐는데 나는 해줄 게 아무것도 없었다.

이때부터 한 달간은 정말 지옥 같은 순간이었다. 선거법 위반 불끄랴, 살인적인 선거 일정 소화하랴, 살면서 이렇게 머리가 복잡하고 선거가 싫었던 적이 없었다.

4월 9일, 선거는 싱겁게(?) 끝났다. 수도권 선거에서는 참으로 보기 드물게 민주당 이찬열 후보에게 1만 8천여 표(20.6%) 차이로 압승한 것이다. 이 후보는 2002년 한나라당 공천으로 수원2선거구에서 도의원에 당선됐으나 손학규 전 경기도지사가 한나라당을 탈당하면서 민주당으로 같이 간 분이다.

당선은 됐지만 본격적인 수사가 기다리고 있어 기쁨보다는 무거운 마음뿐이었다. 당선 인사도 해야 하고 수사 준비도 하느라 분주한 나날을 보냈다. 몸을 혹사시키지 않으면 숨을 쉴 수 없을 정도로 괴로워 광교산에 올라가 서너 시간씩 등산을 하거나, 거의 매일 술을 마셨다.

그나마 다행이었던 것은 선거 레이스에 돌입하던 와중인 2007년 1월 9일 30여 년간 하루에 두 갑 이상 피워 오던 담배를 미련 없이 끊은 것이다. 인생에서 내 스스로를 가장 기특하게 생각하는 결단이었다. 나에게 가해지는 탄압과 스트레스 등에 정면도전한다고 선언하고 지금까지 단 한 모금도 피우지 않았다. 절실하고 악에 받치면 못할 일이 없다는 것을 이때 배웠다. 밤이 되면 담배가 피우고 싶어 견디기 힘들었지만 담배에 불을 붙이는 순간 모든 것이 끝난다고 스스로를 채찍질했다.

당선의 기쁨도 잠시, 선거가 끝난 며칠 후부터 장안구 당협의 지방의원, 협의회장, 여성회장, 여성위원 등 당직자 50여 명이 줄줄이 소환됐다. 조사를 받고 오면 내게 이러이러한 조사를 받고 왔다고 일일이 보고를 하는 통에 가뜩이나 미안한 내 심사가 말이 아니었다. 차라리 정치를 그만두고 싶었다.

나 역시 여섯 차례에 걸쳐 검찰과 경찰의 강도 높은 조사를 받았다. 검찰은 정치자금법 위반, 공직선거법 위반이라는 어마어마한 죄목을 씌워 18대 국회 등원 바로 전날인 2008년 6월 4일 구속영장을 청구했다. 하루만 더 버티면 국회의원 신분으로 면책 특권이 주어지지만 나는 당당하게 영장 실질심사에 응하기로 했다.

법원에 출두하기 전날, 아내에게 뒷일을 부탁하고 잠자리에 들었지만 한숨도 못 이뤘다. 암 수술 후 회복 중이신 어머니와 세 살배기 막내가 아빠를 찾을 생각을 하니 눈앞이 캄캄했다.

검찰이 뒤집어씌운 혐의는 2006년 지방선거 공천 과정에서 사무국장 L로부터 공천헌금 2천만 원 수수, 2007년 6월 당원 체육행사 관련 700만 원 기부, 여성당원 야유회 사전선거운동 및 기부, 선거운동 기간 전에 명함 15장을 돌린 사전선거운동이었다. 당초에는 여기에 두 건의 기부 행위 혐의가 더 있었지만, 검찰로서도 너무 무리한 수사였다고 생각했는지 기소할 때는 제외했다.

언론에서는 18대 국회의원 당선자 첫 영장 청구라고 대대적으로 보도했다. 이 때문에 나는 졸지에 공천헌금을 받고 선거를 위해 돈을 뿌린 부패한 정치인이 되고 말았다. 나중에 오크밸리 야유회 외에는 모두 무죄를 선고받았지만 언론의 피의사실 공표 보도로 난도질을 당한 것이다. 네이버 등 포털사이트에는 한동안 구속영장 신청이라는 동영상이 떠돌아다녀 아직도 내가 돈을 뿌리거나 공천헌금을 받아서 의원직을 상실한 것이라고 믿는 사람도 있다.

영장 전담 판사는 검사에게 여러 차례 무리한 기소 아니냐는 질문을 던지더니, 결국 영장을 기각시켰다. 그러자 검찰은 난리가 났다. 친박의 좌장으로 이명박 대통령 후보의 도곡동 땅을 정면으로 공격했던 서청원 전 대표를 정치자금법 위반으로 수사하던 와중에, 한나라당에서 제일 먼저 선거법 위반 수사를 받은 나마저 구속시키는 데 실패한 것이다.

수사는 한나라당이 야당일 때 시작되었지만 정권이 바뀌어 이명박 정부가 출범하고 총선까지 끝난 마당에 내게 구속영장이 청구된 것이 참으로 의아했다. 나중에 들은 얘기로는, 정부 출범 초기 <조선일보>와의 인터뷰에서 "광우병 파동 때문에 이명박 정부에게서 민심이 떠났다"고 언급한 것에 청와대가 격분해 민정수석이 나를 구속시키라고 지시했다고 한다. 참 어처구니없는 일이다.

　당내 정치적 갈등 관계와 사람 관리를 잘못한 내 불찰, 잘못된 인간관계 등이 얽히고설켜 장안구민 5만 2819명이 달아준 금배지가 산산조각난 것이다.

# 차라리
# 출마하지 않았더라면

-------

구속영장이 기각된 다음날인 6월 5일부터 의원선서를 하고 18대 국회의원 신분으로 본격적인 의정 활동을 시작했다. 이날부터 80일 동안 지리한 줄다리기 끝에 원 구성이 8월 26일에야 끝났는데, 홍준표 원내대표는 내게 정무위원회 간사를 맡겼다.

정무위원회는 금융정책을 다루는 금융위원회와 '경제검찰'이라고 불리는 공정거래위원회가 있어 엄청나게 공부를 많이 해야 하는 상임위다. 법안이나 정책을 검토하려면 고도의 경제적 식견이 요구되기 때문이다. 또 국무총리실이 소관 기관이라서 국정 전반을 관장하고, 국가보훈처·권익위원회·경제인문사회연구회 등과 관련된 업무를 다루기 때문에 범위도 무척 넓다. 산업은행 등 시중은행, 모든 대기업, 주택금융공사·예금보험공사 등 많은 공기업이 정무위와 직·간접적으로 관련돼 있다. 상임위 간사는 사실상 여당의 대표인 데다 법안소위원장을 겸하기 때문에 무척 바쁘고 힘들다. 하지만 권한 또한 막강해서 누구나 선망하는 자리다.

우선 의사일정을 조율하는 권한이 있어 국회가 열리면 야당 간사와 거의 매일 만나야 한다. 국정감사 때 증인채택의 최종 권한도 여당 간사에게 있다. 지난 국정감사 때 롯데 신동빈 회장, 신세계 정용진 회장, 인터넷 포털사이트 대표 등이 출석한 것처럼 성역 없이 재벌그룹 회장도 불러낼 수 있는 막강한 권한을 가졌다. 지금은 불법이지만 기업이나 노조 등에서 후원금이 들어오면 이를 후원금이 덜 걷히는 야당 의원에게 나눠주기도 하면서 상임위 운영을 원만하게 해나가야 하는 것도 간사의 몫이다.

당시 정무위원회 야당의 주공격수는 민주당 박선숙 의원과 통합진보당 이정희 의원이었다. 통진당 이 의원은 다른 사람과는 달리 내게는 굉장히 부드럽게 대했다. 박선숙 의원과는 포천 영북초등학교 3학년부터 6학년까지 같은 반이었던 별난 인연이 있다. 심지어 박 의원이 김대중 대통령 시절에 청와대 대변인으로 있을 때, 나는 당시 제1야당인 한나라당의 대변인으로 활동하기도 했다. 초등학교 동창이 여야를 대표하는 대변인으로 동시에 활동한 기록은 아마도 헌정사상 전무후무하지 않을까 싶다.

박 의원은 이명박 정부의 야심찬 금융·경제정책에 대해 조목조목 문제점을 지적하면서도, 한편으로는 꽉 막힌 야당 지도부의 완강한 입장을 합리적으로 풀어 주는 역할을 했다. 아마도 동창인 내가 곤경에 빠지지 않도록 배려했는지도 모를 일이다. 덕분에 금융통화위원 출신 이성남 의원과 당시 이창용 금융위원회 부의장과 함께 밤늦게까지 머리를 맞대고 논의한 금산분리 완화, 출자총액제한제도 폐지 등 이명박 정부의 핵심 정책을 해결할 수 있었다. 이 정책의 통과로 내가 당시 홍준표 원내대표에게 농반진반으로 "재판받으면서 이정도 했는데 뭔가 성의 표시가 있어야 할 것 아니냐"고 생색을 내기도 했다. 이런 와중에서도 재판 준비하랴, 지역구 행사 챙기랴, 수사를 받은 당원들과 상심한 가족들 위로해 주랴, 그야말로 속은 시커멓게 타들어 가고 살아도 사는 게 아니었다.

모든 선거사범 재판을 6개월 내에 마치라는 대법원의 지침에 따라 수원지법 합의11부는 2008년 6월 25일 기소한 이 사건에 대해 2주일에 한 번씩 공판을 열었다. 재판 준비 기일부터 기소된 네 가지 혐의에 대해 증인신문 등을 일사천리로 진행했다. 여름이 어떻게 지나갔는지 모를 정도였다. 9월 들어서는 국정감사도 시작되었는데 야당이 180여 명이나 되는 증인을 신청해서 이를 정리하는 데만 여러 날이 걸렸다. 재판도 자주 열려 여의도와 수원을 하루에 세 번 왕복한 날도 있을 정도로 눈코 뜰 새 없이 바빴다.

재판을 진행하면서 변호사들이 자신들이 수임한 사건에 대해 너무 성의가 없고 사건 내용에 대해 너무 무지하다는 것을 실감했다. 증인신문에 쓰일 질문지를 내가 밤새워 작성해서 변호사에게 보내주면, 변호사는 이를 법률적으로 다듬어서 심문하는 식이었다. 사건의 본질보다는 정황이나 전후사정이 진실한가 하는 진실게임에 가까워 보였다는 게 내 솔직한 심정이다.

야유회를 주도했던 H가 이 사건에 대해 모든 책임이 자신에게 있다고 일관되게 진술해 재판이 내게 유리하게 흘러가던 어느 날, 공판 중에 L의 사주를 받아 내게 불리한 증언을 일삼던 야유회 참석자가 불쑥 재판장을 향해 이런 질문을 던졌다.

"재판장님, 피고인이 제게 재판에 나가지 말라고 하는데 그래도 되는 겁니까?"

재판장이 뜬금없는 말에 무슨 얘기냐며 자세히 설명해 보라고 했다.

"피고인에게 전화를 걸어 내가 바빠서 그런데 다음 재판에 나가지 않아도 되느냐고 물었더니 피고인이 나가지 않아도 된다고 했습니다."

참으로 황당했다. 그는 언젠가 느닷없이 전화를 걸어와 바쁘다고 하면서 재판에 안 나가도 되냐고 물었다. 그래서 증인의 출석은 자유라는 취지로 얘기했는데 그걸 이런 식으로 재판장에게 고자질하는 걸 보면서 이 음모가 얼마나 정교하게 짜인 것인가를 짐작할 수 있었다.

재판이 끝난 뒤 사무실로 돌아온 변호사는 가방을 팽개치며 "잘 나가다가 이 한 방에 재판 망쳤다"고 말했다. 황당하지 않을 수 없었다. 여러 증인들이 일관되게 "박종희는 이 모임과 관계가 없다"고 얘기하는데, 본질과 아무런 상관 없는 이런 일들이 재판에 영향을 미칠 것이라고는 상상도 못했기 때문이다.

11월 19일, 1심 재판 결과가 나왔다. 벌금 500만 원이었다. 결과적으로는 기소된 내용 중에서 공천헌금을 받았다는 것과 당원 체육행사와 관련한 기부 행위에 관해 무죄를 입증하느라 애쓰다가, 사실상 별것도 아니고 내가 관여하지도 않은 야유회에 대한 대응을 잘못한 것이 결국 유죄를 선고받게 된 이유가 됐다.

현행 공직선거법상 현역 국회의원이 금고 이상의 형이나 100만 원 이상의 벌금형을 선고받으면 의원직을 상실하게 된다. 벌금 액수가 너무 높아 살아날 가능성은 희박했지만 항소는 당연했다. 검찰이 징역 1년을 구형했기 때문에 1심 재판장도 검찰을 의식하지 않을 수 없었을 것이다. 1심에서 200만~300만 원만 받았어도 해볼 만한 재판이었는데….

여러 사람이 내 재판에 관심을 갖다 보니 여기저기서 도움도 많이 받았다. 1심 재판장과 초임 때 같이 일하던 분, 연수원에서 친하게 지내던 분 등을 우연히 소개받았는데 이분들이 재판정에 나와 참 열성적으로 변론을 해줬다. 재판 결과야 결코 만족스러운 것이 아니지만 이분들의 수고와 고마움은 아직도 잊지 못한다.

검찰 수사 과정은 그야말로 온몸이 발가벗긴 채 가시에 찔리는 것 같았다. 검찰은 짜놓은 시나리오대로 듣고 싶은 말이 나올 때까지 주변 수사를 통해 압박했다. 기부 행위나 정치자금 수수의 증거를 찾으려고 나와 아내의 계좌를 모두 뒤졌지만 아무런 흔적이 나오지 않자, 나중에는 핸드폰 통화 기록을 모두 뽑아내 여자관계가 복잡하다는 등의 말을 흘려 가정불화를 일으키려 한 일 등은 참기 힘들고 치욕스런 경험이었다. 국회의원 당선자에게 이 정도이니 다른 피의자에게는 어땠을까 안 봐도 뻔했다. 동아일보 기자로 경찰·검찰·법원을 출입하면서 미처 몰랐던 일들을 내가 수사와 재판을 받으면서 몸소 체험하니 정말 지난날들이 후회스러웠다.

항소를 하니 재판은 더 속도를 냈다. 2심 재판은 주심이 많은 영향을 미치는데, 내 사건을 맡은 주심은 진보 성향의 판사 모임인 '우리

법연구회'의 핵심이었던 분이다. 재판장은 내게 호의적이었던 데 반해 이분은 재판 내내 나와 눈길 한 번 마주치지 않았다. 내게 유리한 증인신청을 하면 대부분 기각됐다. 1심에서 유죄의 원인이었던 H와 J를 증인으로 신청해 바뀐 상황에 대해 진술하려 했는데 이마저 받아들여지지 않았다. 증인신문은 단 두 번으로 끝내고 선고를 했다. 벌금 300만 원.

18대 국회 선거법 재판은 전반기에는 거의 1심 형량이 2심에 그대로 반영됐는데, 내 경우 200만 원 깎인 것은 매우 이례적이라는 것이 서초동 법원 주변의 시각이었다. 그렇다고 의원직 상실 여부가 달라지는 것도 아니고 200만 원 벌려고 항소한 것도 아닌데….

이때부터는 그야말로 진인사대천명盡人事待天命이었다. 내가 할 수 있는 일이 없었다. 아니 좀 더 솔직히 말하면 몸과 마음이 너무 지쳐서 될 대로 되라는 식이었다. '유전무죄 무전유죄'라는 말이 떠올랐다. 나는 거기에다 '유권무죄有權無罪 무권유죄無權有罪'까지 겹쳤다. 이명박 정권과 친한 의원들에 대한 선거법 및 정치자금법 위반 사건을 보면 1심에서 유죄를 받은 의원들이 2심과 최종심에서 당선무효형 이하를 선고받거나 파기 환송된 사례가 여럿이다. 참으로 씁쓸했다.

혹시나 하는 생각으로 이명박 정권의 실세로 불리는 의원에게 넌지시 구명을 얘기한 적이 있다. 그러자 "대법원장과 친한 모 목사님을 찾아뵈라"는 책임회피성 대답만 돌아왔다. 이에 반해 임태희 전 대통령 비서실장은 1심 수사 때부터 대법원 선고 때까지 고비고비마다 자신의 인맥을 총동원해 챙겨 주어 두고두고 고맙게 생각한다.

더 이상 살아남을 수 있을 거라는 생각은 접었다. 대법원에 상고를 하긴 했지만 변호사 비용이 없어 상고이유서 작성 비용밖에 줄 수 없었고, 또 대법원은 사실 관계보다는 법리 적용이 잘 됐나 못 됐나만 따지기 때문에 별 기대를 하지 않았다. '여기까지가 내 운명인가 보다…' 이런 생각이 드니 오히려 2심 선고 이후에는 차분하게 의정 활동에 전념할 수 있었다.

그러나 나를 쳐다보는 사람들에게서 언젠가는 배지가 떨어질 사람이라는 동정 내지 얕잡아보는 시선이 느껴졌다. 그러자 오기가 생겼다. 대법원 선고 직전인 2009년 9월 9일 청와대에서 만난 이명박 대통령이 "박 의원, 정무위에서 날 많이 도와줘서 고맙게 생각해요. 재판은 잘 돼가지?"라고 묻기에, "대통령님, 오늘 하직 인사를 드리러 왔습니다. 재판은 상고 기각으로 결론난 것 같습니다"라고 퉁명스럽게 대꾸해 분위기가 썰렁해지기도 했다. 당시 내 상황이 한가하게 입에 발린 소리나 할 처지가 아니었던 것이다. 돈이 없어 변호사도 제대로 선임하지 못하고 홀로 고군분투했던 날들이었다.

5만 2천여 명의 지지를 받고 당선된 국회의원이 이 정도의 혐의로 당선무효형을 받다니…. 참으로 받아들이기 힘들었다. 더구나 당선무효형을 받으면 선거가 끝난 후 환급받은 1억 5천여만 원의 선거보전금을 선관위에 반납하게 돼 있다. 그야말로 생돈을 국가에 내야 하는 셈이어서 2중, 3중의 고통을 겪어야 했다.

나는 대법원 판결이 난 후 하루빨리 아픈 기억에서 벗어나기 위해 아파트를 담보로 대출을 받았다. 그 대출금은 매달 68만 원씩 내 통장에서 빠져나가는데 앞으로 30년을 더 갚아야 한다. 선거법 위반이라는 주홍글씨가 내 이마 대신 주거래 통장에 찍혀 있는 셈이다.

# 선산을 지키는
# 굽은 나무가 되겠습니다

-------

안녕하십니까? 박종희입니다.

저는 오늘로 제16·18대 국회의원으로서 정들었던 의사당을 떠나게 됐습니다. 2007년 11월 말부터 시작된 선거법 위반 수사와 재판을 받느라 제대로 당선의 기쁨도 맛보지 못하고 여러분께 심려만 끼쳐 죄송스럽고 또 죄송스럽습니다.

저는 국회 정무위에서 여당의 간사와 법률심사소위 위원장을 맡고 있었기에 어디 가서 재판 때문에 힘들다고 말 한마디, 한숨 한번 제대로 쉬지 못했습니다. 저의 사사로운 문제 때문에 제가 맡은 공적인 일에 영향을 주고 싶지 않아서였습니다. 그렇게 홀로 조용히 법정투쟁을 벌이면서 저의 억울함이 풀어질 것이라 믿었습니다만, 결과는 참담하게 돼버렸습니다.

지역구민들께 공약한 인덕원~화성 동탄 전철 건설 등 수많은 일들을 묻어둔 채 의정 단상에서 버려와야 하는 제 마음은 찢어질 것 같습니다.

10년 넘게 정치판이라는 험하디험한 곳에서 나름대로 원칙을 가지고 살았습니다. 그것은 '믿고 의지할 수 있는 정치', '깨끗한 정치'를 실천하자는 것이었습니다.

하지만 이번 재판으로 제가 지금까지 추구하던 가치들은 빛이 바랬고, 부도덕한 정치인이라는 낙인까지 찍혀 버렸습니다. 재판의 결과보다 더 참을 수 없고, 견디기 힘든 것이 바로 이것입니다.

저는 작은 일 때문에 제가 지켜야 하는 것들을 버리는 그런 사람이 아닙니다. 어찌 표현해야 할지 모를 정도로 억울하고 또 억울합니다.

하지만 어디에 더 호소하겠습니까? 이젠 이 모든 것을 제 부덕의 소치로 돌리고자 합니다. 그 누구도 원망치 않겠습니다. 이것이 제가 짊어져야 할 짐이라면 저 혼자 묵묵하게 견디고 나아가겠습니다.

제가 한 가지 꼭 말씀드리고 싶은 것은 비록 법적으로는 상처투성이가 되었을지 모르지만, 여전히 제가 추구하는 정치적 이상과 가치는 변하지 않았다는 것입니다.

'굽은 소나무가 선산을 지킨다'는 말이 있습니다. 저는 이렇게 저렇게 많은 상처를 입었지만, 끝까지 선산을 지키는 굽은 나무처럼 아픔을 이겨버고 굳건히 한나라당과 여러분의 곁에서 더욱 정진하겠습니다.

그동안 많은 성원과 격려를 보내주신 여러분께 머리 숙여 감사드립니다. 결코 잊지 않겠습니다. 다시 뵐 때까지 건강과 행운이 함께하시길 빕니다.

안녕히 계십시오.

2009. 9. 10
박종희 드림

대법원 판결을 전화로 전해 듣고는 빨리 방을 빼주라고 보좌진에게 일러뒀다. 여의도에는 갈 일도 없었고 가고 싶지도 않았다. 이미 이런 판결이 나리라고 예상을 한 터라 미리 작별 편지도 다 써놓았고, 동료 의원과 선배 의원들께도 인사를 대충 해놓은 상태였다.

이제 가장 가까이에서 나를 지켜보고 도와준 수원 장안구의 당원들과 유권자들에게 인사만 하면 됐다. 책상에 앉아 '선산을 지키는 굽은 나무가 되겠습니다'라는 제목을 달고 이 편지를 썼다. 애써 담담했던 마음이 심하게 요동쳐서 몇 번이나 눈시울을 적셔야 했다. 가까운 분들께는 전화로 인사를 드렸다. 다 끝났다.

여기저기서 위로 전화도 많이 받았다. 친박 의원이라서 첫 번째로 기소된 나를 두고 '정치적 희생'을 당했다며 토닥여 주는 이도 있었고, "그렇게 따지면 선거법 위반 하지 않은 국회의원이 어디 있냐"며 울분을 토하는 당원들도 있었다. 돈을 덜 썼고 변호사를 잘못 선임했다며 패인 분석을 하는 이들도 여럿 되었다.

하지만 나는 대한민국에서 법을 만들던 국회의원이었다. 내가 법을 무시할 수는 없었다. 억울하긴 하지만 법원의 판결이 난 후에는 토를 달아서도 안 되고 달지도 않았다. 내가 시킨 일이 아니라고 해서, 내가 돈을 주지 않았다고 해서 무죄가 되는 것은 아니다.

야유회 모임은 박종희가 없었으면 성립되지 않았고, 그 모임에서는 '박종희'라는 이름을 연호한 것이 분명한 이상 선거를 위한 모임이 되어 버린 것이다. 참석자들 중 야유회 회비로 1만 원만 냈다고 진술한 사람이 많았다. 누가 보아도 1박2일의 회비로 보기에는 말이 안 되었다.

그 사건이 선거 6개월 전에, 그것도 대통령선거 이전에 발생했고, 총선에서 상대 후보와 무려 1만 8천여 표라는 큰 차이로 이겨 선거에 영향을 행사했다고 보기도 어렵고, 그 모임을 주도한 사람이 나와의 연관성을 부인하는 정황은 모두 무시됐다.

우체국 택배로 당원 700명에게 2만 5천 원짜리 멸치세트 700개를 배포한 사람에게도 1심에서는 징역형을 선고했다가 고법에서 감형해주고 대법원에서 파기 환송을 하여 결국 벌금 80만 원을 선고해 의원직을 유지하게 했던 대한민국 법원이다. 기부 행위와 사전선거운동으로 기소된 경기도 내 모 단체장에 대해서는 벌금 700만 원을 선고하면서 선고를 유예하는 방식으로 봐줬던 대한민국 법원이다.

그런데 시키지도 않았고, 여성회장이 모아 온 부녀자들의 모임에 대해 하지도 않은 151만 원을 기부했다고 5만 명이 넘는 유권자들의 지지를 받은 선량의 배지를 떼어 버렸다.

하지만 난 법원의 결정에 무조건 승복했다. 입법기관으로서 대한민국의 법을 수호할 최우선의 책임을 지고 있기 때문이다. 악법도 법이라며 사형 집행을 담담하게 받아들인 소크라테스처럼 나라고 예외가 될 수는 없었다.

돌아보면 모두가 내 탓이다. 우선은, 아무리 사무국장 L이 당협 내에서 불협화음을 일으켰어도 L을 인격적으로 존중해서 그의 뜻대로 진퇴를 결정하게 했어야 했다. 시골 무지렁이도 남의 눈 찌를 꼬챙이 하나씩 갖고 있다는데, 위원장과 가장 가까운 사무국장에게 원한을 품게 한 것은 무조건 내 잘못이다. 그의 아내도 내게 당협에서 일할 수 있게 해달라고 사정했지만 내 성급한 판단이 돌이킬 수 없는 화를 부른 것이다. 나는 마음속 깊은 곳에서 L을 용서하고 그의 모친 장례식에도 찾아가 문상을 했다.

두 번째는 사람 관리를 부실하게 한 탓이다. 야유회를 간다고 했을 때 좀 더 꼼꼼히 챙기고 석연찮은 구석이 있으면 막아야 했다. 가정주부들 31명의 야유회가 선거에 얼마나 도움이 된다고, 그냥 알아서 하겠지 하며 방치한 것이 엄청난 사태로 비화한 것이다. 경위야 어찌됐든 여성위원장 H와 총무 J는 이 일로 구속되고 당원들로부터 의원직 상실의 주범으로 몰리는 등 상상 못할 고통을 겪었는데, 내가 그 빚을 어떻게 갚을 수 있을지 모르겠다.

세 번째는 이렇게 일이 커질 것을 예상했으면 아무리 공천이 눈앞에 있더라도 총선 출마를 포기했어야 옳았다. 미련하게도 내가 돈을 준 일이 없고, 당의 공천은 확실하고, 당시 현역인 민주당 심재덕 의원의 불출마로 사실상 장안구는 무주공산이나 다름없어서 '출마=당선'이라는 확신에 출마를 강행한 것이 사단을 일으켰다.

판단력이 흐려진 것이다. 4년간 원외에서 고생한 데다 16대 국회에서 당직을 맡아 고생을 많이 한 것에 대한 보상으로 당에서도 공천을 거둬들이지 않은 것도, 내 잘못된 판단을 부추기는 데 한몫 했다. 결국 눈앞의 이익에 급급해 먼 일을 내다보지 못한 내 실수다.

네 번째는 구속된 여성위원장 H가 1심에서 벌금 500만 원을 받았을 때, 적극적으로 항소를 권해야 했다. 항소 없이 그대로 형이 확정되는 바람에 같은 재판부가 결국 내게도 유죄를 선고할 수밖에 없었다. 그때 미처 알아채지 못했던 것도 내 불찰이다.

다섯 번째는 중이 제 머리 못 깎는다지만 머리 깎아 줄 사람을 구하지 못했으면 자구책이라도 강구했어야 했는데 그러질 못했다. 18대 국회에서 일이 너무 많은 정무위 간사를 맡는 통에 정작 내 재판에는 소홀했다. 수원지검이나 법원은 내가 <동아일보> 기자 시절에 5년이나 출입한 경험이 있어서, 도움을 받자고 들면 못 받을 게 없는데도 의정 활동과 재판을 병행하느라 너무 바빠서 전혀 챙기질 못했다. 정무위가 아니라 법사위에 갔다면 아마도 재판 결과는 다르게 나왔을 수도 있지 않을까 뒤늦은 후회도 살짝 했다.

여섯 번째로 변호사 선임에 실패했다. 변호사와 의사는 전체 사안을 입체적으로 읽을 수 있는 능력이 있어야 한다.

1심 변호사를 선임한 직후 수원지법원장 출신의 덕망 있는 변호사 한 분을 우연히 만났는데, 이분이 "내가 도와줄 수 있으니 연락하라"고 했지만 그냥 흘려들었다. 나중에 알아보니 1심 재판장과 매달 만나는, 스승과 제자 사이라고 해서 이 재판이 잘 풀리지 않을 것 같은 불길한 예감이 들었던 것인데, 지금 생각하니 참 아쉬운 대목이다.

의원직을 상실한 뒤 헛헛한 마음을 달래려고 술을 마셨지만 취하지도 않고 별 맛도 없었다. 모든 것을 내려놓아서 그랬는지 점차 마음도 평화로워지고 잠도 잘 왔다. 집안 분위기는 무겁게 가라앉았지만 나는 내색하지 않고 즐거운 분위기로 이끌려고 애썼다.

고등학교 때 같은 집에서 하숙을 하던 안면도 친구를 찾아가 묵은 얘기도 원 없이 하고 사는 모습도 봤다. 광교산에 올라 서너 시간씩 뛰어다니면서 땀을 흘리고 술도 실컷 마시고 수다도 떨고 잠도 푹

잤다. 오랜만에 느끼는 여유였다.

위로주 한잔 하자, 밥 한번 먹자, 골프 한번 하자, 등산 가자…. 그야말로 '백수가 과로사 한다'는 말이 딱 어울릴 정도로 핸드폰에 불이 났다.

한 달쯤 쉬고 10월 중순부터 회계법인으로 출근하기 시작했다. 남들처럼 외국 대학에 연수를 갈 형편도 안 됐고 경제적 여유도 없었기 때문에 일을 빨리 시작해야 했다.

# 의원 배지 떼고
# 행복한 생활인으로

------

아침마다 서울로 출근하는 샐러리맨이 되었다. 서초동의 Y회계법인. 그곳이 내가 새로 얻은 직장이었다. 기획재정부 출신의 대표와 공무원이나 은행원 출신이 대부분인 고문들, 공인회계사 70여 명이 일하는 작지만 강한 회계법인이다. 정부와 공기업을 주로 상대하면서 부실채권 정리 등에 탁월한, 규모는 그리 크지 않지만 알짜배기 회사로, 기업 회계감사나 세무 컨설팅을 비롯해 기업 구조조정, 기업 인수합병(M&A), 상속, 증여, 기업승계 등을 주로 다루는 곳이다. 국회의원 시절 쌓은 인맥과 기자 시절의 경험을 바탕으로 마케팅을 하는 것이 내게 주어진 일이었다. 싸울 일도 없었고 스트레스 받을 일도 없었다. 대형 회계법인과의 경쟁은 힘겨웠지만 그곳은 천국이었다. 부실채권 정리 같은 일들은 정부투자기관이나 공기업에서 인맥을 보고 주는 경우가 많아 정무위 간사를 했던 이력이 도움이 됐다. 섭섭지 않게

일감이 들어왔다.

대학 때 무역과 경영, 경제 분야를 공부했지만 전공과 관계없는 사회부 기자와 국회의원 생활을 하면서 대부분 잊어버렸는데 경제학 공부를 차분한 분위기에서 할 수 있었던 것은 큰 수확이다. 18대 국회 정무위 유관기관들과 바쁜 와중에도 교유의 끈을 놓지 않았던 것도 업무에 큰 보탬이 됐다. 가끔 임원들과 어울려 골프도 치고, 젊은 회계사들과 호프 한잔 하면서 세상 돌아가는 얘기를 나누는 재미도 쏠쏠했다. 특히 여성부 차관을 지낸 신현택 고문님의 탁월한 식견과 다양한 화제는 압권이었다.

집무실은 작지만 혼자 쓰기에는 부족함이 없었다. 업무를 보는 틈틈이 그동안 바쁘다는 핑계로 미뤄 왔던 일들을 하면서 찬찬히 나를 돌아보는 시간은 행복했다. 찾아오는 사람도 거의 없어서 조용하다 못해 적막했지만 오히려 그런 고요가 좋았다. 무엇보다 책읽기에 그만한 분위기도 없었다.

시간도 있겠다 분위기도 좋겠다, 그간 읽고 싶었던 책을 실컷 봤다. 『삼국지』부터 시작해서 홍매의 『경세지략』 같은 중국의 고전과 소설, 『로마인 이야기』를 비롯한 서양 역사책은 시간 가는 줄도 모를 뿐더러 마음을 차분하게 가라앉게 하는 정신의 스승과도 같은 역할을 했다. 소설가의 꿈을 키우던 어린 시절을 회상하며 『1Q84』, 『상실의 시대』 등 무라카미 하루키의 소설은 이때 거의 섭렵했다. 우리 대하소설인 『임꺽정』, 『태백산맥』 등은 일단 손에 잡으면 다 읽을 때까지 거의 침식을 잊을 정도로 재미있게 읽었다. 정약용의 『목민심서』, 마키아벨리의 『군주론』, 『리콴유 자서전』, 『마가렛 대처 영국 수상의 국가경영』 등도 곱씹어 읽으면서 정치와 시대정신을 다시금 생각했다. 축약본으로 된 『조선왕조실록』을 통해 고등학교 졸업 이후 처음으로 제대로 된 역사 공부를 하게 된 것도 의미 있는 일이었다. 신나는 날들의 연속이었다.

3년간 이곳에 머물렀다. 그 사이에 언론판과 정치 바닥을 전전하며 찌들 대로 찌든 머리가 개운해졌다. 마치 직장생활이 아니라 마음 수양을 하고 온 듯한 기분이었다.

가까운 이들의 경조사가 아니면 웬만해서는 지역에 거의 다니지 않았다. 나로 인해 좋지 않은 기억을 떠올릴 사람들에게 죄스러운 마음도 있었지만, 거꾸로 내가 상처받는 일들도 간혹 있었다.

"요즘 뭐 하쇼? 별것 아닌 것 가지구 그렇게 됐으니 참 안됐네. 그나저나 복권은 언제 되시나?"

위로라고 하는 말이지만 말투가 묘하다. 내가 현역 의원이었을 때는 그렇게 하지 말라며 손사래를 쳐도 깍듯이 존대를 하던 사람이 반말도 존대도 아닌 투로 인사를 건네오는 경우가 많았다. 예의 없이 어깨를 아무렇게나 툭툭 치는 일도 있었다. 예전 같으면 멀리서부터 쫓아와서 반갑게 알은체를 하던 사람이 슬그머니 등을 돌리기도 했다. 자격지심일 수도 있겠지만 이런 일을 한두 번 겪고 나면 마음이 상했다. 물론 내 일처럼 아파하고 함께 울어 주며 따뜻한 위로를 건넨 분들이 훨씬 많았다. 그분들에게야 무슨 할 말이 있으랴. 머리카락으로 짚신을 삼아 바쳐도 시원치 않거늘.

그렇다 보니 아주 친한 사람들이나 어쩔 수 없이 만나야 하는 사람들 외에는 거리를 두었다. 그 대신 허리 수술과 암 수술을 하신 뒤로 거동이 부쩍 불편해지신 어머니를 모시고 가끔 외식도 하고 가족들과 이따금 여행도 다녔다. 친구나 선후배들과 차분하게 둘러앉아 뒷약속 걱정 없이 식사도 하고 이야기꽃을 피웠다. 정치를 할 때는 엄두도 못 내던 일이라서 그 시간만큼은 늘 고맙고 소중했다.

다만 다른 정치인들처럼 정치를 쉴 때 외국에 나가 연수를 하거나 본격적인 공부를 하지 못한 것은 아쉽다. 그럴 경제적 여유도 없었고 나 혼자 나가 있을 형편도 못 됐다. 그래도 어수선한 마음 다스리고 책도 실컷 읽고 가족이나 가까운 지인들과의 시간도 모처럼 넉넉하게 낼 수 있었으니 이 또한 흡족한 일이다.

내 의원직 박탈로 공석이 된 수원 장안에서는 10·28 국회의원 재선거가 기다리고 있었다. 한나라당 박찬숙 후보와 민주당 이찬열 후보가 맞섰다. 내 지역에서 나로 인해 벌어지는 선거라서 모른 체하고만 있을 수도 없었다.

정치적 식물인간으로 선거권과 피선거권이 박탈된 나는 공식적인 정치 활동을 할 수 없다. 그렇다고 남의 일이라도 되는 양 강 건너 불구경만 할 수도 없는 노릇이었다.

박찬숙 후보의 개소식에 참석해 축사도 하고 거리 유세에도 나가 아는 얼굴들이 있으면 후보를 부탁했다. 따로 박찬숙 후보를 만나 가깝게 지내던 사람들을 소개해 주기도 하고, 선거를 치르면서 염두에 두어야 할 지역의 핵심 포인트랄까 노하우랄까 같은 것도 귀띔해 주었다. 또 당원들을 따로 모아 박 후보에 대한 전폭적 지지를 부탁하는 등 나름대로 최선을 다했다. 그것이 의원 배지가 떨어져 나가는 순간에도 "장안구를 위해 한 톨의 밀알이 되겠다"고 지역주민들과 한 약속을 지키는 최소한의 도리였다.

선거 유세 기간에 길거리에서 우연찮게 만나게 된 열성당원들은 나를 붙들고 우는 이들도 있었고, 안타까움에 발을 동동 구르는 이들도 있었다. 그제야 내가 얼마나 큰 잘못을 저질렀는지 실감이 났다. 나로 인해 받지 않아도 될 상처를 입고 아파하는 사람들 앞에서 그저 아무 말도 못하고 등만 다독일 수밖에 없었다.

공식적인 선거운동이 시작되기 바로 전날인 10월 14일 저녁에 전화 한 통을 받았다. 손학규 전 민주당 대표였다.

"박 의원, 오랜만이야. 내가 지금 수원에 왔는데 안 바쁘면 한 잔 할까?"

손 대표와 나는 지난 16대 국회에서 만나 인연을 맺은 뒤, 경기도지사 출마 때 대변인으로, 한나라당에서 대선주자로 출마해 당내 경선을 하던 때에는 내가 비서실장을 하며 모시던 분이다. 경선 와중에 손 대표는 민주당으로 옮겨갔지만 나는 따라가지 않으면서 자연스럽게 서로의 길을 가게 되었다.

대학에서 학생들을 가르치던 학자에서 정치인으로 변신한 뒤, 민자당 국회의원, 당 총재 출마, 장관, 의원직 사퇴, 도지사, 대선후보 출마, 탈당 후 민주당에서 당대표와 국회의원을 지내기까지 참으로 화려한 이력을 갖고 있다. 더욱이 중요한 정치적 고비마다 과감하게 도전하고 가끔씩은 남들이 이해하지 못할 행보로 길을 만들어 왔다. '돈키호테'라는 말이 괜히 나온 게 아니다.

하지만 가까이서 본 손 대표는 많은 사람들이 생각하는 것처럼

엉뚱하고 도전 정신만 강한 사람이 아니다. 경기도지사를 그만둔 뒤 '100일 대장정'으로 전국을 돌며 민생 순회를 했던 그는 진보와 실용을 함께 품은 합리주의자다. 경제 마인드도 놀라울 정도로 건강하다. 그리고 언제나 꿈을 품고 사는 사람이다. 그 꿈이 도전을 멈추지 않게 하고 다소 엉뚱하게 보이는 행보를 만드는 원동력이다.

전남 강진에 칩거하면서 간간이 서울 나들이를 한다고 하는데, 그 당시에도 정치권과 일정한 거리를 두고 춘천에서 닭을 키우는 것을 소일삼아 살던 시절이었다. 한나라당에서 민주당으로 건너갈 때 한배를 탄 이찬열 후보를 응원하러 왔다는 걸 금세 짐작할 수 있었다.

손 대표와 단 둘이 마주 앉았다.

"이찬열 선거운동을 위해 왔지만 박 의원 지역구인데 신고를 안 할 수 있나."

손 대표는 양주 한 병을 꺼냈다. 둘이서 거의 자정 무렵까지 맥주를 섞어 폭탄주를 마셨다. 손 대표는 의원직을 박탈당한 나를 위로했고, 나는 손 대표를 끝까지 모시지 못하고 한나라당에 잔류한 것을 미안해하며 통음했다. 손 대표가 한나라당을 떠나겠다는 결심을 하던 날, 한밤중에 의왕 나자로마을 사제관에서 막걸리를 놓고 밀고 당기기를 거듭하던 날의 풍광이 떠올랐다.

"박 의원, 미안해. 아무리 생각해도 탈당을 하는 게 맞는 거 같애."

나는 마지막 기회라는 각오로 적극적으로 말렸다.

"탈당하면 죽습니다. 이미 시기가 늦었어요. 명분도 없습니다. 정하려면 한두 달 시간을 내서 프로그램을 만들고 쫓겨나는 모양이라도 갖춰야 하는 거 아닙니까."

손 대표를 설득하기에는 늦었다. 그는 떠났고 나는 남았다. 어떤 결정이 올바른 것이었는지는 역사가 판단하겠지만 당시 나는 어떤 명분도 찾을 수 없었고, 그 결정은 지금도 후회하지 않는다.

그렇게 술을 마시고도 손 대표는 다음날 오전 일찍 성대역 앞에서 이찬열 후보의 선거운동 현장에 모습을 나타냈다고 해서 나를 놀라게 했다. 자신에게 주어진 역할이 무엇인지를 분명히 아는 사람이었다. 또 자신 때문에 당을 포기하면서까지 정치적 모험을 한 동지에 대한 따뜻한 배려가 보였다. 지난 대선에서 새정치민주연합의 대선 후보 경선에 나서며 내걸었던 구호인 '저녁이 있는 삶'은 단순한 수사가 아니었다. 재선거 투표를 마감하던 날 저녁에도 손 대표는 전화를 걸었다.

"박 의원, 지금 춘천으로 돌아가는 길이야. 그간 얼마나 마음고생 많았어? 이제 정치 생각은 당분간 접고 푹 쉬고 재충전해."

사람 냄새 나는 그의 따뜻한 말 한 마디가 가슴속에서 오래도록 진한 여운으로 남았다.


선거 기간에 경기도 정치 1번지답게 수원 장안은 떠들썩했다. 아무리 재선거라고는 하지만 그만큼 여야가 중요하게 생각하는 지역이라는 의미다. 새누리당에서는 정몽준 대표와 안상수 원내대표를 비롯한 당 수뇌부가 총출동했고, 민주당에서도 당 지도부가 총동원돼 한바탕 유세 전쟁을 벌였다. 결과는 이찬열 후보의 여유 있는 승리로 끝났다.

새정치민주연합 이찬열 후보가 한나라당에서 도의원을 한 경력도

**수원갑(장안) 역대 선거 결과**

| ▶ 5승 2패 ◀ | | | ▶ 5패 ◀ | | |
|---|---|---|---|---|---|
| 2000년 제16대 총선 | 40.4% (한) 박종희 | 35.7% (민) 김흥동 | 2009년 10월 국회의원 보궐선거 | 42.7% (한) 박찬숙 | 49.2% (민) 이찬열 |
| 2002년 6월 지방선거 | 60.6% (한) 손학규 | 34.1% (민) 진 념 | 2010년 6월 지방선거 | 47.3% (한) 김문수 | 51.2% (민) 유시민 |
| 2002년 12월 제16대 대선 | 45.1% (한) 이회창 | 49.2% (민) 노무현 | 2012년 4월 제19대 총선 | 43.5% (새) 김용남 | 51.62% (민) 이찬열 |
| 2004년 4월 제17대 총선 | 38.24% (한) 박종희 | 44.43% (열) 심재덕 | 2012년 12월 제18대 대선 | 48.9% (새) 박근혜 | 50.6% (민) 문재인 |
| 2006년 6월 지방선거 | 57.9% (한) 김문수 | 32.7% (열) 진대제 | 2014년 6월 지방선거 | 48.5% (새) 남경필 | 51.5% (민) 김진표 |
| 2007년 12월 제17대 대선 | 48.59% (한) 이명박 | 22.96% (민) 정동영 | | 37.4% (새) 김용서 | 59.9% (민) 염태영 |
| 2008년 4월 제18대 총선 | 58.8% (한) 박종희 | 38.2% (민) 이찬열 | | | |

있지만, 손 대표도 한나라당에서 경기도지사와 대선 후보를 지낸 터라 후보의 손을 잡고 그 시절부터 친했던 한나라당 당협위원장, 여성회장 등을 만나고 다녔다. 한나라당 당원들로서는 이 후보가 여당 후보인지 야당 후보인지 헷갈리지 않을 수 없었다. 반면 수원 영통에서 낙선한 바 있는 박찬숙 후보의 난데없는 장안구 출마에는 지역주민들의 거부감이 컸다. 선거 초반에 이런 분위기를 빠르게 수습했어야 하는데 아쉽다.

그 이후로 장안구 여당의 깃발은 찢어지고 퇴색했고, 당원들의 결속과 자부심도 내리막길을 걸었다.

# 쳐다보기도 싫은 선거지만 어쩌랴

------

2010년 봄이 되면서 지방선거 분위기가 후끈 달아올랐다. 당내에서 선거전문가로 소문난 내게도 이런저런 캠프에서 도와달라는 요청이 왔다. 정치활동을 할 수 없는 내가 전면에서 선거운동을 할 수 없다는 걸 다들 알기 때문에 드러내지 않고 뒤에서 도울 수 있는 일들을 제안했다. 공식 직함은 없는 일종의 막후 역할인 셈이다.

오세훈 서울시장 후보 캠프에서는 선거 업무를 조정하는 일을 맡았다. 사실상 캠프를 총괄하는 역할이다. 날마다 캠프 회의를 주재하고 선거 기획에서부터 조직, 홍보까지 조율했다. 상대는 민주당의 거물 한명숙 후보. 민주당의 브레인이란 브레인은 다 모였다고 해도 과언이 아닌 상대 캠프와의 한판 승부였다. 오 후보 캠프도 권영진(현 대구광역시장)·서장은(현 일본 히로시마 총영사)·강철원(서울시 정무실장) 같은 멤버들이 줄줄이 포진했다.

초반 여유 있게 나가던 오 시장의 지지도는 천안함 폭침 사건 후 안보 불안 요인이 불거지면서 후반 들어 내리막길을 탔다. 막판으로 갈수록 손에 땀을 쥐게 하는 접전이 벌어졌다. 마지막 날 유세 때는 시민들의 반응이 썰렁해 캠프에 비상이 걸리기도 했다.

뚜껑을 여니 2만 6천여 표(0.6%) 차이로 오세훈 후보의 신승. 서울시 정무부시장을 지낸 서장은과 함께 전략팀을 운영하면서 동분서주했던 이 선거는 아직까지도 큰 보람으로 남아 있다.

대통령 선거를 치르던 2012년 10월 말에는 새누리당 박근혜 후보 캠프에 차출돼 유세기획단에서 일했다. 역시 공식 직함을 맡을 수 없으니 백의종군하는 기분으로 뛰어들었다.

대통령 후보 출정식을 치르던 대전에서는 서울과 부산, 광주에 중계차를 배치하고, 이준석과 손수조를 비롯한 청년 스타들과 보수진영의 유명 인사들을 총출동시켰다. 변승일 전국농아협회장이 수화로 연설을 하고, 8도에서 모아온 물과 흙을 한 곳에 모으는 합수합토슴水슴土 행사를 통해 소통과 화합, 통일을 상징하는 이벤트를 벌였다. 멋진 스타트였다. 12월 18일 광화문에서 벌인 마지막 유세에서 유권자와의 희망 약속으로 긴 선거 유세 장정의 대미를 장식한 일은 지금도 기억에 생생하다.

선거법 제약 때문에 언론 앞에 설 수도 없었고 밖에는 나올 엄두도 못 내고 고작 당사에서 유세본부의 회의를 주재하는 병참 역할만 했다. 하지만 서울역이나 강남코엑스, 영등포 등에서 벌인 대규모 유세 때에는 어쩔 수 없이 현장을 지휘하는 PD가 되어야 했다.

후보와 지지 연설을 할 일반인 외에는 어떤 정치인도 후보의 연단에 오르지 못하게 했다. 정치인 일색인 판에 박힌 선거판에서 벗어나 색다른 차별성을 두자는 발상이었다. 이런 기획은 후보의 이미지 상승에 큰 도움이 됐지만, 어떻게 하든 연단에 올라 후보에게 눈도장을 찍으려는 당내 선배들을 막아서고 끌어내리느라 진땀을 빼야 했다. 덕분에 선배들로부터 "버릇없다", "섭섭하다"는 소리를 배가 부르도록 많이 들었다.

대학을 나오고도 취업을 못해서 힘들어하는 청년실업자를 연사로 세워 달라고 했더니, 대학 총학생회장 출신의 국회 비서를 연사로 등장시킨 어처구니없는 비례대표 국회의원도 있었다. 연설이 너무 유창해 언론에서 이를 알고 취재했는데 막는 것은 결국 내 몫이었다. 이미 꽉 짜인 유세 스케줄을 뻔히 알면서도 10분이라도 좋으니 자기 지역구에 와서 후보가 유세할 수 있게 해달라고 읍소하는 당협위원장도 한둘이 아니었다. 여러 번 선거를 치러 본 사람으로서 그 마음을 모르지는 않지만 분초 단위로 짜여 있는 후보 스케줄은 절대로 바꿀 수 없기에 욕은 다 내가 먹어야 했다.

마지막 날 광화문 유세 때는 대한민국의 잘사는 미래를 열어 달라는 어린이의 소망을 담은 그림과 '당선이'로 불리던 행운의 곰 인형을 전달하는 순서가 있었다. 이 역할을 막내딸 경빈이가 맡는 행운을 누렸다. 그날은 영하 8도에 살을 에는 듯한 칼바람이 불어 무대 위의 행사 진행에도 많은 차질이 빚어질 정도였는데, 경빈이는 2만여 군중이 운집한 자리에서 얇은 산타클로스 복장 하나만 입고도 주눅 들지 않고 멋지게 잘 해내 기특하기 짝이 없었다.

선거 후반에 이르러 '트위터 대통령'으로 불리는 소설가 이외수 선생이 민주당의 문재인 후보를 지지하는 메시지를 문 후보의 광화문 유세 때 보내 캠프가 발칵 뒤집힌 일이 있었다. 가뜩이나 살얼음판을 걷는 듯한 선거판에서 이외수 선생이 상대 후보를 공식적으로 지지하게 되면 젊은 유권자들의 투표에 영향을 미치게 될 것이 분명했다.

　　며칠 뒤 나는 20대부터 이외수 선생과 아주 가깝게 지내온 오치우 씨와 강원도 화천의 이 선생 댁을 무작정 찾아갔다. 점심 무렵부터 거의 농성을 하다시피 한 끝에 오후 7시쯤에서야 선생을 만날 수 있었다. 이 선생은 이 자리에서 "민주당 광화문 유세에 보낸 메시지는 일반적인 대통령의 덕목 등을 이야기한 것인데 문 후보 지지로 왜곡됐다"며 해명했다. 나아가 '대통령 후보님들께 드리는 소망'이라는 메시지에서 "어느 후보가 대통령이 되시든 서로가 고마워하고 격려하면서 국가와 국민을 위해 협조·노력하시는 모습을 보고 싶습니다. 아름다운 성과 있으시길 빕니다"라면서 박 후보께 전달해 달라고 했다. 저녁도 얻어먹고 분위기도 화기애애했던 이날의 성과는 바로 다음날 저녁 KBS 9시 뉴스에 보도까지 되어 긴 한숨을 내쉬었던 경험이 있다. 지난 대선에서의 수많은 고비 중 하나를 그렇게 넘겼다.

　　KBS 보도가 있은 지 며칠 후 서울 코엑스 유세 때 박근혜 후보는 수많은 인파를 헤치고 일부러 나한테 다가와서 "그 멀리까지 가서 수고 많으셨어요"라며 손을 꼭 잡아 주었다. 후보도 그 일이 꽤나 신경 쓰였던 모양이다. 후보가 흡족해하는 모습을 보니 당선은 따논 당상이라는 생각이 강하게 들었다. 결국 51.6%의 득표율로 당선됐다. 그렇게 숱한 사람들이 내 일처럼 달려들어 치른 선거는 끝났다.

그러나 대선캠프에서 일했던 수많은 사람들이 제자리를 못 잡고 있었던 점은 조금 아쉬웠다. 과거 대선을 돌아보면 선거에 큰 역할을 한 공신들은 자연스럽게 정부나 공기업으로 진출했지만, 박근혜 정부에서는 선거 참여를 단순한 자원봉사로 치부해 거의 배려하지 않았다. 정치인들이 차지했던 그 자리는 업무 연관성과 전문성을 내세워 공무원이나 교수들로 채웠다. 선거가 끝나고 혹시나 하는 마음으로 한두 달, 혹은 1~2년씩 기다리던 인사들이 결국엔 지쳐서 관심을 끊고 등을 돌리고 심지어는 반정부 인사(?)로 변모해 가는 것은 이 때문이다. 심지어는 '먹튀정권'이라고 부르며 고개를 절레절레 흔드는 경우도 있다.

미국의 경우에도 클린턴 대통령 시절에 아칸소 주는 텅텅 비고 워싱턴이 아칸소 주 출신들로 북적댔다고 한다. 대통령을 도와 할 수 있는 일은 얼마든지 많다는 말이다.

선거에서 승리한 정당이 선거운동원과 그 정당의 적극적인 지지자들에게 승리의 대가로 관직에 임명하거나 다른 혜택을 주는 관행을 엽관제獵官制, spoils system라 한다. 이 말은 이미 1800년대 초반부터 미국 정치권에서 사용될 만큼 뿌리 깊은 관행이다. 그 옛날에도 공을 세우면 그 공에 따라 관직과 상을 내리는 공신이 있었고 이를 기록해 둔 공신록이 있었다. 그런데 이 정부 들어서 엽관제가 완전히 사라졌다.

나는 이 엽관제의 실종이 정치발전을 위해 바람직한 것인지, 그렇지 않은지 사실 판단이 잘 서지 않는다. 만일 이런 풍토가 정착된다면 아무런 배려가 없는데 다음 대선에는 누가 팔 걷어붙이고 나서서 도움을 주려고 할는지 모르겠다. 제 주머니 털어 가면서 몇 달을 고생한 당 주변 인사들에 대한 배려는 어떻게 할 것인지 답이 나오지 않는다.

내 경우도 마찬가지다. 이명박 정권까지는 선거법 위반으로 피선 거권이 정지돼도 길어야 2~3년 안에 거의 사면 복권이 되었다. 이명 박 정권 말기에 300명 정도 사면 복권시킬 예정으로 내게도 연락이 왔다. 그러나 박근혜 대통령당선자 쪽에서 이를 반대해 성사되지 못 했다. 언론에서는 친박이라고 분류했지만, 복권도 안 시켜 주는 난 찬밥 신세를 못 면한 '찬박'이었다.

그 결과 나는 법정시한인 5년을 다 채우고 선거권과 피선거권을 되찾았다. 법 집행의 공정성을 위해 대통령의 사면권을 제한하는 것 은 옳은 일이다. 그러나 최근 기업인에게 예외적으로 행해진 사면과 복권은 어떤 말로 설명할 수 있는지…. 참 고민스러운 대목이다.


고희선 의원의 별세로 치르게 된 2013년 10·30 화성갑 선거구 보 궐선거 때에도 그냥 있을 수 없는 상황이었다. 한나라당 시절 당대표 를 지낸 서청원 후보가 출마했기 때문이다. 나는 서청원 후보의 한나 라당 대표 때 비서실장으로 지낸 남다른 인연이 있다.

사무실을 얻는 일부터 모든 뒤치다꺼리를 도맡아 했다. 내 선거 때 에도 사무실은 참모들이 물색해 얻었는데 그 선거를 앞두고는 내가 직접 현장에 가서 어느 사무실이 적합한지 이모저모 꼼꼼하게 따져 보고 판단했다. 여론조사를 통해 선거 콘셉트를 세우고, 선거홍보물 을 기획하고, 왕형근·김우석 등과 함께 메시지와 일정 등을 잡아 나 갔다. 전국 각지에서 몰려든 당 내외 인사들을 접대하고, 매일매일

회의를 주재하는 등 그야말로 혼자서 북 치고 장구 치고 다 했다.

선거를 준비하던 와중에 독일에 8개월가량 체류 중이던 손학규 전 민주당 대표의 출마설이 불거졌다. 손 대표는 9월 말 귀국길에서 "예술인은 예술로 말하고 정당과 정치인은 선거로 말한다. 선거를 회피하거나 선거를 왜곡하는 일은 당당한 정당과 민주주의 길이 아니다"라고 말해 출마 가능성을 며칠간 열어 놓았다. 나는 이때 참으로 운명의 장난치고는 너무 짓궂다는 생각이 잠깐 들었다.

손 대표 쪽은 사무실도 물색하고 여론조사도 실시했으나 결국 출마를 접었다. 짓궂은 기자들은 "박 선배는 두 분이 대결하면 어떻게 할 거예요?"라고 묻기도 해 나를 곤란하게 만들었다.

서 대표는 결국 '화성 발전 10년 앞당기겠습니다'라는 지역발전론을 내걸어 민주당 오일룡 후보에게 거의 더블스코어 차이로 이겼다. 노무현 정권에 이어 이명박 정권까지 정치적 식물 상태로 있다가 끝내 오뚝이처럼 일어서고야 마는 서 대표의 국회 복귀를 보며 참으로 많은 교훈을 얻었다.

> 흔들리지 않고 피는 꽃이 어디 있으랴
> 세상 그 어떤 아름다운 꽃들도
> 다 흔들리면서 피었나니
> 흔들리면서 줄기를 곧게 세웠나니
> 흔들리지 않고 가는 사랑이 어디 있으랴
>
> 젖지 않고 피는 꽃이 어디 있으랴
> 세상 그 어떤 빛나는 꽃들도
> 다 젖으며 피었나니

바람과 비에 젖으며 꽃잎 따뜻하게 피었나니
젖지 않고 가는 삶이 어디 있으랴

서 대표의 정치 역정을 보면 도종환 시인의 <흔들리는 꽃>에 쓰인 시구가 자연스럽게 떠오른다. 늘 흔들리고 늘 비에 젖으면서도 꽃을 피워낸 그 생명력. 내가 어떤 자리에서거나 정치적 멘토로 서슴없이 서 대표의 이름을 거명하는 이유다.

사실 지난번 보궐선거 출마도 우여곡절이 많았다. 박근혜 대통령이 서청원 대표의 화성 출마를 반색했다고 알고 있는데, 새누리당 내에서는 집요하게 서 대표의 출마를 방해했다.

당시 황우여 대표는 서 대표가 국회에 들어올 경우 국회의장 자리가 위협받는 처지라서 당내의 반대 움직임을 적극 제지하지 않았고, 공천 확정도 차일피일 미뤘다. 공천심사위원장인 홍문종 사무총장은 서 대표의 공천이 여러 후폭풍을 몰고 올 것이라며 나더러 서 대표를 잘 모시는 길이 무엇인지 고민해 보라고 여러 차례 얘기를 했다. 홍 사무총장은 서 대표와 화성 보궐선거 출마를 놓고 경쟁하던 김성회 전 의원과 친밀한 관계였다. 김성태·박민식·조해진·이장우 의원 등은 10월 1일 기자회견을 열고 "공천이 특정인의 한풀이나 명예회복을 위해 진행된다면 국민의 상식을 배반하는 것"이라며 반대했다. 이름을 직접 거명하지는 않았지만 사실상 서 대표의 공천을 저지하겠다는 선포였다.

차일피일 공천을 미루던 새누리당은 10월 4일 비공개 최고위원회를 열고 서 대표를 "민심에 가장 근접한 후보이자 당선 가능성이 가장 유력한 후보"라며 화성갑 후보로 공천했다. 당시 서 대표 옆에서 이 과정을 고스란히 목도한 나는 '정치인들의 낯은 참으로 두껍구나'라는 생각을 하지 않을 수 없었다. 서 대표 앞에서는 대통령께 직언을 할 수 있는 분이고, 야당과 협상해서 정국을 순탄하게 이끌어갈 수 있는 인물이라고 치켜세우고, 돌아서서는 온갖 공작과 언론 플레이로 공천을 방해하는 경우가 부지기수였던 것이다. 결국 최경환 당시 원내대표가 총대를 메고 공천을 압박해 서 대표로 결정이 되었다. 선거를 겨우 26일 앞둔 시점이었다.

서 대표는 역시 그릇이 컸다. 원내에 진입한 후 황우여 대표와 약속한 대로 후반기 국회의장 선거에 출마하지 않았다. 자신의 공천을 반대한 초·재선 의원들과도 식사 자리를 만들어서 "여러분의 충정을 이해한다. 나도 김영삼 대통령 시절에 범민주계가 모인 정발협 간사를 맡으면서, 정치개혁을 위해 선배들에게 면전에서 싫은 소리도 많이 했다"며 섭섭했던 일은 다 잊었노라고 밝힌 것도 남자다웠다.

해프닝도 있었는데 민주당 경기도당에서 나를 상대로 고발장을 낸 일이다. 선거운동을 할 수 없는 자가 선거에 관여했으니 법을 어겼다는 것이다. 내가 서 대표의 보궐선거를 도운 것을 두고 고발한 것이다. <문화일보>에 실린 사진 한 장이 발단이 되었다. 내가 서 대표와 함께 화성갑 지역을 순회하면서 당선 인사를 한 것인데, 이것을 선거운동 장면으로 오해해서 벌어진 일이었다. 당연히 고발장은 철회되었다. 선거법이라면 누구보다도 내가 잘 아는데 또 선거법을 어겨 스스로 올가미를 쓸 것으로 생각하다니, 나를 몰라도 너무 모른 처사였다.

2014년 여름은 전당대회로 뜨거웠다. 새누리당의 7·14 전당대회에서 김무성·서청원 두 분이 당대표를 놓고 한바탕 격돌한 것이다. 또다시 선거전에 뛰어들 수밖에 없었다. 내가 서청원 당대표의 비서실장을 할 때, 김무성 대표는 이회창 총재 비서실장이어서 함께 2002년 대선을 치른 인연이 있다. 묘한 지점에서 서 대표와 김 대표가 맞붙은 것이고, 나로서는 김 대표를 상대로 한판 승부를 벌여야 하는 처지가 되었다. 두 분의 격돌은 근래에 보기 드문 거물들의 맞대결이라는 점에서 많은 관심을 끌었다. 하지만 서 대표로서는 애초부터 쉽지 않은 경쟁이었다.

김 대표는 15대부터 19대 국회까지 계속 원내에 있었다. 특히 18대 국회에서는 원내대표를 지내서 그때 함께 활동했던 부대표들이 재선 의원이 되어 곳곳에서 활발하게 움직였다. 반면 서 대표는 17대에는 쉬고 18대에는 중도하차를 하고 19대에서야, 그것도 보궐선거로 뒤늦게 국회에 등원한 탓에 원내에 우군이 많지 않았다.

김 대표는 당대표 선거를 준비하며 많은 의원들과 자주 만나고 여행도 다녀온 반면, 등원한 지 얼마 안 된 서 대표는 그야말로 '전설 속의 인물'이라 누군지조차 알아보지 못하는 초선 의원이 수두룩했다.

서청원 대표를 친박계의 좌장이라고 부른다지만 솔직히 친박 대부분은 이미 월박(이탈한 친박), 주이야박(낮에는 친이명박, 밤에는 친박근혜), 멀박(멀어진 친박) 등의 별칭이 말해 주듯 지리멸렬한 상태였다. 박근혜 대통령은 엄정중립이라며 선을 그었고, 청와대 참모들 중에서도 서 대표 편은 없었다.

왜 승산도 없는 싸움을 시작했는지 모를 정도로 하루하루가 힘겨웠다. 경선 결과 대구에서만 간신히 이겼을 뿐 전국적으로 완패했다.

친박을 내걸고 경선에 뛰어든 홍문종 후보는 최고위원에 진입하지 못했다.

서 대표 측은 기획·홍보·조직·자금 등 모든 면에서 열세였다. 선거 막판에 열세를 뒤집어 보려고 네거티브 카드를 만지작거릴 때, 내가 적극 나서서 절대 안 된다고 만류했던 일은 지금 생각해 봐도 천만다행이다. 그때 서로를 비방하는 경쟁이 시작되었다면 실제로 당이 쪼개질 수도 있을 만큼 폭발력이 컸을 것이다. 그런 최악의 사태를 막기 위해 나는 김 대표 캠프의 권오을 본부장을 비롯해 안형환·김성수 전 의원 등과 우리 캠프 멤버의 화합 회동을 주선했다. 덕분에 파행이나 큰 불협화음 없이 전당대회를 마칠 수 있었다. 서 대표는 당대표 선거 패배 후 성대 수술과 휴식을 위해 한 달간 두문불출하다가 당무에 참여했다.

사실 두 분 모두 YS계라고는 하지만 서 대표가 원내총무를 할 때 김무성 대표는 막 초선 의원을 지낼 정도로 차이가 나서 서로 긴밀한 교유를 할 기회가 없었다. 경선 패배 후 자존심이 많이 상한 서 대표에게 김 대표가 사전에 상의를 하면 모든 일이 잘 풀리는데, 가끔 그런 과정이 생략되면 영락없이 파열음이 났다. 김 대표의 2기 당직 인선에는 사전에 서로 상의를 한 탓에 한동안 당이 화합 모드로 잘 굴러갔다. 어떻게 당을 운영해야 하는지 보여준 단적인 사례다.

그런 의미에서 그해 추석 때 김 대표가 문재인 대표와 오픈프라이머리의 연장선상에서 안심번호 공천제를 합의한 것은 두고두고 아쉬움이 남는다. 그로 인해 한동안 잠복했던 당내 파열음이 터져 나오고, 다른 최고위원들이 김 대표를 압박하기 위해 반김 라인을 형성하면서 당의 세력분포가 묘하게 흘러갔기 때문이다.

이렇게 당대표 선거에서 패배하고 선거 뒷수습을 대충 마치니 그해 여름이 끝났다. 그리고 계절이 막 가을의 문턱을 넘는 9월 10일, 정치규제 5년을 꽉 채운 내 정치방학도 끝났다.

아무 한 일이 없는 듯하기도 하고, 수많은 영욕의 기억으로 점철된 것 같기도 했던 5년의 세월이었다.

제2부

# 꿈을 향한

# 거침없는 도전

나는 길바닥에서 인생을 배웠다. 현장은 교실이었고 만나는 사람들은 선생이었다. 이때의 가르침이 사회부 기자로, 국회의원으로 살아가는 데, 그리고 온갖 어려움을 헤쳐나가는 데 큰 힘이되었다.

# 늘 힘이 되는
# 사랑하는 나의 가족

-------

"세상은 공부만이 능사가 아니다. 무엇보다 정직하게 살아라. 무엇이 되려고 발버둥치지 말고 세상에 필요한 사람이 되어라."

내가 대학에 떨어져 재수를 하던 1979년 여름에 돌아가신 아버지는 입버릇처럼 늘 이렇게 말씀하셨다. 큰 욕심 부리지 말고 농협대나 나와서 농사짓고 마을에 봉사하며 살면 된다는 게 아버지의 지론이었다. 당신의 삶이 그랬다.

아버지는 마을 사람들의 어려움을 해결하는 일에는 누구보다 앞장섰다. 당시 고등학교까지 나온 이들이 많지 않은 데다 농협조합장에 영농부장을 지내서서, 마을의 대소사는 늘 아버지가 도맡아 처리하셨다. 쓸데없는 일을 벌인다고 해서 많은 사람이 반대를 하는 가운데에서도, 조합원들에게 돈을 걷어 빚에 허덕이던 영북농협조합을 살리고 자립 기반을 닦아놓은 분이 아버지였다. 그래서 내게 봉사란

곧 아버지의 삶과도 직결된다.

내 기억 속에 아버지는 천상 농사꾼이면서도 작업복 대신 와이셔츠에 양복 바지 차림이거나 하다못해 점퍼를 입고 다니시던 깔끔한 분이었다. 어릴 적 말을 타다가 떨어진 뒤로 지병인 심장병을 달고 사셨는데, 그 때문인지 술은 거의 입에 대지도 못하셨다. 그러니 누구에게도 평생 흐트러진 모습을 보이신 적이 없다. 내가 고등학교 1학년 때였던가. 수원에서 열린 농협 회의에 참석하기 위해 오셨다가 내 하숙방에서 하룻밤을 같이 보내게 되었는데, 끙끙 앓는 소리를 하며 앓아떨어진 아버지의 모습에서 삶의 고단함을 엿볼 수 있었던 것이 지금껏 내 머릿속에 잔영처럼 남아 있다.

중학교를 포천 읍내로 다니고 고등학교는 수원으로 진학한 탓에 사내들만 통할 수 있는 속 깊은 얘기를 나누지는 못했지만, 나는 아버지의 외모와 성격을 쏙 빼닮았다는 얘기를 자주 듣는다. 아버지의 삶을 닮고 싶은 나로서는 과분한 칭찬으로 들리지만, 아직 그분의 발끝에도 미치지 못하는 내 삶을 보면 부끄러운 마음뿐이다.

아버지는 양평에서 열린 단위농협 영농부장들의 연수에 참석하셨다가 주무시면서 심근경색으로 돌아가셨다. 외아들로 상주 노릇 한 것이 엊그제 같은데 벌써 35년이 지났다. 서울에서 대학과 고등학교를 다니던 누나와 나의 생활비며 학비를 마련하기 위해 과로를 하신 탓에 돌아가신 것 같아서, 아버지만 떠올리면 늘 죄인이 된 심정이다.

아버지가 바깥일을 하느라 소홀히 하신 농사일은 온전히 어머니의 몫이었다. 젊은 새어머니 밑에서 모진 학대를 받으며 외롭게 자란 어머니는 열일곱 어린 나이에 시집을 와서 할머니와 증조할머니까지 모시는 층층시하에서도 남편과 우리 5남매 뒷바라지를 하는 데 조금도 소홀함이 없었다. 천성이 장부요 부지런하신 분이라 논일과 밭일 틈틈이 양계에 양돈, 심지어 학교 앞 문방구까지 하셨는데, 눈을 뜬 꼭두새벽부터 잠자리에 들 때까지 휴식을 위해 엉덩이를 방바닥에 붙이고 편히 앉아 있는 모습을 본 적이 없다. 심지어 식사 때가 되어도 식구들 상을 다 봐준 뒤에 혼자서 부뚜막에 선 채로 밥을 드실 정도였으니 그 고생과 희생은 더 말할 나위가 없었다.

그나마 남편과의 사랑이 깊어 5남매를 키우면서 힘든 줄 몰랐다던 어머니의 본격적인 고생은 아버지가 돌아가신 서른아홉부터 시작됐다. 이때부터는 아예 농사를 접고 양계장과 식당을 운영하면서 억척스럽게 일하셨다. 부대찌개나 녹두빈대떡을 팔던 식당엔 단골도 꽤 많아서 아버지가 남기신 얼마 안 되는 시골 땅을 처분해 가게도 얻고, 나중에는 아파트도 한 채 마련하는 뛰어난 수완을 발휘하시며 우리 5남매를 번듯하게 키웠다.

그렇게 몸을 아끼지 않는 분이었으니 성한 곳이 없었다. 내가 초등학교 3학년 때, 관절염으로 병원에 다녀오시던 어머니가 버스에서 내린 뒤 걸을 수가 없어 리어카에 실려 집으로 들어오시는 모습을 보고는 몰래 눈물을 훔친 적이 있다. 관절염은 아예 무리를 하지 않는 게 최선의 치료 방법인데, 어머니는 일을 눈앞에 두고 편히 쉬시는 성격이 못 되었다. 견디다 못해 병원에 가더라도 관절에 고인 물이나 빼는 임시방편의 치료만으로 평생을 버텨 오셨다. 그러다가 결국 환갑이 넘어서야 인공관절 수술을 받으셨다. 그 후 6년쯤 뒤에는 자궁암 3기 판정을 받으시고 1년가량 항암주사와 방사선 치료를 받느라고 그야말로 사투를 벌이셨다. 게다가 2007년 여름에는 장장 11시간에 걸친 척추교정수술까지 받으셨으니 어머니의 몸뚱어리는 고스란히 우리 가족의 삶과 고단함의 역사라고 해도 과언이 아니다. 노동으로 무릎·허리 수술에 암 수술까지 온갖 고통을 감내하며 사신 어머니의 강단과 인간승리는 정말 존경받을 만하다.

두 번에 걸친 허리 수술로 거동이 불편하신데도 선거 때는 시장 골목골목을 누비시면서 아들에게 한 표를 호소하시는 내 일급 참모이시기도 하다. 이제껏 자식들에게 손 한 번 벌리신 일이 없으시고, 며느리에게 피해를 주지 않으시겠다고 당신이 마련하신 이목동 SK뷰 아파트에서 혼자 사신다. 첫 선거 때인 2000년엔 집도 없는 나를 위해 어머니가 거주하시던 서울의 아파트를 담보로 1억 5천만 원 대출도 받아 주신 통 큰 여장부이시기도 하다. 그 이름을 떠올리는 것만으로도 가슴부터 젖어 오는 어머니. 지금껏 내가 받은 것의 절반이라도 돌려 드려야 할 텐데, 언제나 마음뿐이지 몸이 따르지 못하니 그저 죄스러울 따름이다.

큰딸 하영이는 정자3동 대평고등학교에 입학하자마자 곧바로 중국으로 유학을 떠났다. 어려서부터 중국어에 관심이 많아서 스스로 선택한 길이다. 처음엔 상해의 복단중학교에 다니다가 북경으로 옮겨 고등학교 과정을 마치고, 중국인민대학에서 신문방송학을 전공했다.

내가 바쁘기도 하고 중국 사정을 잘 몰라 유학 초기에 엄청난 고생을 했지만 단 한 번도 불평하는 모습을 본 적이 없다. 여건이 열악한 기숙사 생활을 하느라 힘들었을 텐데, 보살펴 주는 사람 하나 없어 어려움도 많았을 텐데, 밝고 반듯하게 커줘서 정말 고맙다. 고 3 때에는 잘 챙겨 먹지도 못해 영양도 부족하고 공부하느라 힘도 들어서 그랬는지, 결핵과 복막염을 앓아 우리나라에 들어와 며칠간 입원했던 일도 있다. 감수성이 예민한 사춘기를 가족과 떨어져 홀로 지내면서 병치레까지 한 하영이의 고생을 생각하면 아빠로서 미안함이 앞선다.

늦둥이 경빈이는 이제 초등학교 3학년이지만 동갑내기들에 비해 체격도 크고 의젓하다. 학교에서는 반장과 회장을 도맡아 하고 영어 실력도 뛰어나다. 저러다가 지치지 않을까 싶을 정도로 공부를 좋아하고, 각종 백일장·미술음악 대회의 상장을 휩쓸다시피 해서 기쁨을 준다. 특히 세 살 무렵부터 내가 집에만 들어오면 온 방문을 두드려가며 나를 찾아다니는 통에 담배를 못 피우게 만든, 금연의 수훈갑이다. 사촌들과 나이 차이가 나서 집안 식구들이 모이면 언제나 귀여움을 독차지한다. 더군다나 경빈이가 태어난 뒤로 우리 집에 좋은 일이 많이 생겨서 다들 '복덩이'라 부른다.

서청원 의원의 화성 보궐선거 출정식 때도 '행운의 곰돌이'를 들고 가서는 "곰돌이가 박근혜 대통령도 당선시켰는데 국회의원 선거는 일도 아니지…"라고 너스레를 떨어 옆에 있던 사람들 모두가 배꼽을 잡고 넘어졌다.

이런 싹싹한 딸들에 비해 아내 박현주는 애교는 없는 편이지만 어려울 때마다 말없이 내 곁을 지켜주는 든든한 존재다. 내가 선거법 위반으로 재판을 받을 때 검찰이 온갖 음해로 가정불화를 조장했지만 한 번도 불편한 내색을 하거나 의심의 눈초리를 보낸 적이 없을 정도로 우직한 데가 있다. 배지가 떨어져 두문불출하고 지역을 나다니지 않던 시절에는, 나를 대신해 각종 경조사에 다니는 수고도 마다하지 않았다. 정자2동 기로경로당에서 매주 둘째 주 일요일에 하는 짜장면 봉사엔 6년째 한 번도 빠지지 않았고, 적십자 활동과 반찬 봉사 등 어려운 이웃을 살피는 일에도 열심이다.

가족들은 이렇게 제 역할을 다하면서도 나를 위해 헌신하고 있는데 난 이들을 위해 무엇을 해주고 있나, 반성할 때가 많다. 기껏해야 2박3일인 여름휴가를 같이 지내거나 한 달에 한두 번, 그것도 약속 없는 휴일이나 되어야 외식을 하는 것으로 내 속마음을 표현해 보지만 턱도 없다는 것을 안다. 그래서 더 미안하다.

나는 가족들과 있을 때 제일 행복하다. 일상의 소소한 소재로 이야기꽃을 피우는 것이 즐겁고, 아이들이 관심을 가지고 있는 화제나 요새 유행하는 트렌드를 주제로 나누는 이야기는 매우 유익하다. 아이들의 꿈을 들어 주고 내가 겪어 온 인생을 이야기해 주는 시간은 정치를 할 때와는 또 다른 행복이다. 예전에는 내 마음에 들지 않으면 이런저런 잔소리도 했지만 이제는 그러지 않기로 했다. 어떤 얘기를 하더라도 칭찬으로 시작해서, 잘못한 부분들은 기분 나쁘지 않게 지적하고, 마무리는 다시 칭찬으로 끝낸다. 그리고 "너를 믿는다"는 얘기를 빠뜨리지 않는다. 가족이기 때문이다. 또 어떤 삶도 나와 다르다고 해서 그것이 틀린 것은 아니기 때문이다.

우리 가족은 나를 빼고는 모두가 야행성이다. 일찍 자고 일찍 일어나자고 그렇게 얘기해도 쇠귀에 경 읽기다. 아주 불가피한 경우가 아니면 나는 밤 12시 이전에는 잠자리에 들고 오전 6시 전에는 깨는데, 가족들에게 이 시간은 한밤중이다. 처음엔 잔소리도 하고 일일이 깨우러 다니기도 했지만, 마음을 바꾸니 혼자 깨어 있는 아침 시간이 편안하고 행복해졌다. 음악을 틀어놓고 야채주스를 갈아먹고 콧노래를 부른다. 그런 뒤엔 자전거를 타고 동네 한 바퀴를 돌고 온다. 그제야 식구들이 일어나고 아침 밥상이 차려진다. 기분 좋은 아침은 밥맛도 좋을 뿐만 아니라 하루 종일 즐겁다. 내 뒤를 든든히 지켜주는 가족들의 힘이 느껴지기 때문이다.

정치를 한다는 이유로 이런 소소한 행복을 가끔은 포기해야 하는 경우가 있다는 게 안타깝다. 저녁 늦게 들어가는 날이 많고, 남들이 다 노는 휴일에 행사가 많기 때문이다. 하지만 나를 움직이게 하는 원동력은 가족이다. 늘 받기만 하고 주는 것 없는 아들이며 남편이면서 아빠인 내가 이 자리를 빌려 오래도록 묻어두었던 가슴 깊은 속내를 털어놓는다.

"미안해! 고마워! 그리고 사랑해!"

# 세상에!
# 암과 친구가 되다니

-------

대선이 끝난 이듬해인 2013년 5월, 소변이 마려우면 참기 어려워서 곧바로 화장실로 뛰어가야 하는 증상이 나타났다. 그렇게 뛰어가 소변을 보아도 종이컵으로 반 정도밖에 나오지 않았다. 처음엔 전립선 비대증인가 했다. 의사 친구에게 물어 보니 커피나 녹차를 많이 마시면 카페인 때문에 그럴 수도 있다고 해서 대수롭지 않게 여겼다. 그러나 갈수록 심해졌다. 물을 많이 마시지도 않았고, 소변 양이 많은 것도 아닌데 왜 그렇게 참기 어려운지 도무지 이해가 가지 않았다.

6월 초가 되어 고려대안산병원을 찾았다. 전립선 기능이 약해져 빈뇨가 왔고, 소변이 마려워 거의 참지 못할 지경이 되는 절박뇨 증상이 있다며 약을 처방해 주었다. 약을 복용하니 좀 괜찮은 듯했다. 가끔 황갈색 소변이 나왔으나 대수롭지 않게 여겼다. 나중에 의사에게 들은 얘기로는 출혈이 있어도 눈으로 볼 수 있는 경우는 극히 드물어서 방광암 초기 발견이 매우 힘들다고 한다. 대부분 요관이나 신장 등에 전이된 상태에서 발견되는데, 이때에는 방사선 치료나 심할 경우엔 방광 적출을 한단다. 모골이 송연해졌다.

내 친구 중에는 서서 소변을 보면 주변에 튄다고 아내가 하도 타박을 해서 일 년쯤 앉아서 소변을 봤다는데, 그 바람에 출혈을 발견하지 못해 뒤늦게야 방광암 진단을 받은 경우도 있다. 그 친구는 좋아하던 술도 딱 끊고 운동에 매달리고 스트레스를 피하면서 지금도 투병 중인데, 소변만큼은 꼭 서서 본다니 앉아서 소변을 보는 남자 분들은 가끔은 서서 소변 색을 봐야 할 것 같다.

서청원 대표의 국회의원 보궐선거를 돕던 2013년 9월 초순에는 소변에서 쌀알 정도 되는 핏덩이가 하나 나왔다. 의사는 소변검사 결과 아무 이상이 없다고 했다. 그 뒤로도 여전히 절박뇨 증상이 자주 나타났지만 선거 와중이라 너무 바빠서 병원에 갈 엄두를 내지 못했다. 선거를 끝내고 뒷정리까지 마친 12월 초에 방광 CT와 엑스선 검사를 했을 때에도 별 이상이 없다고 했다. 12월 16일 쌀알 반만 한 핏덩이가 다섯 개 나왔다고 했더니 고개를 갸웃거리던 의사가 방광 내시경 검사를 해보자고 말했다.

검사 결과가 나왔다. 방광 오른쪽 하단부에 마치 달의 분화구처럼 생긴 부분에서 출혈이 진행되고 있었다. 의사도 나도 내시경을 보면서 "암이다!" 하고 합창하듯 외쳤다. 그동안 정말 재수 없이 6개월가량을 돌팔이 의사와 씨름한 꼴이었다. 하늘이 노랬다. 내가 암에 걸릴 줄은 꿈에도 생각을 못했는데, 그 순간 8년 전 자궁암 수술을 받은 어머니가 생각 나면서 가족력이 있다는 것을 떠올렸다.

마음이 급해졌다. 곧바로 수술을 하자고 했으나 번번이 헛다리를 짚은 병원과 의사를 신뢰할 수 없었다. 여기저기 수소문하니 잘 아는 분이 비뇨기과 명의로 유명한 분당 서울대병원의 이상은 과장을 연결시켜 줬다.

곧바로 수술에 들어갔다. 방광 근육에 침윤되기 직전인 2기 정도의 표재성 방광암이었기에 망정이지, 며칠만 더 늦었더라면 방광을 들어내고 인공 방광을 밖에다 차고 다닐 뻔했다.

방광암은 갑상선암에 이어 두 번째로 착한 암으로 알려져 있다. 암세포가 다른 곳으로 전이되지 않기 때문에 잘만 치료를 받으면 완치율이 아주 높은 편이다. 하지만 근육층까지 퍼지면 항암이나 방사선 치료를 받아야 한다니 무엇보다 조기 발견이 중요하다.

일주일 동안 병원 신세를 지고 돌아와서는 서점에서 암에 관한 책을 몇 권 사서 연구에 들어갔다. 어떤 음식을 먹어야 좋은지, 어떻게 생활해야 할지, 마음가짐은 어때야 하는지 등에 관한 책들이 아주 많았다. 저자도 양의사, 한의사, 대체의학자, 식품영양학자, 종교인, 체육인을 망라할 정도로 다양했다. 개중에는 검증도 안 된 치료법을 소개한 책도 있었다. 책에서 얻은 정보와 이런저런 자료를 참고해 나름의 치료법을 체득했다. 기본적으로 수술로 암세포를 떼어냈다고는 하지만 암이 발생한 내 체질을 송두리째 바꾸지 않으면 안 되었다.

육류는 되도록 줄이고 생선으로 대체하고, 야채와 과일을 많이 먹었다. 처음 서너 달은 신선한 당근을 박스째 사다 즙을 내서 마시다가, 이후엔 토마토에 올리브유와 요구르트를 넣고 갈아 마셨다. 또 양배추나 브로콜리를 데쳐 먹고, 양파주스도 거르지 않았다. 차가버섯을 달인 물, 홍삼엑기스, 사과를 비롯한 과일, 잣이나 호두 같은 견과류는 늘 손이 닿는 곳에 놓아 두고 먹었다. 쌀밥은 가급적 피하고 현미밥을 꼭꼭 씹어 먹었다. 비타민C와 종합영양제, 유산균, 오메가3 등을 챙겨 먹었고, 혈액순환에 좋은 녹차와 보이차, 한방차를 마시되 설탕과 소금은 반 이상 줄였다.

그리고 일주일에 두 번 이상 땀이 흠뻑 날 정도로 달리기를 하거나 두 시간 이상 산행을 했다. 이때 시작한 달리기로 1년 만에 마라톤 풀코스 완주라는 목표를 달성하기도 했다. 지역을 다닐 때에도 차를 버리고 아예 걷거나 자전거를 이용해 운동량을 늘렸다.

스트레스를 받지 않으려고 마음이 아무리 급해도 느긋하게 생각하는 버릇을 길렀다. 상대를 이해하려 애썼고 안 될 일에는 크게 연연해하지 않았다. 모든 것이 하늘의 뜻이라고 생각하고 늘 베풀고 나누고 감사하고 사랑하며 살려고 애썼다. 또한 과식과 과음을 삼가고 되도록 몸이 피곤하지 않도록 신경 썼다. 졸리면 잠깐이라도 눈을 붙였다. 이 모든 것이 신체의 면역력을 높이는 식습관이요 생활습관이다.

우리 몸에서는 매일 수천 개가 넘는 암세포가 만들어진다. 그렇지만 모든 사람이 암에 걸리는 것은 아니다. 이는 면역세포가 쉴 새 없이 암세포를 죽이기 때문이다. 이미 수십억 개의 암세포가 덩어리를 이룬 상태라면 수술을 해서 암 덩어리를 제거해야 한다. 그리고 나서 면역세포가 남아 있는 암세포를 제거할 수 있도록 체내 면역 기능을 높여야 한다. 면역력을 높이기 위해서는 앞에서 말한 것처럼 이전의 잘못된 생활습관을 모두 바꿔야 한다.

이런 노력 덕분인지 3개월에 한 번씩 방광 내시경 검사를 하는데, 의사의 말로는 방광 상태가 아주 좋다고 한다. 그래서 결핵예방백신 BCG을 넣는 처방을 받을 뿐, 항암제나 방사선 치료를 받지는 않는다. 결핵예방백신은 요관을 통해 방광으로 직접 주입하기 때문에 꽤 고통스럽고 가끔씩 출혈도 있지만, 항암치료에 비할 바가 아니니 그나마 이것도 감사한 일이다.

문제는 방광암의 재발률이 70%로 아주 높은 편이라는 점이다. 방심하면 언제 재발할지 모른다. 내 주변에는 5년간 일곱 차례나 방광암 수술을 받은 분도 있다. 하루하루 조심하면서 살 수밖에 없다.

수술 후 6개월간 그 좋아하던 술을 입에도 대지 않았다. 덕분에 기자 생활을 시작한 후 100 이하로 떨어져 본 적이 없는 알코올성 간염 수치인 감마GT(정상치는 65)가 20 이하로 내려갔다. 완전히 정상이다. 식습관을 바꾸고 달리기를 열심히 한 덕에 콜레스테롤이나 중성지방, 혈압, 당 등 성인병을 유발하는 모든 수치가 완전히 정상으로 돌아온 것이다. 암이 재발만 하지 않는다면 제대로 예방주사를 맞은 셈이다.

예전엔 아침잠에서 깨기도 힘들었는데, 요즘은 아침에 일어나면 나도 모르게 콧노래가 날 정도로 몸 상태가 좋다. 아침의 상쾌한 공기가 좋고 하루하루 살아가는 것이 정말 기쁘고 감사하다. 5년여간 현실정치에서 한 발 비껴 서 있던 때에 비하면 정말 의욕적으로 살고 있는 것이다.

내가 체험하고 책에서 읽은 암 이야기를 소개한다.

대개 악성도가 높은 암일수록 재발 시기도 빠르다. 대장암의 경우, 수술과 항암 약물치료를 마친 환자 가운데 30~40% 이상이 재발한다. 한번 몸에 생긴 암세포를 뿌리 뽑기란 결코 쉬운 일이 아니다. 그래서 여러 종류의 암에 걸려 봤다는 한 의사는 아예 『암과 친구가 돼라』는 책을 쓰기도 했다. 괜히 스트레스 받지 말고 친구를 대하듯 편하게 여기라는 뜻이다.

원래 암이 있던 자리에서 남아 있던 암세포가 다시 자라는 경우, 간이나 폐, 뼈, 뇌, 림프절 등으로 전이되는 경우가 많다. 대장암·췌장암·위암·식도암 등 내장 장기의 암은 간이나 폐로 전이가 잘 되고, 유방암·전립선암·폐암 등은 뼈로 전이되는 경우가 많다. 따라서 재발된 것을 빨리 발견하기 위해서는 정기검진과 추적관찰이 반드시 필요하다.

췌장암과 담도암 등은 발견하기도 힘들고 증상이 나타나면 6개월에서 1년밖에 못 사는, 대표적인 '나쁜 암'이다. 생존율이 5% 미만이니 정말 재수 없다고 생각하고 하늘에 운명을 맡기는 수밖에 없다. 이에 비해 갑상선암과 방광암 같은 '착한 암'은 잘 전이되지도 않고 암덩어리를 형성하는 데 시간이 오래 걸려 발견하기도 쉽고 치료하기도 쉽다. 따라서 예후도 좋은 편이다.

이런 암에 걸린 사람은 안 걸린 것보다야 못하겠지만 하늘의 축복을 받은 이들이다. 당뇨나 고혈압이 사람을 겸손하게 만들어 오히려 건강하게 살게 해주는 것과 같은 이치다. 암이 재발하거나 2차 암에 걸린 사람들은 유전적으로 암이 생길 확률이 높은 유전자를 가지고 태어났기 때문에 평생 조심해야 한다. 담배를 피우는 사람들이 잘 걸리는 폐암·후두암·구강암·신장암·방광암 등은 환경과 생활습관 때문에 생긴다고 볼 수 있다.

복부에 방사선 치료를 받는 경우 대장암이나 방광암 등의 위험이 증가하고, 백혈병이 생기는 경우도 있으므로 암 치료를 받으면서 2차 암 발생을 염두에 두고 면밀히 관찰해야 한다. 암 치료 후에 받는 검사들은 '치료받은 암의 재발과 전이에 대한 검사'일 뿐 '새로운 암에 대한 검진'은 포함되어 있지 않다.

그러므로 늘 긴장을 늦추지 말고 내 몸은 내가 살펴야지 의사에게만 의존하면 안 된다. 암이 발생하면 큰 병원이나 유명 병원에서 치료받기를 권한다. 유능한 의사들은 각종 증상의 원인과 치료법을 입체적으로 살피고 구상하는 데 반해 시원찮은 의사들은 눈에 보이는 것만 치료하기 때문이다.

체중 증가도 암 발생과 밀접한 관계가 있다. 체지방이 없다면 자라지 않을 암세포가 성장하기 때문에 운동과 식사량 조절, 채소 섭취 등으로 적절한 체중을 유지하는 것도 중요하다. 매일 다섯 가지 이상의 채소와 과일을 챙겨 먹기를 권장하지만, 귀찮다면 아침마다 당근·토마토·브로콜리처럼 색깔 있는 야채를 갈아먹는 것도 괜찮다.

금주도 필수다. 한두 잔 마시는 것은 괜찮지만 매일 음주를 하거나 숙취가 남을 정도의 폭주는 독이다. 그러나 사람 사는 데 술이 없을 수 있나. 운동을 하거나 기분 좋은 날 취하지 않을 정도로만 마시는 술은 오히려 정신건강에 좋다는 의사들도 많다.

그러나 이 많은 조언도 평생 건강할 수만 있다면 아무짝에 쓸모

없는 공염불에 지나지 않는다. 그래서 "건강은 건강할 때 지키자!"는 말은 아무리 생각해도 지당한 말씀이다.

내게 암 투병 자체는 다행스런 가운데 고통스럽고 암담했지만, 돌아보면 큰 소득도 있었다. 새옹지마塞翁之馬라고나 할까. 이런저런 인연으로 여러 개의 암보험을 들어 두었던 것이 이번에 효자 노릇을 톡톡히 했다. 암 판정을 받고 혹시나 싶어 보험증서를 뒤져 보니 실손 의료보험까지 포함해서 6개나 됐다. 로또까지는 아니지만 그야말로 주택복권에 당첨된 심정이었다. 암이라니 울고 싶고, 보험금을 보니 웃고 싶은 심정은 겪어 보지 않은 사람들은 모를 일이다.

퇴원 후 보험회사를 순례하며 보험금을 탈 때는 만감이 교차했다. 당원이라서, 친척이라서, 정말 도와주고 싶어서 보험에 들어 주면서도 좀 성가신 적도 있었다. 하지만 그것도 덕이라고 친다면, 베풀고 사니 이런 행운(?)도 찾아오는구나 하는 마음이 들었다. 덕분에 이 보험금으로 주식투자도 하면서 2년간의 백수 생활에도 그럭저럭 굶지 않고 살 수가 있었다.

그날 이후, 나는 주변 사람들에게 실손의료보험과 암보험 정도는 반드시 들어 두라고 권유하는 보험전도사가 되었다. 상갓집에 가보면 열에 일고여덟 분은 암으로 세상을 뜨신다. 내 경우를 보더라도 암은 누구도 피해 가기 힘든, 평생에 한 번은 닥칠 재앙이다.

반갑지 않은 친구 암을 내 몸에 초대하고 싶지 않으면 생활습관을 철저히 점검하고 운동도 열심히 해야 한다.

# 숨이 턱에 차도록
# 나는 왜 달리는가

-------

우리는 근본적으로 다른 사람들과 다르다. 만약 무엇에서 이기고 싶다면 100미터를 뛰어라. 그러나 진정 무엇을 경험하고 싶다면 마라톤을 뛰어라.

We are different, in essence, from other men. If you want to win something, run 100 meters. If you want to experience something, run a marathon.

체코슬로바키아의 육상선수 에밀 자토펙을 사람들은 '인간기관차'라 불렀다. 1952년 헬싱키 올림픽에서 그는 정말 인간이 아니었다. 5km와 10km 마라톤에 출전해 모두 우승했다. 괴로운 표정으로 내달리는 그의 모습에 전 세계가 환호했다. 그 영광의 순간에 그가 남겼던 이 말은 퍽이나 의미심장하다.

2015년 3월 15일 오전 8시, 나는 서울 광화문에서 열린 동아마라톤 풀코스의 출발선에 섰다. 난생처음 도전하는 42.195km였다. <동아일보>에서 기자 생활을 하던 시절에도 내가 동아마라톤 현장에서 뛸 것이라고는 단 한 번도 생각하지 않았다. 마라톤은 단순무식한(?) 사람들이 하는 운동이고, 정말 재미없고, 힘들고, 숨가쁘고, 다 뛰고 나면 토할 것 같다는 것이 내 선입견이었다. 아마 아주 많은 사람들의 인식도 나와 비슷할 것이다.

달리기에 대한 이런 부정적 인식은 아마도 학창시절 체력장 1등급을 받기 위해 준비운동도 없이 무턱대고 죽기 살기로 달렸던 후유증 때문인 듯하다. 다 뛰고 나면 숨은 턱에 차고 다리는 후들거리고 토할 것 같았던 경험 때문에 달리기는 평생 좋아하기 힘들 것 같다고 생각했다. 아무리 기억을 되짚어 봐도 체육시간에 달리기의 여러 주법走法이나 호흡법 같은 것을 배운 적이 없다. 그저 '달리라'는 신호인 호루라기 소리와 체력장 점수만 기억날 뿐이다.

암 투병을 하는 동안 중앙대 AMP(최고경영자과정)에서 만난 조남수·이윤규 회장이 내게 달리기를 권했다. 돈과 시간이 적게 들면서 운동 효과는 최대한 누릴 수 있는 운동이라며 체계적으로 레슨을 받으라고 조언했다. 조 회장은 방선희마라톤아카데미에 등록도 해줬다. 국가대표 여성 마라톤 선수 출신인 방선희 감독이 과천 관문체육공원에서 운영하는 일종의 동호회 겸 트레이닝 코스였다. 처음에는 '무슨 달리기를 하는데 레슨을 받나' 하고 의아하게 생각했는데, 막상 경험해 보니 달리기야말로 몸에 밸 때까지는 여럿이 해야 하고 체계적 레슨을 받아야 하는 것임을 깨달았다.

걷기는 체중의 1.5배, 달리기는 체중의 3배가 발목과 하체에 쏠리기 때문에 무엇보다 충분한 준비운동이 필수다. 운동이 끝난 후에도 근육의 긴장을 풀어 주고 심장이나 관절의 움직임과 혈액의 흐름을 원활하게 하기 위해 반드시 정리운동을 해줘야 한다. 빠르게 걷다가 천천히 달리면서 속도를 조금씩 높인다. 몸을 적응시킨 후에 처음에는 20분, 나중에는 30~40분 정도까지 운동시간을 늘려 가는 식으로 훈련을 한다. 달리기라고 해서 숨이 턱에 차도록 무턱대고 달리는 게 아니다. 이 연습 기간은 지루할 수도 있고 인내가 필요해서 혼자가 아니라 여럿이 함께 하라고 권했던 것이다.

이렇게 30분쯤 달리다 보면 뇌에서 도파민이 나와 기분이 좋아진다. 이게 습관으로 굳어지고 일주일에 3~4차례 이상 달리기를 하게 되면 유산소운동 효과를 거둘 수 있다. 달리기를 하면 하지근육이 강화되고 혈당이나 체지방을 태우기 때문에 뇌졸중이라든지 당뇨, 심장병, 고혈압, 골다공증 등 우리 몸의 고질병을 모두 고쳐 준다. 우울증이나 불안감 같은 심리적인 질환도 달리는 가운데 저절로 치유된다.

한마디로 달리기는 만병통치약이다. 1주일에 7km 정도의 거리를 사흘 이상 달리면 0.5kg씩 체중도 감량되니 이만한 다이어트도 없다. 제대로 배워서 달리면 관절에 무리가 오지도 않는다. 오히려 무릎 주변 근육이 강화되어 관절염이나 무릎 통증이 완화된다. 내가 달리기를 끝내고 돌아와 땀으로 범벅이 된 몸으로 늦둥이 경빈이를 끌어안으면 "어휴, 냄새!" 하며 코를 감싸쥔다. 장거리를 뛸수록 더 그렇다. 몸 안의 노폐물이 활발한 신진대사로 모두 빠져나왔기 때문이다. 그야말로 몸이 완전히 뒤집어지는 운동, 그것이 달리기다.

2015 동아마라톤의 일반인 출전자는 2만여 명. 기록별로 출발선에 서서 대기하는데 시작과 끝이 보이지 않을 정도로 인산인해를 이루었다. 마라톤을 하는 사람이 이렇게 많다는 것에 놀라지 않을 수 없었다. 주위를 둘러보니 내 또래도 눈에 많이 띄었다. 아주 젊은 층은 그다지 눈에 띄지 않은 반면, 40대가 제일 많고 50대도 적지 않은 것 같았다. 풀코스를 뛴다는 생각에 가슴이 펄떡거리며 가벼운 흥분이 일었다. 닥쳐올 몇 시간의 고통이 공포로 다가오기도 했고, 설레기도 했다. '지금이라도 그만 둘까' 하는 마음도 생길 정도로 심경이 복잡했다. 영상 5도 정도의 쌀쌀한 날씨에 비닐을 두른 사람, 긴팔을 입은 사람, 머리에 알록달록한 가발을 쓴 사람, 운동복에 "조국 통일", "사랑해, **야", '꽃보다 달女(례)' 같은 문구를 써넣은 사람…. 복장도 사연도 가지가지였다.

주변을 둘러보며 혼자 웃음을 짓다가 다시 뼛속 깊이 파고드는 추위에 흠칫 몸을 떨었다. 그러면서도 달려야 한다는 것, 중간에 포기하면 안 된다는 것, 반드시 완주해야 할 분명한 이유가 내게 있다는 것을 다시금 떠올리며 마음을 다졌다. 내게 닥친 현실은 지금 이 상황보다 더 싸늘하고 냉혹했다.

건강도 건강이지만 본격적인 정치 복귀를 앞두고 나를 시험하기 위해 시작한 마라톤이다. 부끄러움과 죄스러움이 나를 칠흑 같은 터널로 밀어넣었고, 그 고통스러운 터널을 벗어나기 위해 뛰었다. 5년간 나는 죄인이었다. 58.84%로 지지해 준 장안구민 앞에 고개를 들 수 없었다. 아무 일 없었다는 듯이 장안구민 앞에 다시 설 수는 없었다.

'내 고통으로 속죄하자.'

달리기를 시작한 지 채 1년도 안 된 내가 마라톤 완주 신청을 한 것은 이런 속내 때문이었다. 그래서 그 자리에서 쓰러져 죽더라도 달려야 했고, 어떤 고통이 찾아오더라도 완주해야 했다. 그것이 내게 주어진 숙제였다.

풀코스는 엄청 길었다. 광화문에서 출발해 남대문까지 갔다가, 광화문 동아일보 사옥 옆으로 난 청계천을 따라 청계천7가까지 가서 다시 되돌아온 뒤, 종로를 관통하고, 동대문 1가와 2가, 동대문과 성수동을 거쳐 잠실대교 남단쯤 오니까 다리에서 쥐가 나기 시작했다. 발바닥에는 물집이 잡히고 불이 난 듯 뜨거워 너무나 고통스러웠다. 그나마 호흡은 가쁘지 않아 견딜 만했다.

5km마다 물을 마시고 스펀지로 머리에 물을 뿌리면서 겨우겨우 잠실 주경기장이 보이는 지점까지 한 번도 걷지 않고 뛰었다. 뛰는 것을 포기하고 걸어가라는 악마의 유혹이 엄습했다. 다섯 시간 반 안에 들어오지 못하면 시간초과로 탈락이다. 마음이 급해졌다. 순간 나를 응원하는 가족과 친구, 당원들의 모습이 떠올랐다. 힘이 솟았다.

'나는 지금보다 몇백 배 힘든 5년도 견뎌냈다. 이겨내야 한다.'

지난 5년여의 세월은 그야말로 고통의 시간이었다. 선거마다 패배해 선장을 잃고 방황하는 당원들을 보면 쥐구멍에라도 숨고 싶은 심정이었다. 날로 퇴보하는 장안구를 보면서도 아무것도 할 수 없는 내 자신에게 늘 화가 치밀었다.

하지만 돌아오는 건 정치적 식물인간으로서 느끼는 무력감뿐이었다. 6년 전 18대 총선에 출마하며 공약했던 인덕원~수원 간 신수원선

복선 전철 계획이 가시화됐지만, "그거 제가 시작한 일입니다"라고 나서서 말할 수도 없는 처지였다. 위부터 아래까지 총체적으로 무너져내리면서 희망이라고는 찾아볼 수 없는 장안구 경제에 아무 힘도 보탤 수 없다는 자책감으로 몸이 떨렸다. 그런 고통에 비하면 숨이 차고 다리에 쥐가 나는 신체적 고통은 견딜 만했다.

40km 안내판이 보일 무렵 온몸은 풀릴 대로 풀려 버렸고, 기계처럼 움직이는 두 다리 위에 그저 실려 가고 있을 뿐이었다. 얼핏 본 시계는 네 시간 반을 가리키고 있었다. 가족의 얼굴이 떠올랐다. 잦은 수술로 거동이 불편할 만큼 편찮으시면서도 아들 걱정부터 하는 어머니, 정치를 한다고 늘 밖으로만 나도는 남편이지만 힘든 내색 없이 믿어 주고 묵묵히 응원해 주는 아내, 잘 챙겨 주지도 못했는데 예쁘고 바르게 자라준 두 딸…. 모두가 떠나도, 모든 것을 잃어도, 내겐 고난의 시간 동안 늘 웃음으로 나를 지켜준 가족이 있다. 달리자!

"아빠! 힘내!"

저 멀리서 막내 경빈이의 목소리가 들렸다. 수많은 인파 속에서도 양손을 치켜들고 펄쩍펄쩍 뛰고 있는 경빈이의 모습이 눈에 또렷이 들어왔다. 정신이 들었다. 두 다리에도 힘이 불끈 솟았다. 가족은 이런 것이다. 나는 아무렇지도 않은 듯이 당당하게 골인 지점을 통과했다.

4시간 46분 51초. 다섯 시간 가까운 고행에 마침표가 찍혔다. 첫 마라톤 완주치고는 만족할 만한 결과였다. 무엇보다 나 스스로와의 약속을 지켰다는 사실이 뿌듯했다. 본격적으로 정치를 시작할 명분과 용기를 얻었다. 당협위원장 경선 승리로 정계복귀의 출발선에 다시 섰고 승리하는 날까지 뒤도 돌아보지 않고 처절하게 달려야 하는

# 달리고 즐기며… 200명 기부행렬

**춘천마라톤 참가자도 동참
'문자 1통 3000원' 현장인기
박종희 前 의원도 500만원**

문송천 교수

국내 최고의 가을 달리기 축제인 춘천마라톤이 통일을 향해 달렸다. 25일 대회가 열린 강원도 춘천시 공지천 인조 구장에 마련된 통일과 나눔 부스에는 머리가 희끗희끗한 장년부터 '2030세대' 까지 줄지어 나타나 기부 대열에 동참했다. 이날 하루만 200여명이 참여했다.

1999년부터 춘천마라톤에서 '1m당 10원 기부' 를 실천해온 문송천 (63) KAIST 경영대학원 교수는 이번엔 통일나눔에 42만1950원을 기부했다. 문 교수는 "이전부터 북한의 어린이를 돕고 싶다는 생각을 갖고 있었다"며 "마침 올해 춘천마라톤에서 좋은 기회가 생겨 통일 나눔 기금을 냈다"고 말했다.

문자 1통을 보내면 3000원이 기부되는 '문자 기부' 도 현장에서 큰 인기를 끌었다. 문자 3건을 보내 기부에 동참한 대구 상락선원 주지 혜문스님 (55)은 "분단의 벽을 무너뜨리고 통일의 초석을 다지는 데 조금이나마 도움이 됐으면 한다"고 말했다. '달리는 스님' 으로 유명한 혜문 스님은 이번 대회에 '주로 안전 관리단(참가자와 함께 뛰면서 응급 상황에 대처하는 자원봉사자)' 으로 참여해 풀코스를 완주했다.

혜문 스님과 템플 스테이로 인연을 맺은 대구 수성고 3학년 6반 학생 전원(40명)도 문자 기부를 했다. 담임 권경희(여·49) 교사는 "혜문 스님이 춘천 마라톤에 참가한다는 소식을 듣고 우리도 통일 나눔에 동참하기로 했다"며 "학생들은 '남북통일은 대박' 등 통일을 염원하는 메시지가 담긴 문자를 보내 기부했다"고 했다.

박종희 전 국회의원도 이날 마라톤을 뛴 뒤 500만원을 통일나눔펀드에 기부했다. 박 의원은 "우리나라는 통일이 돼야 진정한 광복을 이루는 것"이라고 말했다. 치위생사 김혜연(여·32)씨는 병원 동료 5명과 함께 문자 기부에 동참하며 "모두가 십시일반으로 뜻을 모아 통일이라는 꿈이 꼭 이뤄졌으면 좋겠다"고 말했다.

춘천=오유교 기자

것이 내 숙명이다.

2015년 10월 25일 <조선일보> 춘천마라톤에도 나섰다. 주위에서는 우려가 많았다. 83kg의 거구에다 연습량이 부족해서 다들 완주를 못할 거라고 입을 모았다. 그들 말처럼 마라톤 완주를 위해서는 철저한 준비를 통해 몸을 만들어야 한다. 일주일에 최소한 두 번 넘게 10km 이상을 뛰어야 하고, 스퍼트 연습과 언덕달리기 등 체계적인 훈련이 필요하다. 풀코스 달리기 2주 전에는 35km를 달려서 근육이 운동량을 기억하게 해야 쥐가 안 나고 완주할 수 있다. 그러나 나는 연습으로 20km 정도를 달린 게 고작이었다.

무리인 줄은 알지만 출발선에 섰다. 이번에는 마라톤을 완주할 때마다 이웃돕기 성금을 냈다는 가수 션의 얘기가 떠올라서 주변 사람들에게 통일펀드를 조성하는 데 성금을 내달라고 부탁했다. 그냥 뛰기도 밋밋하고 내 완주를 응원해 달라는 의미도 있었다. 적지 않은 기금이 걷혔다. 20km 지점부터 다리에 쥐가 나 악전고투를 했지만, 결국 완주했다.

마라톤을 하면서 또 다른 꿈이 생겼다. 내년에는 수원 장안구와 여의도에서 달리기 아카데미를 운영해 볼 생각이다. 최소한의 투자로 최대의 운동 효과를 누리는 것은 달리기라는 것을 알았으니 이제 널리 알리는 전도사 역할을 하고 싶다.

에밀 자토펙은 늘 고개를 저으며 고통스럽게 달렸다. 나도 그날 온몸을 질질 끌며 고통스럽게 달렸다. 그는 경험하고 싶으면 달리라고 했지만, 나는 사죄를 하기 위해 달렸다. 장안구를 지키지 못한 죄, 주변 분들의 사랑에 보답하지 못한 죄를 용서받기 위해서 달렸다. 이젠 영화천과 서호천을 누비며 더 이상 고통이 아니라 즐거운 마음으로 여러 이웃들과 함께 마음껏 달리고 싶다.

평생 해야 할 일이라고 생각되거든 체력을 먼저 길러라. 게으름, 나태, 권태, 짜증, 우울, 분노 등은 모두 체력이 버티지 못해 나타나는 증상이다. 네가 후반기에 종종 무너지는 이유, 데미지를 입은 후 회복이 더딘 이유, 실수한 후 복귀가 더딘 이유 모두 체력의 한계 때문이다. 체력이 약하면 빨리 편안함을 찾게 마련이고, 그러다 보면 인내심이 떨어지고 그 피로감을 견디지 못하게 되면 승부 따윈 상관없는 지경에 이른다. 이기고 싶다면 충분한 고민을 버텨줄 몸을 먼저 만들어라. '정신력'은 '체력'이란 외피의 보호 없이는 구호밖에 안 된다. 네가 이루고 싶은 게 있거든 체력을 먼저 길러라.

- 윤태호 <미생> 중에서

# 무모한 도전,
# 맨몸뚱어리로 치른 첫 선거

-------

2000년이 시작되는 밀레니엄 새벽에, 그러니까 1999년 마지막 날에서 2000년 첫날로 넘어가는 바로 그 밤에 꿈을 꾸었다. 용꿈이었다. 푸른 바다에서 누런 용이 여의주를 입에 물고 하늘로 날아오르는데, 그 순간 장엄한 오케스트라가 울려 퍼지는 꿈이었다. 용꿈을 꾸기 바로 직전에는 슬롯머신에서 잭팟이 터지는 꿈도 꾸었다. 얼마나 엄청난 잭팟이 터졌는지 코인이 10여 분간 쏟아져 한 번에 다 가져올 수도 없을 정도였다.

평소에는 꿈을 잘 꾸지도 않거니와 꿈을 꾸더라도 개꿈으로 치부하기 일쑤인 나도 이날만큼은 기억이 너무도 생생했다. 하룻밤에 그것도 두 개씩이나 의미심장한 꿈을 꾸었으니 더 그랬다. 깨어 보니 새벽 네 시 반이었다. 너무나 생생하고 신기해서 밤새 잠을 이루지 못하고 '이게 무슨 의미일까?' 곰곰이 생각하다가 밤을 하얗게 새웠다.

혹시 횡재수가 생기려나 싶어서 당시 유행하던 밀레니엄복권을 10만 원어치나 샀다. 한동안 잊고 지내다가 몇 달 후 문득 생각나서 맞춰 보니, 다 합해서 겨우 3만 원 정도만 맞았다. 용꿈은 몰라도 잭 팟은 개꿈이 분명했다.

갑자기 잊고 있었던 옛날 기억이 하나 떠올랐다. 내가 살던 포천 일동에 어머니가 가끔 가시는 원통사라는 작은 절이 하나 있었다. 나이 드신 할머니가 주지로 계셨는데 스님의 신통력이 온 동네에 자자했다. 중학생이던 때 원통사에 놀러갔는데, 그 스님이 함께 간 동네 형을 보고는 "세만이는 돈을 많이 만지는데 왜 그게 모두 남의 돈일까" 하시더니, 내게는 "종희는 도지사 한 자리는 해먹겠는데"라고 하셨다. 시골구석의 주지스님이 도지사가 뭔지 알고 하셨을까마는, 그 이후로 어려움에 닥쳤을 때 늘 힘이 되는 소리였다.

그때 함께 갔던 동네 형은 서울대 상대를 졸업한 뒤 한국은행에 들어가 통화와 발권 업무를 보는 발권국장을 지냈다. 주지스님의 말처럼 돈은 많이 만지는데 그게 모두 남의 돈인 직업을 가진 것이다. 그때 나는 동아일보 기자로 경기도청을 출입하던 때였으니 도지사는 못 되어도 그 근처까지는 간 셈이다 싶어서, 꿈을 떠올리며 헛헛하게 웃었다.

용꿈을 꾼 뒤 두어 달쯤 지났다. 경기도청 기자실에서 퇴근 준비를 하던 2000년 2월 11일 오후 7시쯤 평소 형, 아우 하며 지내던 수원 팔달 출신의 남경필 의원에게 전화가 걸려왔다.

"형, 축하해!"

16대 총선 한나라당 후보로 수원 장안구에 신청한 공천이 확정되었다는 통보였다. 총선을 꼭 두 달 남겨놓고 공천을 받은 것이다.

내가 공천 신청까지 하게 된 것은 2000년 1월 16일에 있었던 한나라당 1차 조직책 신청자 명단을 보고 나서였다. 조직책을 신청한 이들은 전·현직 도의원이 셋, 변호사가 둘, 교수가 하나였는데 하나같이 마땅치 않았다. 고등학교 시절 이후 25년간 밑바닥을 훑으며 살아온 수원 생활의 경험과, 10년이 넘도록 수도권 구석구석을 누빈 기자로서의 느낌이 그랬다.

'이번에 한번 승부를 걸어 봐?'

부랴부랴 비공개로 공천 신청서를 접수하고 그냥 운에 맡겼다. 공천 심사위원 중에 아는 얼굴이 하나도 없어서 내가 할 수 있는 것도 없었다. 당시 한나라당 1진인 동아일보 김차수 기자(현 채널A 대표이사 상무)가 하순봉 사무총장에게 나에 대해 좋은 얘기를 해준 게 공천 준비의 전부였다. 여야를 가리지 않고 '개혁 공천' 바람이 분 것이 내겐 행운이었다. 새로운 세상을 향한 또 다른 도전이 시작된 것이다.

막상 선거를 치르려고 보니 막막했다. 선거는 코앞인데 도와줄 참모 한 명 없었다. 아쉬운 대로 고교·대학 후배, 지역 언론 후배들로 일단 참모진을 꾸렸다. 당선 가능성이 없다고 판단했는지 지구당 창당 대회 때에는 중앙당에서 아무도 참석하지 않았다. 가뜩이나 눈발이 휘날리는 쌀쌀한 날씨였는데, 마음마저 얼어붙는 듯했다.

혼자 뛰었다. 하루 종일 낯선 사람들에게 웃음을 지으며 악수를 청했고 지지를 부탁했다. 상가든 잔칫집이든 사람들이 모여 있는 곳이라면 청하지 않았는데도 찾아가서 인사를 하고 이름을 알렸다. 새벽이면 약수터와 운동장에서 시작해 낮이면 상가와 시장, 백화점, 경로

당을 돌고 밤거리의 각종 모임에 술집까지 한 바퀴 돌고 나면 온몸은 그야말로 파김치가 되었다. 붙임성이 좋고 서글서글한 성격이지만 싫은 소리라도 하는 사람을 만나면 얼굴이 벌겋게 달아올랐다.

선거가 다가오자 사무실에 하나 둘씩 낯선 얼굴이 보이기 시작했다. 낙하산 공천이라며 등을 돌리던 당원들이 모이기 시작하더니 공천 경합을 벌였던 세 분이 선거대책본부에 합류했다.

첫 합동유세가 있던 4월 2일 장안고등학교, 봄볕은 따가웠지만 공기는 아직 차가웠다. 바람이 흙먼지를 일으켜 시야가 뿌옇게 보일 정도였다. 운동장은 각 후보들이 동원한 수천 명의 청중들로 빼곡했다. 김대중 정부와 측근들의 부패와 실정을 낱낱이 지적하며 차분하게 연설을 시작했다. 연일 터지는 대형 참사에 대한 정부의 무방비와 무감각, 고위 공직자들의 부도덕, 그 사이에 끼여서 신음하는 서민들의 생활을 얘기했다. 그리고 주어진 20분을 다 채우지 않고 이렇게 마무리지었다.

"정부와 정치인들이 얼마나 잘못되었는지는 바로 이 자리에서도 알 수 있습니다. 유권자의 머슴이 되겠다는 후보자들은 그늘막 아래 앉아 있고, 주인인 유권자는 봄 땡볕 아래 맨바닥에 앉아 있습니다. 이 둘의 자리가 바뀌어야 정상입니다. 그뿐 아닙니다. 선관위가 유권자들을 눈곱만큼이라도 생각했다면 먼지 폴폴 나는 운동장에 살수차 한 대라도 동원해 물을 뿌렸어야 옳습니다. 이처럼 국민을 최우선으로 생각하는 민생정치, 깨끗한 정치가 바로 제가 하고자 하는 정치입니다!"

말이 끝나기 무섭게 "옳소!" 하는 함성과 함께 우레와 같은 박수가 터져 나왔다. 나는 승리를 직감했다.

2차 합동연설회가 있던 날, 운동장 구석구석까지 살수차가 돌아다니며 물을 뿌렸다. 상대방 후보의 운동원들이 화장실에서 두런두런 하는 얘기가 내 귀에 들렸다.

"지난번에 박종희가 선관위를 혼냈더니만 오늘은 운동장에 물을 뿌려 놓았군. 그나저나 박종희 덕분에 먼지 안 뒤집어쓰게 생겼어. 그놈 참 야무진 놈이야."

선거운동이 끝났다. <동아일보>를 그만두고 투표 날까지 두 달 동안 '이러다가 죽는 거 아니야?' 하는 생각이 들 정도로 내 인생에서 가장 치열하게 살았다.

2000년 4월 13일 오후 6시, 방송 3사가 일제히 출구조사 결과를 발표했다. 세 방송국이 경합 혹은 낙선으로 분류했다. 사무실은 순식간에 초상집이 되었다. 나는 지지자들에게 "끝까지 지켜보시라. 아마 내가 적게는 3500표, 많게는 5천 표가량 이길 것이다"라며 큰소리치고는 집에 돌아와서 샤워를 하고 곧바로 곯아떨어졌다.

선거 사흘 전 민주당 총선기획단의 여론조사 결과에 내가 1.1% 앞선다는 정보 보고가 이미 내 귀에 들어왔고, 일반적으로 야당 지지자들이 표심을 감추는 경향을 감안하면, 그 정도는 충분히 앞설 수 있다는 나름대로 치밀한 계산 끝에 나온 말이었다.

결과는 4만 2730표를 얻어 3만 7770표를 얻은 민주당 후보를 누르고 당선되었다. 4960표 차이였다. 밀레니엄 아침에 꾼 용꿈이 현실이 된 것이다.

# 세상과 맞선
# 겁 없는 청춘

-------

포천읍에서 38선을 지나 북쪽으로 40리쯤 떨어진 시골 마을 영북면 운천리. 나는 그곳에서 나고 자랐다. 초등학교 때에는 내내 반장을 도맡아서 했고, 중학교 때는 닥치는 대로 책을 읽으면서 글을 쓰는 작가를 꿈꾸기도 했다. 공부도 곧잘 해 고등학교는 수원으로 가기로 했다. 서울은 조건이 맞지 않았고 인천은 평준화 지역이어서 포기했다.

촌놈 몇 명이 수성고등학교를 거쳐 유신고등학교, 수원고등학교에 들러 원서를 다 샀지만, 마음에 드는 곳은 딱 한 군데 수원고등학교였다. 버스에서 내리면 바로 학교였고, 소나무 숲이 매우 정겨워 보였다. 땡땡 언 몸으로 학교 순례를 하다가 교무실에 들어서니 선생님들이 난로 위의 보리차를 따라 줘 몸을 녹일 수 있었다. 보리차 한 잔이 운명을 결정한 것이다.

입학이 확정된 12월 초부터 이듬해 3월까지 내 인생에서 제일 행복한 시간이었다. 매일 책 속에 파묻혀 살았다. 중학교 도서부원 때 읽었던 니체나 쇼펜하우어가 좋아서 다시 꺼내 읽기도 하고, 키에르케고르, 까뮈, 헤세, 톨스토이, 도스토예프스키 등도 닥치는 대로 섭렵했다. 지금 생각하면 참 어려운 책들인데 무슨 생각으로 읽었는지…. 아침에 눈 떠서 책을 들면 잠자리에 들 때까지 놓지 않았다. 이때 읽었던 책들이 지금껏 내 인생의 길잡이 노릇을 하고 있으니, 청춘의 독서는 가히 삶의 스승을 얻는 일이라 하겠다.

고등학교 1학년 때는 대학에 다니던 누나가 자취를 하던 서울 제기동에서 수원까지 전철을 타고 다녔다. 중학교 때처럼 문학 동아리에도 가입해 토론도 하고, RCY 회원이 되어 봉사활동도 열심히 다녔다.

그러던 어느 날, 전철이 고장 나는 바람에 40여 명이 단체로 지각을 하게 됐다. 교실 문을 들어서는데, 담임선생님이 불러 세웠다.

"너는 허구한 날 단골로 지각하냐"며 다짜고짜 출석부를 들어 머리를 내리쳤다.

"전철이 고장나서 늦었고요, 저 지각 처음인데요."

담임은 변명을 한다고, 말대꾸를 한다고 출석부로 여러 차례 내리쳤다. 아마도 다른 학생과 착각을 했거나 담임이 기분 좋지 않은 일이 있어서였는지 아직도 모르겠지만, 아침부터 흠씬 두들겨 맞고는 하루 종일 억울했다.

그날 이후, 학교도 공부도 다 싫어졌다. 2학년 때부터는 비슷한 놈들과 어울려 다니며 담배도 피우고 술도 입에 댔다. 가출해 경포대에 갔다가 경찰에게 잡혀 돌아오기도 했다.

혹독한 사춘기는 이렇게 지나고 결국 재수 끝에 경희대학교 무역학과에 입학했다. 그러나 학업에 취미를 못 붙이고 유신 종말과 전두환 시절을 거치면서 학내 사태 등과 맞물려 휴학과 복학을 반복했다.

아버지가 돌아가신 외아들이라서 육군 1기갑에서 방위병 근무를 하고는 본격적으로 세상구경을 다녔다. 부산으로 여행 갔다가 자갈치시장에서 오징어잡이 배를 타기도 했다. 150톤쯤 되는 배에 선원이 50여 명 올라탔다. 20대부터 70대까지 나이도 각각, 사연도 각각이었다. 정식으로 취직해 일을 하기에 마땅치 않은 이들도 있고, 10년, 20년씩 오징어잡이 배만 탄 이들도 있었다.

다들 쓰린 아픔들을 가지고 있는지 술도 엄청 마셔댔다. 부산을 떠난 배가 흑산도와 대마도 앞바다를 거쳐 동해의 대화추를 돌아 다시 부산항으로 돌아오는 데 꼬박 두 달이 걸렸다. 때로는 거친 파도와 싸우면서 밤새 오징어를 잡는 힘든 일이어서 얼굴이 반쪽이 되어서야 배에서 내렸다. 임금 때문에 배 주인과 실랑이를 벌이기도 하고 말린 오징어도 팔아서 27만 원을 벌었다. 등록금이 32만 원 정도 하던 시절이니까 결코 적은 금액이 아니었다.

마음속에 여러 숙제를 품고 떠났지만 속시원한 해답을 얻지는 못한 채 끝낸 여행이었다. 여전히 무료하고 갑갑함에서 벗어나지 못했다.

서울 삼선교에서 포장마차를 시작했다. 처음 해보는 포장마차지만 시행착오를 몇 번 겪고 나니 제법 일이 손에 익었다. 꽁치나 메추리는 구우면 되고, 오징어는 끓는 물에 데치면 끝이었다. 닭 모래집은 기름 두른 프라이팬에 소금 살살 뿌리면서 달달 볶으면 되었다. 고추장에 다진 마늘과 양파 간 것, 사이다 등을 넣고 설탕과 후춧가루를 조금 넣어 만든 양념에 꼼장어를 넣으면 꼼장어 양념구이가, 돼지고기를 넣으면 돼지고기 두루치기였다.

무와 양파, 대파를 넣고 굵은 멸치, 새우, 게 등을 넣고 푹 끓인 국수는 단연 인기였다. 고달픈 인생을 하소연하는 손님에게는 따뜻한 말벗이 되어 주었고, 좋은 일을 자랑하고 싶은 손님의 얘기는 진득하게 들어주었다. 날씨라도 궂거나 손님 없으면 기타를 튕기고 하모니카를 불며 노래도 한 곡씩 했다. 돈벌이는 쏠쏠했지만 중노동이었다.

5개월쯤 하다가 십이지장궤양과 출혈로 현기증이 나면서 쓰러졌다. 사나흘 병원 신세를 지고 퇴원을 하는 순간부터 포장마차는 거들떠보기도 싫었다. 아무리 돈이 좋아도 이러다가는 사람 잡겠다는 생각이 들었다. 그 뒤 정수기 영업도 해보고, 월부 책을 팔러 다니기도 했다. 웨이터·막노동 등 내키는 대로 세상 체험을 했다.

그러다가 1986년 6월 수원 남창동에 조그마한 카페를 열었다. '도시의 끝'이라는 다소 시니컬한 이름을 지었다. 맥주도 팔고 차도 팔았다. 또 출출한 사람들이 요기를 할 수 있도록 볶음밥과 라면정식을 메뉴에 넣었다. 나중에는 아줌마를 고용했지만 초기에는 내가 주방장이었다. 오토바이를 벽에 넣고 무대를 만들어 아마추어들의 노래 경연도 했다. 편한 분위기에 카페 이름이 마음에 들어 왔다는 손님도 많았다. 내가 바쁘면 손님들이 알아서 챙겨 가고 안주를 손수 만들기도 했다.

카페 '도시의 끝'은 말 그대로 콘크리트 도시에서 만난 인생들의 사랑방이었는데 '도시의 시작'이라는 영감을 서로서로 얻어 가는 명소로 자리잡았다. 카페를 하면서 대학에도 복학해 꼭 10년 만에 졸업장을 받았다.

이제 와 생각해 보니 참 유별난 청춘이었다. 다른 사람들이 강의실에 있을 때 나는 사회에서 인생을 배웠다. 현장은 교실이었고 만나는 사람들은 선생이었다. 이때의 눈물 젖은 빵이 사회부 기자로, 국회의원으로 살아가는 데, 그리고 낙선한 뒤 어려움을 헤쳐 나가는 데 큰 힘이 되었다.

도전하는 삶은 당장은 힘들고 외롭지만 지나고 나면 얼마나 아름다운지 모른다.

# 세상을 바꾸자,
# 특종기자 박종희

-------

꼭 2년간 경영했던 카페 문을 닫고 한동안 취업 준비에 매달렸다. 1988년 4학년 2학기 가을, D그룹 기획실에 취직했지만 한 열흘간 수습을 받다가 사표를 냈다. 거칠 것 없이 살던 나와 맞지 않은 데다, 대학을 만 10년 다닌 꼴이니 입사 한두 해 선배들과 부딪쳐야 하는 게 곤욕이었다.

막 창간한 <경기일보>에 지원해 1년간 편집부 기자를 하면서 노조 위원장으로 파업을 이끌어 결국 외근을 나오게 됐다. 첫 출입처는 안양경찰서와 군포시청 등이었다.

의욕은 넘쳤지만 실수도 많았다. 기자 생활을 통틀어 대표적인 낙종으로 꼽을 경험도 이때 했다. '해사海沙 배합 시멘트 공급'이라는 제목의 1990년 6월 13일자 기사가 그렇다. '도내 일부 업자 골재 품귀 틈타 폭리'라는 부제를 달고 사회면 1면에 실렸지만, 이미 하루 전

<동아일보>가 '신도시 불량 레미콘 파문'이라고 심층 보도함으로써 빛이 바랜 기사다. 산본과 평촌의 일부 택지건설지구에서 이미 3층 높이까지 지은 건물을 부수는 일들이 포착되어서 취재에 들어갔으나 <동아일보>가 특별취재반을 가동해 먼저 터뜨림으로써 물을 먹은 것이다. 낙종은 내게 기자로서의 오기와 집념을 키워 주었다. 약육강식의 원리는 기자들의 세계에서도 예외 없이 적용되었다.

그러던 중 취재원으로부터 당시 여당 중진인 K의원 부인이 산본 택지지구 안에 호화 별장을 지었다는 얘기를 들었다. K의원은 도지사와 내무부장관을 지낸 대단한 거물 정치인이어서 솔깃했다.

어딘지 알 수 없으니 택지지구들을 하나씩 훑으며 확인을 하다가 마침내 의심이 가는 건물을 찾아냈다. 주소지를 근거로 건축물 대장을 떼보니 의문투성이 건물인 데다, 여섯 명의 소유주가 연명으로 기록되어 있었다. 그래서 마치 007 첩보작전을 방불케 하는 취재를 통해 소유주 중에 K의원 부인의 이름을 확인했다. 건축 허가가 날 수 없는 시기에 각종 특혜를 받아 건물을 세우고 더 많은 보상을 받기 위해 버티는 중이었다.

말할 나위 없는 특종감이었지만 본사에서는 기사화를 꺼렸다. K의원이 신문사 경영진과 친분이 돈독해 싣기 곤란하다는 것이다. 지방지의 열악한 취재 환경과 미미한 영향력에 지쳐 있던 나는 기자 생활을 그만두겠다는 각오로 사표를 내면서 회사를 압박했다.

그러자 이튿날, <경기일보>의 1면 머리기사로 '호화빌라 건립 말썽, 의원이 산본 택지개발지구에 부인 명의로'가 실렸다. 내 첫 특종이요, 신문사 창간 이후 최대 특종이었다. 이 일 때문이었던지 K의원은 두 해 뒤인 1992년 총선에서 낙선했고, 특혜 시비에 휘말린 군포시 부시장과 건축과장 등은 총리실의 조사를 받고 중징계를 받았다.

국회의장 L씨도 두어 달 만에 또다시 특종을 안겨준 주인공이다. 사건의 대강은 이렇다. 산본 신도시개발지구로 지정된 126만 평의 땅 중에서 L의장을 포함한 일가가 소유한 땅은 약 10만 평. 그곳에는 생가와 별장, 1만 5천 그루의 식재된 고급 나무들이 포함되어 있었는데, 일가들은 모두 보상비를 받아 수용 절차를 마쳤지만 L의장과 아들만은 수용을 거부하고 있었다.

이에 주택공사가 법원에 공탁 절차를 거치고 강제철거에 나설 움직임을 보이자, L의장은 중앙토지수용위원회와 주택공사를 상대로 행정소송을 내고, 군포시에는 자신의 생가를 향토 유적으로 지정해 줄 것을 요구했다. L의장이 법원에 제출한 소장에 따르면 "생가가 들어서 있는 2만여 평은 택지개발지구에서 빼주고, 보상가도 600억 원 선에서 결정돼야 한다"는 요구였다. 책정된 보상비가 240억 원가량이었는데, 한마디로 보상비를 더 올려주면 수용에 응하겠다는 말이었다.

이 문제로 골머리를 앓고 있던 주택공사 관계자가 내게 슬쩍 귀띔한 것을 토대로 취재에 들어가 '전 국회의장 L씨 일가, 산본 지장물 이전 안 해 물의'라는 제목으로 기사를 내보냈다. 이 기사를 받아 다른 신문과 방송들이 이 사실을 보도했다. 여론은 지도층 인사의 이런 이기적인 행태에 분노를 쏟아냈다. 서민과는 달리 특권층을 감싸는 당국의 처사에 대한 비난도 빗발쳤다.

이 기사로 나는 한국기자협회가 주는 '제4회 이 달의 기자상'을 수상했다. 편집부에서 사회부로 발령을 받은 지 고작 6개월 정도밖에 지나지 않아 두 건의 특종을 건진 것이다.

1992년 봄 <경기일보>에서 <동아일보>로 옮겼다. <동아일보>에 입사한 첫 두 달은 경찰서 출입을 하면서 제대로 된 기자 수업을 받았다. 수시로 현장 상황을 보고하고 기사를 기획하고 기사를 작성하는 훈련을 받은 것이다. 열악한 환경에서도 특종을 따내던 집념에 기사의 기획력까지 갖추게 되었으니 더 이상 무서울 게 없었다.

1993년 9월 11일 경찰관들이 스트라이크를 일으켰다는 제보가 들어왔다. 사기와 배임 혐의로 구속된 피의자가 경찰 앞에서 자백했던 내용을 검사 앞에서 줄기차게 부인하자, 검사가 경찰을 참고인으로 소환했다. 그러고는 "조사를 제대로 하지 않고 죄 없는 사람을 구속시켰으니 당신이 처벌을 받아야 한다"며 피의자가 보는 앞에서 경찰의 얼굴과 가슴, 목덜미를 때리는 등 세 시간에 걸쳐 폭언과 폭행을 했다는 것이다. 검사가 경찰을 아랫사람 대하듯 하는 것은 드문 일이 아니지만, 폭행을 한 검사는 스물일곱 살이고 폭행을 당한 경찰관은 마흔일곱 살이니 분하지 않을 수 없었다. 그래서 경찰관들이 폭행 검사 처벌을 요구하며 근무 거부를 하고 있다는 것이다.

얘기를 듣고 취재해 보니 사실이었다. 하지만 세무 기사와 검찰 기사, 종교 기사는 함부로 쓰기가 힘들다. 워낙 구성원 간에 단합이 잘 되고 조직적인 로비가 거의 협박 수준이기 때문에 언론도 나서기를 꺼린다. 이럴 땐 속전속결로 취재하고 전광석화처럼 송고를 해야 기사화될 수 있다.

취재를 마친 후 기사 작성과 송고를 단숨에 끝마쳤다. 그리고 윤전기가 돌아갈 즈음 부장검사에게 전화를 걸어 사실 확인을 요청했다. 부장검사도 순순히 시인을 했지만 보도를 막을 수는 없었다. 보도가 나간 다음날, 검사는 사표를 제출했고 즉시 수리되었다. 언론보도로 검사 옷을 벗긴 최초의 사건이다.

김영삼 대통령 시절 재산 공개를 둘러싼 고발 기사는 당시 공직자들에게는 거의 저승사자 수준으로 공포의 대상이었다. 장관·국회의원·법원장·검사장 등 고위 공직자들이 기사 한 줄에 우수수 날아갔다. 성취감이 대단했지만 내 기사로 옷 벗는 공직자를 보면서 연민도 느꼈다. '이한영 피격 사건'이나 '탈옥수 신창원 평택에 출현' 같은 기사도 내가 최초로 보도한 것인데, 이 시절엔 두어 달에 한 번 꼴로 특종을 하지 않으면 몸이 근질근질해 못 견딜 정도였다. 덕분에 기자실 동료들한테 원망도 많이 들었다.

1992년 12월 대선 막바지에 정주영 회장이 만든 국민당에서 현대 그룹의 하청업체를 유세장에 강제 동원했다는 '기자의 눈'은 국민당 지지표를 50만 표는 깎아냈다는 평가를 받았다. 그 밖에도 대규모 경마 비리, 각종 뇌물 사건, 화성 연쇄살인사건, 여주 아가동산 사건, 경기 북부 지역 수해, 화성 씨랜드 화재 참사 등을 세상에 알렸는가 하면, 판교 톨게이트의 불합리를 지적하며 통행료 면제를 이끌어낸 것도 내 기자 생활의 큰 보람이다.

1998년에는 '삼성반도체 산업스파이 국내 기술 대만에 팔아'라는 기사를 맨 처음 취재해 송고까지 마쳤으나, 국익을 위해 엠바고를 받아 달라는 국정원과 삼성 측의 간청으로 특종을 반납한 아픈 기억도 있다. 1998년 4월 '경찰-변호사 검은 거래'라는 기사를 통해 경찰관 2명을 사법 처리케 하는 등 기자 시절 내 기사 때문에 옥고를 치른 공직자만 30여 명에 달한다. 기자라는 사명감에 충실했지만 곤경을 치른 분들께는 한없이 죄송한 심정이다.

기자들은 어떤 직업군보다 정의감이 뛰어난 사람들이다. 특종 경쟁의 와중에 자연스럽게 혼탁한 사회의 정화조 구실을 한다.

미국의 제퍼슨 대통령이 "신문 없는 정부보다 정부 없는 신문을 택하겠다"고 했다가 나중에 언론이라면 이를 갈았던 것에서 볼 수 있듯이, 언론은 영원한 적도 동지도 없기 때문에 사회의 목탁 구실을 하는 것이다.

언론사는 국민의 시각에서 공정보도를 하지 않으면 도태된다는 것을 누구보다도 잘 알기 때문에 선의의 경쟁을 한다. 그런데 권력은 이런 언론의 생리를 가끔씩 잊어버리고 언론을 탄압하고 심지어는 군림하려 한다.

언론은 사회의 목탁이요 제4부라고 불리는 이유를 곱씹어 보고 언론의 목소리에 귀를 귀울이면 그런 유혹에서 벗어날 수 있다.

# 줄 없는 초선의원
# 노른자위 당직을 독식하다

------

2000년 6월 5일, 대한민국 국회의원으로서 첫 등원을 했다. 의원회관에서 국회의사당까지 이동하는 동안 묘한 기분이 들었다. <경기일보> 시절 국회 출입기자를 하면서 취재나 인터뷰를 하기 위해 들르던 곳의 주인공이 되었다는 사실이 실감나지 않았다. 그러면서도 한편으로는 나를 뽑아준 유권자들의 열망이 무엇인지 알기에 어깨가 묵직해졌다. 그래서 다짐했다.

'언제 그만두더라도 후회 없이 하자. 내 기대에 못 미치면 언제든지 배지를 떼자.'

솔직히 말하면 큰 포부를 안고 시작한 정치가 아니다. 정치란 그저 국민의 가려운 곳을 긁어 주고 아픈 곳을 치유해 주면 되는 거라고 생각했다. 낡고 부패한 정치가 아니라 새롭고 건강한 정치, 생산적인 정치를 하면 된다고 여겼다. 그래서 정치라는 단어 앞에 늘 붙어 다니는 '혐오스러움'을 벗기고 싶어서 출마했고, 선거 기간에 그런 내 생각을 호소했고, 그렇게 지지를 얻었다.

내 각오는 신선했으나 국회는 그렇지 않았다. 시작부터 원내교섭단체 구성 요건을 두고 여야가 마찰을 빚었다. 20석에서 10석으로 완화하려는 민주당과 그것을 저지하려는 한나라당은 급기야 운영위원회에서 충돌했다. 민주당은 날치기로 통과시켰고, 한나라당은 몸으로 저지하려다 실패해 본회의장에서 철야농성에 들어갔다. 그리고 상임위원회에서 막지 못했으니 본회의에서만은 기필코 막아야 한다며, 국회의장 공관과 부의장 집을 찾아가 출근을 봉쇄했다.

조직원으로서 나도 그 속에 있었다. 텔레비전에서 그런 모습을 보면 한심한 의원들이라고 혀를 찼는데, 어느새 내가 그 풍경의 주인공이 된 것이다. 혼란스러웠다. 조직원의 입장에서 보면 마땅히 힘을 보태야 하지만, 국민의 편에서 보면 눈살 찌푸리게 하는 구태였다. 현실과 이상 사이에 가로놓인 커다란 벽이 시작부터 내 앞에 놓여 있었다.

원내교섭단체 구성 요건을 완화하려던 국회법 개정이 무산되자, 이번에는 의원 꿔주기라는 기상천외한 현실이 벌어졌다. 의석수 17석인 자민련을 교섭단체로 만들기 위해 민주당은 모자라는 의원 세 명을 꿔주고, 이에 반발하여 뛰쳐나간 강창희 의원의 공백을 메우기 위해 한 명을 더 꿔주는 코미디를 벌인 것이다.

아무리 정치판이 아수라장이라고 하지만 정당마다 추구하는 바가 다르고 정책이 다른데, 정치적 목적을 위해 자신의 정체성까지도 부정한다면 도대체 정치를 왜 하느냐고 묻고 싶어졌다.

못 할 일도 하고 못 볼 것도 봤지만, 그럼에도 불구하고 나는 희망을 접지 않았다. 구태 정치를 극복하고 21세기 새 정치를 실현하며, 사람 중심으로 뭉치기보다는 정책 개발과 미래지향적 사고를 하자는 젊은 의원들이 있었기 때문이다. '미래연대'를 비롯해 '새벽21', '젊은 한국', '창조적 개혁연대' 같은 그룹들이 그랬다.

미래연대는 남경필·원희룡 의원 등의 주도로 초·재선 출마자들이 모여 2000년 2월 출범시킨 단체다. 낡고 보수적인 이미지의 한나라 당에 젊고 진취적이며 개혁적이고 미래지향적인 미래연대의 출범은 신선한 충격을 주었다. 정치 개혁에 대한 의욕도 대단해서 현 대구시 장인 권영진과 이명박 대통령을 만든 일등공신 권택기, 열린우리당 조정식 의원 등이 상근을 맡아 정보를 공유하고 각종 정책 연구를 하는 등 한나라당을 21세기에 맞는 정책 정당으로 업그레이드시키려는 노력에 힘을 쏟았다.

초창기 미래연대는 여당이었던 열린우리당의 '새벽21'이나 '개혁 연대'와도 교류가 잦았다. 등원 첫해, 여야의 젊은 의원들이 광주의 망월동을 함께 참배하자는 의견을 내놓고 추진한 것도 이 모임에서 였다. 이회창 총재가 5월 16일 망월동을 참배함으로써 일정을 조율하지 못하고 무산되기는 했어도 참으로 신선한 기획이 아닐 수 없었다. 또 젊은 의원들의 농촌봉사활동을 주선하는 등 지금껏 보지 못한 신선한 정치를 하기 위해 힘을 쏟았다. 따라서 한나라당에서 개혁적 목소리를 내는 것은 대부분 미래연대의 몫이었다고 해도 과언이 아니다.

미래연대 해산 후 '새정치수요모임' 등으로 다양하게 명칭이 바뀌고 그때마다 멤버도 달라졌지만, 이러한 시도와 모색이 새누리당은 물론 우리나라 정치 개혁과 발전을 가져오리라는 기대는 변함이 없다.

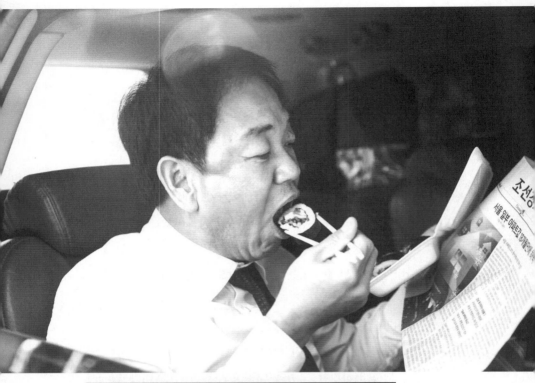

미래연대를 얘기하면서 국회 내 젊은 의원들의 얘기를 빼놓을 수가 없다. 젊은 의원들은 정치 개혁과 정당 개혁을 주장하면서 기존의 관행을 따르지 않고 합리적인 판단을 중요시한다. 이들의 등장으로 한때 국회가 좀 더 활력 넘치고 신선해졌다는 말들도 적지 않았다.

16대 국회 당시 젊은 의원들의 등장으로 제일 먼저 변한 것은 타고 다니는 차의 종류와 색깔이었다. 지금도 그렇지만 당시 젊은 의원들은 RV를 많이 탔다. 승용차라 하더라도 검정색 일색에서 벗어나 흰색·청색 등 다양한 색깔이 등장했다. 나도 당시에 녹색 카니발을 타고 다녔는데, 디젤 차량이라 유지비도 적게 들고 여러모로 참 편리했다.

하지만 오로지 이미지 때문에 이런 RV를 몰고 다니는 의원도 간혹 있었다. 겉만 RV지 내부는 그 어떤 외제차보다 화려하고 안락하게 치장을 한다. 고급 오디오에 냉장고, 몇백만 원을 들여 11인승을 7인승으로 개조하고, 심지어 비행기 1등석 의자까지 갖춘 차도 보았다. 겉으로 판단할 것이 아니라 속도 들여다봐야 한다.

이러다 보니 누가 더 활동적으로 보일 것인가, 누가 더 서민적으로 보일 것인가 하는 이미지 경쟁이 벌어지기도 했다. 한 의원은 강남에서 자전거로 출근을 하는 '친환경론자'라고 언론 플레이를 했다. 그러나 그 의원이 여의도에서 자전거를 타고 다니거나 자전거로 퇴근하는 것을 본 사람은 없다. 아마 모르긴 해도 다음날 출근을 위해 자전거는 차에 실려 강남 자택으로 돌아갔을 것이다.

또 어떤 의원은 손수 차를 몬다고 자랑스럽게 언론과 인터뷰를 했다. 그러나 그것은 자랑할 일이 못 된다. 의원들에게 승용차는 움직이는 사무실과 마찬가지다. 신문과 보고서를 챙기고, 또는 TV 뉴스를 보고 전화를 걸고 피곤하면 눈도 붙여야 하는데, 스스로 운전을 한다면 그 시간엔 일을 하지 않는 것과 마찬가지다.

그런가 하면 어떤 의원은 전철로 출퇴근한다고, 또 다른 의원은 경차로 경북에서 여의도까지 출퇴근한다고 언론에서 보도한 바 있지만, 실제로는 다 부질없는 쇼다. 언론과 합작해 벌이는 이런 이벤트성 쇼에 국민은 '참으로 서민적이구나' 하고 속겠지만, 그 순간 정작 새로운 정치, 생산적인 정치, 미래를 지향하는 정치는 묻히는 경우가 많다.

등원한 지 1년 만에 골프 싱글이 됐다는 의원, 명품 아니면 입지 않는다는 의원 등 겉만 신선하고 젊었지 속은 시커멓게 썩은 위선자들이 한둘이 아니었다. 권력 맛, 돈 맛에 물들어 타락한 노무현 정부 시절의 청와대 386들은 결국 정권을 뿌리째 썩게 했고, 그로 인해 준엄한 국민적 심판을 받았다.

흔히 19대 국회가 역대 최악의 국회라고 한다. 법안 통과는 역대 최저, 거의 모든 비례대표가 등원 순간부터 지역구 출마를 염두에 두고 각개약진을 했던 국회, 초선들의 개혁적 목소리를 들을 수 없었다는 지적을 받았다. 쇼가 아닌 진실한 젊은 피로 정치혁신을 이룩할 20대 국회를 기대해 본다.

# 풍비박산난 한나라당의
## '주말 당수'

민주당에서 대선후보로 노무현 후보가 확정되고 열흘 뒤인 2002년 5월 9일, 한나라당 전국선거인단 대회에서는 이회창 후보가 대선후보로 선출됐다. 이튿날 열린 전당대회에서는 서청원 의원이 대표최고위원으로 선출됐다.

전당대회 일주일 전, 서청원 의원이 내게 비서실장을 맡아 달라는 부탁을 했지만 이미 6·13 지방선거에 도지사로 출마할 예정인 손학규 의원의 대변인을 맡기로 약속한 터라서 받아들일 수 없었다. 이재오 당시 원내총무와 함께 '임동원 통일부장관 해임건의안 통과', '10·25 국회의원 재보궐선거 압승', '이용호게이트 특검제 관철' 등 원내부총무직을 성공리에 마친 뒤여서 당직다운 당직을 한번 맡아 보고 싶었는데 여간 아쉬운 게 아니었다.

지방선거가 끝난 7월 16일, 서 대표로부터 곧 대표 비서실장으로 발령낼 테니 준비하라는 전화가 왔다. 그때까지도 서 대표는 한 달 넘게 비서실장을 임명하지 않고 비워 두고 있었다. 정말 기대하지 않은 행운이 찾아온 것이다.

대선이 6개월 정도밖에 남지 않은 시점이어서 당의 모든 활동은 대선에 초점이 맞춰졌다. 최고위원회의와 당직자회의를 준비하는 한편, 정세보고를 정리하고 그날의 이슈를 선별해 정국의 흐름을 주도하고 언론을 관리했다. 또 대표 면담을 조율하고 대표 특보단을 운영하면서 큰 행사는 수행까지 하는 것이 내 일이었다.

흔히 대선 체제가 되면 후보 비서실과 대표 비서실이 서로 충돌하는 경우가 비일비재하다. 후보와 대표의 기세 싸움에 비서실까지도 자존심을 내세워 사사건건 시비가 붙는 것이다.

그럼에도 불구하고 서 대표는 아래위에서 견제를 받는 당내 2인자로서의 처신을 놀랄 만큼 잘 수행했다. 덕분에 후보 비서실과 대표 비서실이 서로 삐걱거리는 법 없이 원활하게 돌아갔다. 언론보도도 부정적인 것 없이 잘 관리되었다.

그해 12월 27일 대선 패배 직후, 남경필 대변인이 사임해 그 자리를 맡게 될 때까지 6개월가량 참으로 열심히 일하면서 서 대표에게 정치를 많이 배웠다.

한번은 이회창 후보가 선거 와중에 YS를 공개적으로 비판한 일이 있었다. 상도동계 출신인 서 대표로서는 썩 유쾌하지 않았을 게 분명한데도 YS를 찾아가 오히려 후보 지지를 이끌어냈다. 또 선거 막판, 박빙의 승부가 계속될 때 서 대표는 이회창 후보에게 JP의 지지를 얻지 않으면 어렵겠다며 만남을 주선했다. 남들의 눈을 피할 수 있는 곳을 찾아 장소를 정하고 JP를 설득해 나오게 하는 데까지는 성공했지만 후보는 끝내 나타나지 않았다. 그것도 두 번씩이나.

대선 패배가 확정되는 순간, 그때 JP를 만나지 않은 후보가 그렇게 원망스러울 수 없었다. 민주당 경선에서 탈락한 이인제 씨의 지지를 이끌어내고, 자민련과 민주당 출신 전·현직 의원들을 대거 입당시킨 것도 서 대표였다. 이처럼 서 대표의 정치적 감각은 뛰어났다. 감각을 바탕으로 정국을 끌고 가는 정치력 또한 탁월했다. 서 대표만큼 카리스마도 있으면서 친화력까지 갖춘 정치인을 나는 아직 보지 못했다.

대선이 끝나고 1월 22일 10시 30분, 노무현 당선자가 한나라당사를 방문해 서청원 대표와 마주 앉았다. 분위기는 화기애애했지만 서로 할 말들은 숨기지 않았다. 대변인으로 배석한 나는 서 대표와 노 당선자의 대화를 세세히 기록했다.

"대북 지원 4천억 원이나 공적자금은 털고 가시는 게 좋겠습니다."

"제 처지가 미묘합니다. 당선자라서 조심스러운 게 많고요. 검찰이 정치적 고려 없이 잘 할 겁니다."

"한미관계가 불안했는데 국민들의 오해가 많이 풀린 것 같습니다."

"총리 인준에 협조해 주시기 바랍니다."

"중대선거구제가 이상한 방향으로 가고 있습니다. 이런 건 정치권에 맡겨 주십시오. 저도 개혁 마인드를 가진 사람입니다."

"정계개편이 이루어지기를 바라겠습니다. 그리고 저는 깊이 개입하지 않고 바라만 보겠습니다. 원론적으로 지역 구도가 해소되는 일입니다."

당선자가 다녀간 다음날 당직자 회의 분위기가 좋았다. 헌정 사상 처음으로 당선자가 야당 당사를 방문했다는 의미 때문에 그랬다. 그리고 힘과 수의 정치는 이제 그만 해야 할 때라고 입을 모았다. 노무현 당선자의 새 정치에 대한 기대감이 진심으로 컸다.

그러나 당선자에 대한 기대감은 이튿날 또다시 의구심으로 변했다. "총선에서 지면 반통령이다"라는 당선자의 발언 때문이었다.

대통령직인수위가 총선에만 관심이 있는 것 아니냐는 해석을 하면서, 야당 방문이 결국 일회성 이벤트 아니냐는 의심어린 눈초리들이 생겼다. 말이 앞서는 당선자의 스타일 때문에 그간 쌓아 놓은 신뢰가 와르르 무너진 적이 한두 번이 아니다.

노 대통령은 취임한 지 5개월 만에 "나는 여당 영수領袖가 아니라 행정부의 수반이며 여야 영수회담은 당대표끼리 만나서 하는 것"이라며 대화의 문을 걸어 잠가 버렸다.

나는 대변인 시절에 노무현 대통령과 세 번 만났다. 청와대에서 두 번, 청남대에서 한 번. 그때마다 느낀 것은 대통령이 자신의 얘기를 남 얘기 하듯 한다는 점이다. 내가 굳이 당선자의 당사 방문 대화까지 인용해 가며 글을 쓰는 이유는, 대화대로 당선자의 진정을 믿었고 그래서 새 정치에 대한 기대를 했다는 점을 분명히 하고 싶기 때문이다.

그러나 바로 다음날 "총선에서 지면 반통령"이라는 발언에 의구심을 품게 되었고, 의구심을 반복하다 보니 불신할 수밖에 없게 됐다. 그날의 대화 중 윗부분에 빼놓은 것이 있다.

"검찰총장은 법을 존중해야 하기 때문에 임기를 보장하겠습니다."

그러나 임기를 보장하겠다던 검찰총장은 얼마 뒤 사임했다.

오죽했으면 2월 18일 대구 지하철 참사가 발생했을 때 "이것은 모 랄 해저드가 아니라 '오랄 해저드' 때문이다"라는 논평을 냈을까. 당 선자의 잦은 구설수 때문에 만들어진 조어다.

대선에서 패한 후 당은 그야말로 쑥대밭이 되었다. 당직자들은 하 나같이 책임을 진다는 이유를 들어 사퇴서를 던지고 당사를 떠났다. 2003년 2월 초, 서 대표도 물러나 박희태 최고위원이 대표권한대행 을 맡았고 김진재·이상득·김정숙 최고위원과 김영일 사무총장, 이규 택 원내총무, 이상배 정책위 의장과 내가 썰렁한 당을 지켰다. 거의 망명정부 수준이었다.

나만 덩달아 눈코 뜰 새 없이 바빴다. 아침 여섯 시에 출근해서 새 벽 두세 시에 들어오는 게 일상이었다. 대통령직인수위원회에서 매 일 쏟아지는 뉴스에 일일이 논평하느라 어떤 날은 하루에 아홉 번이 나 논평을 냈던 적도 있다. 걸려 오는 전화가 하루에 200통이 넘고, 대선 패배와 관련된 방송 토론이나 인터뷰에는 아무도 나가지 않으 려고 하기에 내 독차지였다. <손석희의 시선집중>, <라디오 정보센 터 박찬숙입니다>를 비롯해 라디오 방송에 하루 서너 차례 출연하기 예사였다. KBS·MBC·SBS·YTN 뉴스 시간에는 거의 매일 한두 번씩 얼굴을 비쳤고 시사토론이나 인터뷰에도 일주일에 한두 번씩 출연하 는 그야말로 강행군이었다.

고위 당직자들이 출근하지 않는 주말이나 휴일에는 혼자서 논평 거리도 찾고, 논평도 혼자 결정하기 일쑤여서 주변에서는 나를 '주말 당수'라고 부르기도 했다. 주말에 이미 언론에 보도된 당의 정책은 그대로 굳어졌기 때문이다.

몸이 셋이라도 모자랄 정도로 바쁘게 보낸 대변인 생활은 나를 정치적으로 단단하게 훈련시켰다. 2003년 7월 전당대회에서 선출된 최병렬 당대표가 연말까지만 대변인을 맡아 달라고 붙잡았지만, 홀홀 털고 당사 문을 나서는 나는 이미 한 뼘쯤 더 크고 더 성숙해 있음을 느낄 수 있었다.

대변인은 당대표·원내총무와 함께 '정당의 꽃'으로 불린다. 정치 입문 2년 8개월의 초선 국회의원이 제1야당의 대변인을 맡았다는 점에서 지금도 큰 자부심을 느끼고 있다. 한나라당 출입기자들은 "역시 신문쟁이 출신이라 기사거리가 없던 야당 출입기자들 굶지 않게 해 줬다"고 고마워하면서 "그 어려웠던 시절 큰 사고 없이 대변인직을 잘 수행했다"고 평가해 준다. 난 참 운이 좋은 대변인이었다.


3월 12일 노무현 대통령에 대한 탄핵이 국회에서 통과되면서 한나라당 명함으로는 거의 총선을 치를 수 없는 형편이 됐다. 게다가 수원 장안의 열린우리당 후보는 나와 인간적으로 무척 친했던 심재덕 전 수원시장이었다. 선거 내내 서로 비방하지 않고 대한민국과 수원의 미래를 위해서 누가 필요한지를 호소했다. 대통령 탄핵의 후폭풍은 상상 이상으로 컸다. 어깨띠를 두르고 대형 할인점에 가면 보트가 물살을 가르듯 모두 피해 갔다. 웃음을 지어 보여도 외면하는 경우가 많았다. 골목골목을 샅샅이 훑고 아파트 단지 안까지 들어가 마이크를 잡고 바닥에 엎드려 절을 하며 4년간의 정치를 통렬히 반성하는 유세를 벌였다.

"잘못했습니다. 깨끗한 정치를 하라고 국회에 보내 주셨는데 그 기대에 부응하지 못했습니다. 유권자 여러분의 심판을 겸허히 받겠습니다."

선거가 끝나고 패배가 서서히 확정되면서 선거사무실은 울음바다가 됐다. 14일간 생사고락을 같이한 선거운동원들은 눈이 퉁퉁 부은 채 억지웃음을 지으며 "위원장님은 아직 젊으시잖아요" 하다가도 와락 울음을 터뜨렸다.

다음날부터 3일 동안 선거 때와 똑같은 일정으로 유세차에 올라 낙선 사례를 했다. 당원과 유권자들이 "눈물이 나오니 그만 다니라"고 만류할 정도였다.

아무 준비 없이 호랑이 등에 올라타 '언제나 내릴 수 있을까' 하고 걱정했는데 너무 홀가분해졌다. 무턱대고 나선 첫 선거보다 몇 배나 힘들었지만 민심이 얼마나 무서운 것인가를 실감한 값진 시간이었다.

## 사람이 꽃보다 아름다워

수원월드컵재단 사무총장을 하던 시절에 조용필 형을 만났다. 만나면 만날수록 신비감에 휩싸이는데, 언젠가 환갑을 맞는 용필 형의 꿈 얘기를 듣고는 그만 홀딱 반해 버렸다. 그 꿈은 고향인 화성에 '조용필 뮤직센터'를 세우고 싶다는 것이다.

조용필 뮤직센터는 학교에서는 가르쳐 주지 않는 것, 박제되지 않은 날것, 조용필만의 것을 도제로 가르치는 아카데미다. 아카데미에서는 조명·음향·무대·작곡 등 음악과 공연에 필요한 모든 것을 가르친다. 50년 가까운 음악 활동을 하면서 터득한 조용필의 모든 노하우를 가르치는 것이다. 대규모 공연타운은 국내는 물론 세계적인 아티스트를 초청해 함께 공연하고 서로 교류하는 음악 축제의 마당, 진짜 한류韓流의 본거지로 꾸민다. 그리고 조용필은 그곳을 관장하는 '프로듀서'다.

이 프로젝트는 화성 송산그린시티 유니버설 스튜디오 옆에 들어서면 딱이다. 얼마나 멋진 꿈인가! 꿈도 꿈이지만 남들은 벌여 놓은 일들을 정리할 시기에 오히려 새로운 일을 벌이고 싶다는 그를 보며, "청춘이란 인생의 어느 기간을 말하는 것이 아니라 마음의 상태를 말한다"던 시인 사무엘 울만의 시 구절이 떠올랐다. 그래서 조용필은 아직도 팬들에게 영원한 '오빠'로, 휴화산이 아닌 활화산으로, 최고의 가왕歌王으로 우뚝 서 있는 것이다.

그런 용필 형이 지난 2008년 1월 내 첫 책 『꿈은 좌절마저 삼킨다』 출판 기념회 때 축하 동영상 메시지를 보내왔다. 본인 말로는 정치인 행사에 메시지를 보낸 것은 처음이라고 했다. 아마 그 이후로도 없었을 것이다.

시간적으로 여유로운 생활을 하던 시절, 용필 형과 나는 안양베네스트 골프장에서 자주 어울렸다. 형은 술을 한번 입에 대면 끝장을 보는데 이따금 서래마을에 있는 노래방에도 같이 갔다. 돌아오지 못할 그 시절이 참으로 그립다.

내 주위에는 인간성이 참 괜찮은 연예인들이 꽤 있다. 개그맨 김종국·최형만·황기순·이상운과는 2000년 총선 때 알게 돼 형, 동생 하는 사이다. 대한민국 최고의 행사 사회 솜씨를 발휘하는 종국이는 KBS <진품명품> MC로 활약하면서 중앙대 AMP 교수로 있다. 탤런트이면서 '스게티'라는 외식업체 대표로도 유명한 선우재덕, 가수 설운도, 개그맨 최병서와도 막역한 사이다.

최수종·이덕화·김흥국 등은 수원월드컵 사무총장 시절 연예인 축구단 초청 경기를 하면서 알게 돼 친하게 지내고 있다. 국회 주변에서 알게 된 이경규·엄용수·이용식·김승현과 고 장정진 성우와 친했던 배한성·고은정 등도 형님 누님 하며 지낸다. 이순재·김영란·유지인·이은하·임채무·김세레나 등과는 대학원 CEO 과정에서 만났다. 경희대 문화예술인 동문엔 영화배우 정준호, 가수 비 등 유명 연예인과 방송인들이 100여 명에 이르러 내 든든한 후원자가 돼주고 있다.

KBS 예능국장 출신인 이문태 선배, SBS 예능국장 출신인 이남기·정순영 전 국장 주변에도 연예인들이 즐비해 가끔씩 뜻하지 않게 즐거운 만남을 갖는다.

정치인도 직업의 속성상 연예인과 크게 다르지 않다. 얼굴이 많이 알려져 식구들과 밥 한 끼 먹으러 식당에 가더라도 여러 번 일어났다 앉았다 해야 할 만큼 사생활을 갖기 힘들지만, 알아보는 사람이 없을 때는 '벌써 잊혀진 인물이 됐나' 하고 마음 한편으로 조급함이 일기도 한다.

파란만장한 삶을 살다 보니 여기저기 연결된 인연이 많다. 14대 국회의원을 지낸 고 이호정 박사와, 국회의원과 수원문화원장을 지낸 고 심재덕 시장과의 인연도 각별하다. 특히 고 심 시장과는 무소속 출마 때 많은 도움을 드렸는데 17대 총선에서 국회의원 후보로 맞대결을 벌이기도 했다.

5만여 명의 졸업생이 각계각층에서 활약하고 있는 수원고 동문은 내게 든든한 정치적 울타리다. 경희대·아주대의 수십만 동문과 RCY(청소년 적십자) 등 적십자회원, 박씨 종친회 등도 내 든든한 후원자들이다.

기자 생활을 하며 수많은 출입처에서 함께 부딪히고 울고 웃은 선후배들은 지금도 "언론계 출신인 박종희는 우리의 자랑"이라며 음으로 양으로 많은 도움을 주고 있다. 사람만한 재산은 없다는 말을 새삼 실감한다.

아는 사람들은 알겠지만, 내 애창곡은 안치환의 <사람이 꽃보다 아름다워>다. 선거 때 로고송으로 부른 일도 있다. 살아오면서 사람 때문에 웃어도 보고 사람 때문에 울기도 했다. 그러나 웃게 한 사람도 울게 한 사람도, 누가 뭐래도 꽃보다 아름답다. 특히 수많은 외로움을 이겨낸 사람은 특히 그렇다.

# 제3부

# 지금

# 바꾸지 않으면

# 뒤처진다

국회에서도 폭력이 사라진 지 오래되었고, 예산안도 법정기일에 맞춰 통과되는 전통이 만들어지기 시작했다. 이런 노력이 나비효과가 되어 법질서와 공권력의 회복으로 이어질 수 있기를 바란다.

# 세상을 바꾸려면
# 교육부터 바꿔라

------

내 큰누나는 두 아이를 잘 길렀다고 주위 사람들의 부러움을 한 몸에 받는다. 그도 그럴 것이 큰조카는 미국에서 중·고등학교를 나와 MIT를 졸업하고, 우리가 흔히 '유펜'이라고 부르는 펜실베이니아 대학에서 MBA를 땄다. 세계적 기업인 제너럴일렉트릭GE에 다니는데 연봉도 억 소리 나게 받는다. 작은조카는 경기과학고 2학년을 조기졸업하고 포항공대에 진학했다가 미국 노스웨스턴 대학교를 나왔다. 지금은 바이오메디컬 쪽 회사에 다니면서 샌프란시스코에서 MBA를 하고 있다. 누나는 아들 둘을 정말 잘 키웠다.

하지만 그 과정 뒤에는 부모의 고단한 삶이 밑그림처럼 깔려 있다. 누나는 과외를 받기 위해 집에서 한참 떨어진 대치동까지 가야 하는 아이를 일주일에 두세 번씩 실어 날랐다. 그리고 수업이 끝날 때까지 PC방에서 두세 시간을 기다리다 다시 데리고 왔다. 두 아이를 몇 년 동안 이렇게 가르쳤다. 대기업 부사장까지 지내 크게 아쉬울 것 없는 매형은, 아이들이 미국에서 공부를 마칠 때까지 팔자에도 없는 독수공방 기러기 신세를 면치 못했다. 밥솥에 곰팡이가 피어도 모르는 영락없는 홀아비였다. 아이들이 다행히 부모의 기대를 잘 따라주었으니 망정이지, 안 그랬으면 이 모든 헌신과 노력이 얼마나 허망했을까.

아이 교육을 이유로 자신만의 생활을 포기하다시피 하는 이런 삶을 고귀한 희생이라고 받아들여야 할까, 아니면 자기들이 좋아서 이겨낸 행복의 결실이라고 할까. 나는 아직도 판단이 잘 서지 않는다.

요즘은 이 정도는 약과다. 소위 '헬리콥터맘'이라는 신조어가 생겼다. 24시간 내내 자녀 주위를 헬리콥터처럼 빙빙 돌며 감시하고 보호하는 엄마들을 말한다. 좋은 직장에 취직하려면 명문대학에 가야 하고, 명문대학을 가기 위해서는 특목고를 가야 한다. 특목고에 들어가려면 국제중을 나와야 유리하고, 국제중에 진학하려면 사립초등학교에 입학해야 하는 게 정형화된 코스요 현실이어서, 걸음마도 떼기 전인 아이들을 영어학원에 보낸다. 이미 그때부터 대학과 직장이 결정된다고 생각하는 엄마들이 많다는 얘기다.

아이가 어리니 엄마가 항상 같이 다니면서 아이의 일거수일투족을 챙길 수밖에 없다. 그리고 이것이 습관이 되어 초등학교 때는 숙제와 친구, 중·고등학교 때는 입시, 대학 졸업 후엔 취업, 성인이 되면 결혼할 상대까지 엄마가 모든 것을 챙긴다. 그렇지 않으면 아이는 제 스스로 아무것도 할 수 없다.

아는 의사에게 들은 얘기다. 환자 중에 임용된 지 오래되지 않은 젊은 판사가 있는데, 판결문을 쓰면 제일 먼저 어머니에게 보여준단다. 어머니가 "잘 썼다"고 하면 마음이 놓이고, "잘못됐다"고 하면 다시 써야 하는 게 고민이라서 상담을 받으러 온다는 것이다. 충분히 이해가 가는 일이다. 어릴 때부터 모든 것을 챙겨준 어머니의 간섭과 관심에서, 사법고시를 통과하고 판사가 된 지금도 벗어나지 못하고 있다는 말이다. 이 젊은 판사야 무엇이 잘못되었는지 알고 있기에 그나마 다행이지, 그것을 지극히 정상적으로 받아들이는 '헬리콥터맘'의 아이들은 또 얼마나 많을 것인가.

교육학을 전공한 한 교수가 중·고등학생 자녀를 둔 학부모들을 상대로 한 강연에서 물었다.

"만약 우리나라 공교육이 OECD 국가 중 최고 수준으로 발전한다면 아이들을 학원에 안 보내시겠습니까?"

학부모들의 대답은 한결같았다.

"아니오, 그래도 보내야지요."

정부의 사교육비 절감 대책들이 효과를 거두지 못하는 원인이 바로 여기에 있다. 부모들이 엄청난 비용을 부담하면서까지 아이들을 사교육 시장으로 내모는 이유는 공교육의 모자란 부분을 사교육을 통해 채우려는 것이 아니다. 다른 아이보다 더 나은 성적과 스펙을 쌓게 해서 내 아이를 취업에 유리한 명문대학에 보내려는 것이다. 그러니 아무리 공교육이 정상화돼도 명문대학에 진학하는 아이는 한정돼 있고, 그 그룹에 들기 위해서는 사교육을 포기할 수 없는 것이 현실이다. 대학 진학으로 결정되는 서열화와 줄세우기가 사교육비 지출의 가장 큰 원인인 것이다.

오바마 미국 대통령조차 칭찬한 높은 교육열 덕분에 개인적으로는 신분상승과 부의 축적을 이룰 수 있었고, 국가적으로도 '한강의 기적'이라고 불리는 초고속 성장을 이루어낼 수 있었다. 하지만 다른 모든 것을 희생해 가면서까지 사교육을 통한 대학 입시에 매달리다 보니 사회적으로 소모되는 비용이 엄청나다. 통계에 따르면 우리나라의 연간 사교육비 지출액이 무려 30조 원에 육박한단다. 정말 가공할 만한 액수다.

그렇다면 이런 엄청난 사교육비를 투자한 만큼 아이들은 행복할까? 그것도 아니다. 아이들의 학력수준은 OECD가 실시하는 국제학업성취도평가PISA에서 항상 최상위권에 오르지만, 반대로 청소년 행복지수는 10년째 최하위권을 맴돌고 있다. 2014년 한국 아이들의 '주관적 행복지수'는 OECD 23개 회원국 중 가장 낮았다.

누군가는 부모의 경제적 상황이 어려워 사교육을 받지 못하고, 또 어떤 아이들은 과중한 사교육 때문에 힘들어한다. 이 모든 게 대학입시라는 목표를 향한 무한경쟁 구조에서 비롯된 현상이다.

당연한 말이지만, 부모들도 아이들의 사교육비를 대느라 삶이 더 팍팍해지고 있다. 우리 부모 세대들은 워낙 가진 것이 없어서 허리띠 졸라매 가며 자식들을 교육시켰다. 하지만 지금의 부모들은 충분히 여유로운 삶을 누릴 수 있는 경제 여건임에도 늘 허덕인다. 사교육비 부담이 큰 원인 중 하나다. 그뿐 아니라 자식 교육 때문에 자신의 삶 자체도 잃어버리고 있으니, 아이도 부모도 불행하기는 마찬가지다.

이렇게 엄청난 교육열 탓에 교육은, 우리 사회의 모든 문제들이 한데 뒤섞여 표출되는 용광로 같은 존재가 되었다. 심한 경우에는 우리나라 모든 문제의 근원이 교육이라고 말하는 이들도 있다. 정부가 공교육 정상화를 위해 아무리 많은 재원과 노력을 투자해도 약발이 먹히지 않는 이유 역시, 대학 진학에 올인하는 사회적 분위기 때문이다. 이 문제를 해결하지 않으면 교육도, 대한민국의 미래도 없다.

우선 명문대를 나오지 않아도 취업에 불리하지 않은 사회 분위기를 만들어야 한다. 나아가 4년제 대학을 나오지 않아도 차별당하지 않는 노동시장 구조를 만들어야 한다. 그래야 대학 진학을 위한 무한 경쟁을 완화시킬 수 있다.

학력보다는 능력을 중시하는 사회, 능력만으로 자신의 꿈을 마음껏 펼칠 수 있는 분위기를 만들면, 대학 입시의 영향력은 현저히 약화되고 교육도 본질을 추구하는 방향으로 변화할 것이다.

이를 위해 정부는 우선 공교육에 집중 투자를 해서, 공교육만으로도 충분한 경쟁력을 가질 수 있는 교육 기반을 조성해야 한다. 또 정부투자기관이나 공기업부터 나서서 고졸자와 대졸자가 차별 없이 동등한 조건에서 일하고 평가받을 수 있는 제도적 장치를 마련해야 한다. 정부와 공기업부터 모범을 보이고 이것을 사기업으로 확산시키는 정책을 강구해야 한다. 그렇지 않은 정책은 모두 공염불이다.

대학들도 학내 유보금을 쌓아두기만 할 것이 아니라 학생과 학교에 과감히 투자해야 한다. 장학금 혜택을 늘리고, 경쟁력 있는 학과를 발굴해 개설하거나 과감하게 지원하고, 취업률을 높이기 위해 적극 지원해야 한다. 그렇게 된다면 굳이 명문대학이 아니라 아이들의 재능을 끄집어내 줄 학과나 대학에 진학시키려는 학부모들도 늘게 될 것이다.

현재 지나치게 복잡하고 비용이 많이 드는 대학입시 전형제도도 좀 더 간단하게 정리해야 한다. 현재 대학별 입시전형 방식은 그 종류가 적어도 2000개에서 많으면 3000개가 넘는단다. 학생과 부모들은 물론 진학 담당 교사들조차 입시 지도에 애를 먹을 수밖에 없다.

이 때문에 사설 입시학원에 수백만 원의 비용을 지불하며 따로 진학 상담을 받는 게 현실이다. 심지어 아이가 고등학교에 입학할 때 사교육업체가 여는 입시설명회를 다니며 정보를 수집해야 하는 웃지 못할 일까지 벌어지고 있다. 지나치게 복잡한 전형 방법을 어느 정도 정리할 필요가 있다.

입시전형 방법이 복잡한 이유 중 하나는 수능을 통한 정시모집보다 수시 비율이 점점 늘고 있기 때문이다. 이 수시모집 방식이 대학별로 다 다르다 보니 전형 방법이 다양해져 사교육에 기댈 수밖에 없게 되는 것이다. 대학이 자신들이 원하는 인재를 뽑기 위해 각자 원하는 방식의 신입생 선발 방법을 택하는 것은 좋지만, 이 때문에 생기는 엄청난 사회적 비용과 이를 감당하지 못하는 사람들의 상대적 박탈감 등을 생각한다면, 정부가 나서서 수시보다는 정시모집의 비율을 높이는 것도 고려할 필요가 있다.

끝으로 오랜 기간 우리 교육의 근간이 되어 온 평준화 정책을 재검토할 시점이 오지 않았나 생각한다. 지금까지는 '교육은 만인에게 평등해야 한다'는 원칙에 따라 평준화 정책이 공교육의 지상과제가 되었다. 하지만 학생들의 차이를 무시한 평준화 정책 때문에 우수한 학생은 배울 것이 없어 학원에 가고, 못하는 학생은 너무 어려워 학원에 갈 수밖에 없는 구조를 낳고 말았다. 평준화가 오히려 사교육을 부추

긴 원인이 된 것이다. 심지어 어린 나이의 아이들을 외국으로 내보내는 조기유학 붐이 인 것도 평준화 교육에 만족하지 못하는 데서 기인한 것이다.

프랑스의 경우, 대학입학시험(바깔로레아)에서 상위 4% 이내의 학생들에게는 2년의 특수교육과 입시시험을 통해 '대학 위의 대학'이라고 불리는 '그랑제콜'에 입학할 수 있는 자격을 준다. 우리가 잘 아는 파리고등사범학교와 국립행정학교 등이 대표적인 그랑제콜이다. 그랑제콜 출신들은 졸업 후 다양한 분야로 진출해 사회의 지도적 역할을 하는데, 자크 시라크 전 프랑스 대통령과 프랑수아 올랑드 대통령이 국립행정학교 출신이고, 사르트르·베르그송·푸코 등 우리가 잘 아는 학자들이 파리고등사범학교를 나왔다.

이렇게 엘리트를 양성하는 특유의 교육시스템을 가지고 있지만 프랑스 국민들은 반감이 없다. 대학을 가지 않아도 사회생활 하는 데 지장이 없고, 그랑제콜이 아닌 일반 대학을 나와도 자기가 노력만 하면 충분히 성공할 수 있기 때문에, 엘리트 교육 자체를 싫어할 이유가 없는 것이다.

이처럼 엘리트 교육 자체가 문제가 아니라 일부 소수의 엘리트가 독식하는 사회가 나쁜 것이다. 엄연히 존재하는 차이를 무시하고 모든 아이들에게 똑같은 교육을 강요하는 현재의 평준화 정책은 시대적 상황에 맞게 바꿀 필요가 있다.

아이들의 차이를 인정하면서도 그 차이가 차별로 이어지지 않는 충실한 교육을 통해, 학벌이나 학력보다는 능력이 중시되는 그런 사회가 진정으로 부모와 아이들 모두가 행복해지는 사회가 아닐까?

# 청년은
# 대한민국의 미래다

-------

지금은 기억도 아련한 사건기자 시절, 현장을 지키다 보면 며칠씩 집에 들어오지 못하는 날이 허다했다. 어쩌다가 들어온다고 해도 그저 양말 몇 켤레와 속옷 몇 벌을 맞바꾸어 가는 게 고작이었다. 당시의 집이란 내겐 기숙사와 같은 곳이었다. 그렇더라도 그런 가정이 있다는 게 참 좋았다. 땀냄새 진동하는 품인데도 아랑곳하지 않고 달려오는 딸아이가 있어서였다. 팔불출이라고 비웃는 이들도 있겠지만 세상 부모 마음이 다 그런 것 아닐까. 내게는 세상 누구보다 가장 예쁜 딸이었고 가장 똑똑한 아이였다. 작은 아이가 없던 때라서 더 그랬을는지도 모르겠다. 여하튼 그런 아이가 고등학생이 막 된 나이에 아는 사람 하나 없는 중국에 홀로 건너가서 유학을 하겠다고 할 때에도 두말없이 승낙했다. 기대에 걸맞게 딸아이는 고단한 유학 생활도 아무런 불평 없이 훌륭하게 버텨냈다.

그런 딸아이가 대학까지 마치고 돌아왔지만 꿈을 펼칠 기회를 얻지 못하고 있어 안쓰럽기 짝이 없다. 남보다 성실했고 남보다 능력 있다고 자부해 오던 아이인데도 직장 구하는 일이 쉽지 않은 모양이다. 처음엔 열심히 공부해 왔던 전공을 살릴 직장을 찾았던 모양이지만, 이제는 그런 기대도 접었는데 그마저도 여의치 않은 눈치다. 하루가 다르게 자신감도 잃어가는 것 같아 옆에서 지켜보는 것조차 힘들 지경이다. 내 사랑스러운 맏딸도 이렇게 대한민국의 청년실업자가 되어 가고 있다. 우등생이란 학교 성적표도, 독학으로 버텨낸 유학의 기록도 아이에겐 희망이 되지 못한다. 2015년 상반기의 청년실업자가 41만 명, 취업을 한다고 해도 셋 중 하나는 계약직이라는 대한민국의 맨얼굴을 나는 매일 마주치고 산다.

'삼포세대'라는 말이 있었다. 연애, 결혼, 출산을 포기한 세대라는 뜻이다. 치열한 입시 전쟁을 거쳐 대학에 갔지만 졸업하고도 취업이 안 되는 게 현실이다. 직장이 없으니 돈이 없고 돈이 없으니 연애도 할 수 없다. 연애를 못하니 결혼도 꿈꿀 수 없고, 결혼을 한다 해도 양육이며 육아에 교육까지 생각하면 아이를 낳는 계획은 언감생심이라는 청년들의 현실을 비틀어서 생긴 말이다. '오포세대'라는 말도 있다. 여기에 내 집 마련과 인간관계까지 포기하게 됐음을 말한다. 꿈과 희망까지를 포함해서 '칠포세대'라고 하는가 하면, 포기할 것이 셀 수도 없이 많다고 해서 'N포 세대'라는 말까지 나왔다. 월수입이 88만 원에 지나지 않는대서 생긴 '88만원 세대'가 오히려 지금의 청년들에게는 꿈이 되는 세상이니 참으로 웃지 못할 일이다.

이처럼 청년실업은 단지 청년의 문제로 그치지 않는다. 우리나라의 저출산 문제도 결국은 청년 문제에서 비롯된다. 인구의 감소는 생산자와 소비자의 감소로 이어지기 때문에 이는 곧 우리 경제의 미래와 직결된다. 청년실업 문제를 가볍게 보지 말아야 할 이유가 여기에 있다. 따라서 청년들의 분노와 좌절은 더 이상 엄살이 아니다.

더 무서운 말은 '헬 조선'이다. 지옥이란 뜻의 영문 '헬Hell'과 우리나라의 옛 이름 '조선朝鮮'을 합친 말이다. 한국에서의 삶은 곧 지옥과 같아 희망이 없다는 의미다. 세계화를 말하면서도 정작 사회는 현대판 음서제가 판치는 전근대적 모습을 벗어나지 않는다는 것을 비꼬고 있다. 부모의 능력에 따라 자녀들의 미래도 결정된다는 '금수저'니 '흙수저'니 하는 말도 공공연히 유행한다. 모두가 청년들의 현실을 자조하고 반영하는 말들이다. 오죽하면 헬 조선을 뒤집자는 의미의 딱지치기 대회까지 열렸을까마는, 대한민국 청년들의 취업난을 설명하는 참혹한 유행어의 끝은 어디일지 알 길이 없다.

학생 아르바이트에 관한 고충을 들으려고 농협 관계자를 만난 적이 있다. 때마침 여름방학을 맞아 많은 학생들이 유통 매장에 일자리를 신청하고 있었지만 이들 학생들의 목적은 예전처럼 용돈벌이가 아니었다. 좀 더 많은 돈을 벌어서 생활비와 학비에 충당하려는 생계형 아르바이트가 대부분이었다. 과거 학창시절에 한철 아르바이트로 먹고 마시고 놀러다니는 데 드는 비용을 마련하려던 생활은 요즘 학생들에게 사치요 낭만인 것이다.

문제는 아르바이트를 신청하려던 학생들 대부분이 발길을 돌렸다는 데 있다. 한 학생당 한 달에 34만 8천 원 이상 받아갈 수 없도록 한 규정 때문이다. 농협 관계자는 그 이유를 이렇게 말했다.

"같은 예산으로 더 많은 학생을 고용하려는 '일자리 쪼개기' 탓입니다."

일자리는 한정되어 있고 더 많은 학생들에게 혜택이 가게 하려니 어쩔 수 없다는 설명이다. 그러나 현실은 생활비에도 등록금에도 실질적인 도움이 되지 않으니 외면을 당하는 것이다.

헬 조선을 뒤집자는 딱지치기 대회에 많은 청년들이 참가했다. 서로 땀을 흘리며 하나라도 더 뒤집으려 안간힘을 썼다. 안타까움을 넘어 공포를 느꼈다.

'저 청년들의 실망이 더 쌓이면 어떤 일이 벌어질까. 지금은 딱지를 뒤집고 있지만 조만간 세상을 저렇게 뒤집고 싶은 건 아닐까'

그런데 이런 우려는 이미 현실이 되고 있다. 통계청이 발표한 '2014년 사망 원인 통계'에 의하면, 지난해 자살률은 전반적으로 감소했지만 20~30대 남성 자살은 증가했다. 그 첫 번째 이유가 취업 때문이었다. 취업에 목을 맨다고 무심코 하던 말이 이제는 현실이 되어버린 것이다.

취업준비생에게 "부모의 지위, 재산 등 여건이 본인 실력보다 취업 성공에 영향을 미치는가"라고 물은 통계도 있다. 응답자 10명 중 6명이 "영향을 미친다"고 답변했다. 이게 무슨 뜻일까? 청년실업이 이제 반反사회, 반反국가, 반反세대 정서로 악화되고 있음을 여실히 보여주는 증거다. 이대로 청년실업 문제를 방치하다가는 딱지를 뒤집 듯이 세상을 뒤집겠다고 나설지도 모른다는 상상이 상상으로만 그치지 않을 수도 있게 되었다.

　박근혜 정부도 가장 많은 노력을 이 부분에 기울였다. 임금피크제의 도입이라든지 대통령이 나서서 시작한 청년희망펀드, 창조경제단지, 고용 디딤돌 등 다양한 정책을 내놓았다. 다행스럽게도 2015년 9월 이후의 청년고용 상황이 개선되고 있다는 수치도 나왔다.

　여기에 정치권도 힘을 보태야 한다. 청년실업 해소에 여야가 있을 수 없다. 이 문제는 곧 대한민국의 현재와 미래가 통째로 걸린 문제다. 당파를 초월해 가칭 '청년일자리대책위원회'를 국회 안에 특별위원회로 출범시키기를 제안한다. 또한 국회의 힘겨루기로 아직까지 발이 묶여 있는 일자리 창출을 위한 민생법안도 조속히 통과시켜야 한다. 청년실업자인 딸을 가진 부모로서의 호소다. 우리나라의 청년들이 자신의 아들이요 딸이라고 여긴다면 이런 소모적인 정쟁은 없었을 일이다.

　대한민국의 미래를 책임지겠다며 정치에 뛰어들었으면서도 자신의 미래조차 보살펴 주지 않는 아빠인데, 딸아이는 오늘도 그런 아빠를 위해 작은 일이라도 돕겠다며 매일 사무실에 나온다. 그러면서 잠시도 쉬는 법 없이 바쁘게 움직인다. 그런 딸아이를 생각하면 참 면목 없는 아빠다.

# 금수저와 흙수저

최근 사법시험의 존치를 놓고 사회적 논쟁이 뜨겁다. 계획대로라면 2017년까지만 '사법시험법'에 따른 사법시험을 실시하고, 2018년부터는 로스쿨 체제로 일원화되어 법학전문대학원을 졸업한 사람만이 법조인이 될 수 있다. 하지만 로스쿨 제도의 맹점이 드러나면서 사법시험을 병행해야 한다는 사회적 요구가 높아지고 있고, 일부 국회의원들도 이에 뜻을 같이하며 사법시험 존치를 위한 법안을 발의한 상태다.

　사법시험 존치 주장이 힘을 얻고 있는 이유는, 로스쿨의 학비가 너무 비싸서 일반 서민들이 4년의 대학 학부 과정과 3년의 로스쿨 과정을 거쳐 법조인이 되는 것이 현실적으로 어렵기 때문이다. 또 일부 고위층이 로스쿨 출신 자녀들을 대형 로펌이나 대기업, 공공기관에 취업 청탁하면서 로스쿨 제도가 부의 세습을 공고히 하는 '현대판 음서

제'가 되고 있는 것도 문제다.

시험 합격 점수와 등수, 사법연수원 졸업 성적과 등수가 공개되어 법조인 선발 과정이 투명하고 공정하게 진행되던 사법시험과는 달리 로스쿨은 입학, 변호사 시험, 채용 과정까지 모두 비공개로 이뤄져 공정성 논란이 끊이지 않고 있다.

과거 사법시험은 어려운 환경의 학생들도 노력만 하면 "개천에서 용 난다"는 속담을 현실화시킬 수 있는 계층 사다리의 역할을 하며 많은 이들에게 꿈과 희망을 주었다. 하지만 로스쿨 제도가 도입되면서 이 같은 '희망의 사다리'가 사라져 버린 것이다. 사법시험 존치 논쟁은 법조인들만의 문제가 아니라 양극화와 부의 세습이 복잡하게 얽혀 있는 계층 간 대립으로 논란이 확산되고 있다.

부의 세습이 극명하게 드러난 또 하나의 사건이 있다. 국내 대기업 세 곳 중 한 곳이 직원 자녀들을 우선적으로 채용하는 방식을 통해 이른바 고용세습을 하고 있다는 사실이 드러나, 취업을 준비하는 청년층으로부터 큰 비판을 받았다. 단지 대기업 직원의 가정에서 태어났다는 이유만으로 부모의 자리를 대물림한다는 것은 경제적 수준에 따른 사회 계층을 고착화해 사회의 평등을 가로막는 일이다.

이처럼 갈수록 심각해지는 부의 세습과 불평등을 꼬집기 위해 요즘 젊은이들 사이에서는 이른바 '수저계급론'이 유행하고 있다. 부모의 재산과 사회적 지위에 따라 자신의 계층을 '금수저, 은수저, 동수저, 흙수저'로 분류하는가 하면 '금수저는 자산 20억 원 이상, 은수저는 10억 원 이상' 하는 식으로 자신이 어느 계층에 속하는가를 판단하는 기준과 게임까지 등장했다.

기나긴 인류의 역사에서 어느 시대나 사회적 계층이나 계급은 존재해 왔다. '수저계급론'의 기원이 된 "은수저를 물고 태어나다Born with a silver spoon in mouth"는 표현도 서양 역사에서 엄연히 존재해 온 귀족이나 부유층을 일컫는 말이지 않은가? 하지만 현재 우리나라에서 유행하고 있는 '수저계급론'은 이른바 '헬조선'이라고까지 불리는 우리 사회에서 자신이 아무리 노력해도 부모로부터 물려받은 계층적 한계를 벗어나기 힘들다는 박탈감과 소외감에서 비롯된 것이다.

현대경제연구원의 설문조사 결과에 따르면 '열심히 노력해도 계층 상승 가능성이 낮다'고 인식하고 있는 20대 청년층의 비율이 2013년 70.5%에서 2015년 80.9%로 10% 이상 증가했다. 갈수록 심해지는 양극화와 취업난으로 우리의 젊은 세대들이 '노력을 통한 계층 상승'에 대한 기대감을 접고 있는 것이다.

부의 세습으로 인해 계층 간 이동이 어려워지는 이른바 '닫힌 사회'는 우리나라만의 문제가 아니다. 우리보다 앞서 경제발전을 이룬 미국을 비롯한 선진국에서도 비슷한 현상이 나타나고 있다. 그동안 미국은 이른바 '실용주의'와 '실력주의'가 지배하며 능력만 있으면 성공할 수 있는 '기회의 땅'으로 인식되어 왔지만, 오랜 세월을 통해 엘리트층을 형성한 계층들이 자녀들의 교육에 막대한 돈을 투자하면서 부와 권력을 대물림하는 사회로 변모하였다. 이런 현상을 두고 미국의 한 하원의원은 "내가 두려워하는 것은 미국인들이 태어날 때의 조건이 나머지 삶을 결정하지는 않는다는 믿음을 잃어 가고 있다는 것"이라고 염려했다.

사회당이 집권하고 있는 프랑스는 오히려 더 심하다. 프랑스 경

제학자 토마 피케티는 프랑스인들이 소유한 자산 중 3분의 2가 이른바 상속 자산이며, 2050년쯤 되면 전체 자산 중 상속 자산의 비중이 90%에 도달할 것이라고 예측했다. 민주주의 국가의 상징으로 간주되는 프랑스 같은 나라마저 예전의 계급사회로 회귀하고 있는 듯하다.

현재 세계 대부분의 나라들이 장기 저성장의 늪에 빠진 것도 아마 이런 일들과 무관하지 않을 것이다. 계층 간 이동이 자유롭다면 구성원들의 의욕을 자극하여 더욱 열심히 일하게 되고, 이것이 사회의 역동성을 높여 경제성장을 견인할 수 있다. 하지만 아무리 노력해도 계층 간 이동이 어렵고 부의 세습으로 소득 불균형이 심화된다면, 이것이 경제성장을 가로막아 장기적인 저성장기에 접어들게 된다. 그래서 경제협력개발기구OECD는 2014년 말 경제성장의 최대 걸림돌로 소득 불평등을 지목하면서 지속적인 경제성장을 위해서는 정부의 적극적인 재분배 정책이 필요하다고 권고했다.

왜 지금 부의 불평등과 세습이 전 세계적인 문제로 부각되고 있는 것일까?

과거로부터 지속되어 온 부의 축적 과정이 오늘날 한꺼번에 표출되었기 때문은 아닐까? 과거 우리 부모 세대는 가난에서 벗어나기 위해 교육에 모든 것을 투자했다. 자신은 못 먹고 못 입어도 자식들에게는 가난을 대물림하지 않기 위해 노력했다. 그 덕분에 우리 세대는 양질의 교육을 받고 사회에 진출해 신분상승을 이룬 동시에 국가적으로는 빠른 경제성장을 할 수 있었다.

그런데 이러한 부모 세대들로부터 시작된 부의 축적이 몇 세대를 지나오면서 부의 집중과 불평등을 가져오게 되었다. 우리의 자녀들은 모든 것이 풍요로운 시대에 살고 있지만 부의 불평등으로 상대적 빈곤에 시달리는 '풍요 속의 빈곤' 시대에 살게 된 것이다.

이렇듯 몇 세대를 거치면서 고착화된 부의 불평등과 세습을 해소하기 위해서는 계층 상승의 사다리인 교육제도와 취업 문제를 해결해야 한다. 교육과 취업 문제는 그 자체로 부의 불평등과 세습의 결과이면서 또한 그 원인이 되기 때문이다. 부를 축적한 부유층은 자녀들의 교육에 엄청난 돈을 쏟아 붓기 때문에 그 자녀들은 양질의 사교육을 바탕으로 좋은 대학에 진학하고 취업에서도 유리한 위치에 서게 된다. 좋은 직장에 취직한 현 세대는 자신들의 자녀들에게 다시 양질의 교육을 제공하여 부의 세습이 더욱 공고하게 이루어진다. 즉 교육과 취업이 부를 세습시키는 통로가 되고 있는 것이다.

과거의 경제발전이 교육에 대한 개인적 투자에 힘입었다면 이제는 저성장의 늪에서 빠져나오기 위해 소외된 계층에게 교육 기회를 제공할 수 있는 사회적 투자가 이루어져야 한다. 공교육을 강화하여 사교육비 부담을 줄이고 교육적 약자들을 배려하는 다양한 전형 방식을 개발하여 최소한 교육에서만큼은 기회의 균등이 이루어져야 한다.

고소득층의 양보와 배려도 필요하다. 이해와 양보를 통해 모든 계층이 함께 어우러져 살 수 있는 사회만이 지속가능한 발전을 이룰 수 있다는 사실을 명심하고 불평등 해소를 위해 동참해야 한다.

이런 측면에서 고려대학교의 계층 간 동반성장을 위한 장학금제도 개편은 본받을 만하다. 고려대는 2016년부터 성적장학금을 폐지하고 이를 생활이 어려운 학생들에게 돌리기로 했다. 가정이 부유해 성적장학금이 없어도 학교 다니는 데 문제가 없는 학생 대신 장학금이 없으면 당장 학업을 그만둬야 하는 어려운 학생들을 지원하겠다는 것이다. 부의 불평등을 완화할 수 있는 좋은 해법이 아닐까 한다.

부유층 자녀들은 학비 걱정 없이 공부하며 취업 준비에 몰두할 수 있지만 대다수 학생들은 방학이면 등록금을 마련하기 위해 아르바이트를 하느라 제대로 공부할 수가 없다. 어려운 학생들에게 장학금 혜택이 돌아갈 수 있다면 그들도 학업에 집중하며 공평하게 취업 준비를 할 수 있을 것이다.

나는 여기에 더해 사회적 약자들을 배려하는 대학입학제도까지 마련된다면 교육이 부의 불평등과 세습을 해소할 수 있는 통로가 될 수 있을 것이라 확신한다.

# 일하는 여성정책으로
# 인구절벽을 극복한다

-------

두 딸을 키우는 아버지로서 나는 내 딸들이 우리 사회를 오래도록 지배한 가부장적 분위기에서 벗어나 행복하게 살기를 원한다. 적성에 따라 공부하고, 차별 없이 취업하고, 돈 걱정 없이 결혼하고, 아이 걱정 없이 일할 수 있기를 바란다. 이것은 비단 나만이 아니라 딸 가진 부모들의 한결같은 바람이다. 그것은 거꾸로 아직 우리 사회에서 여성은 취업에 차별을 받고, 돈 때문에 결혼을 망설이며, 일과 육아를 병행하는 것이 어렵다는 것을 뜻한다. 우리 부모 세대나 우리 세대와는 눈에 띄게 달라지고 있다고 하지만 아직도 요원하다.

여성들의 실력이 날이 갈수록 눈에 띄게 향상되고 있다는 사실을 부인할 사람은 아무도 없다. 사법시험이나 공인회계사를 비롯해 국가가 주관하는 각종 시험의 수석 합격자가 여성이라는 이야기는 이제 더 이상 뉴스가 되지 않는다. 여군 장성이 배출되고, 사회 각 분야에서 남성의 고유 영역으로 치부되던 일자리에 여성이 진출하는 사례도 늘었다. 하지만 이런 변화의 속도에 비해 여성의 지위와 역할은 안타깝게도 계속 제자리걸음이다.

인사혁신처의 발표에 따르면 2016년이면 국가직 공무원 중 여성 공무원의 비율이 50.1%를 기록하여 남성을 추월할 것이라고 한다. 공직 사회뿐 아니다. 사회 모든 분야에서 여성의 경제활동 참여는 당연한 일이 되었다.

하지만 2014년 통계청의 자료에 따르면 우리나라 여성의 경제활동률은 49.5%로, 남성의 71.4%에 비해 여전히 낮다. 25~29세 사이에서는 남성이 69.4%, 여성이 68.8%로 비슷하게 출발한다. 하지만 남성이 30~34세에서는 89.8%, 35~39세에선 92.1%로 올라가는 데 반해 여성은 57.7%, 54.9%로 급격히 떨어진다. 결혼이나 출산, 육아로 일을 중단하기 때문이다.

여성들도 남성들과 똑같이 열심히 공부하고 입시경쟁을 거쳐 대학에 진학한다. 그리고 취업준비생을 거쳐 직장에 입사한 뒤 자신의 분야에서 나름의 경력을 쌓아 나간다. 하지만 같이 입사한 남자 동료들이 대리·과장을 달 때쯤 여성들은 결혼과 직장 중 하나를 선택해야 하는 기로에 서게 된다. 다행히 결혼 후에도 계속 일할 수 있었던 여성들도 아이를 낳고 기르기 위해서는 어쩔 수 없이 직장을 그만두어야만 하는 경우가 비일비재한 것이 현실이다.

여성들의 경력단절은 취업에 이르기까지 들어간 막대한 비용은 차치하더라도 사회적으로도 엄청난 경제적 손실이 아닐 수 없다. 하지만 더욱 심각한 문제는 경력단절을 두려워하는 여성들이 출산을 꺼리는 탓에 우리 사회의 노령화 속도가 점점 빨라지고 있다는 것이다.

2013년 우리나라의 합계출산율(한 명의 여성이 낳을 것으로 예상되는 출생아 수)은 1.19로 OECD 회원국 가운데 가장 낮다. 거기에 노인 인구는 급격히 늘어 고령사회에 진입하게 되면서 생산가능인구가 줄어들고 있다. 이 때문에 노인들은 길어진 노후생활을 위해, 젊은층은 세금부담으로 인해 소비를 줄일 수밖에 없게 되면서 장기적인 저성장의 늪에 빠지고 있다. 우리 사회의 잠재성장률이 떨어지는 원인은 가계소비 부진, 핵심 산업의 경쟁력 하락 등 여러 요인이 있겠지만 고령화로 인한 구조적 요인이 가장 크다.

경제성장률을 올리기 위해서는 침체된 내수를 증진할 수 있는 소득증대가 필요하다. 여성들이 경력단절 없이 일할 수 있다면 맞벌이를 통해 가구소득이 증대되고, 이는 소비 촉진으로 이어져 기업을 성장시킨다. 기업의 성장은 다시 고용을 창출하는 선순환을 가능케 해 경제성장률이 높아진다. 이것이 바로 여성의 경제활동을 높여 국가의 경제성장을 이끌 수 있다는 '위미노믹스Womenomics'다.

그렇다면 여성의 경제활동참여율을 어떻게 높일 것인가?

여성들이 경력단절에 대한 걱정 없이 일할 수 있는 사회적 풍토 조성과 시스템 마련이 필요하다. 단기적으로는 경력단절 여성들이 빠른 시간 안에 재취업할 수 있도록 도와주는 적극적인 취업알선 시스템을 마련하고 경력단절 여성들을 채용하는 기업에 세제 혜택 등을 주는 방법도 생각해 볼 수 있다.

장기적으로는 여성들의 경력단절 자체를 원천적으로 차단할 수 있는 노동시장 개혁이 필요하다.

좋은 성공 사례가 바로 독일의 '하르츠 개혁Hartz reform'이다. 독일은 하르츠 개혁을 통해 고용 형태 유연화 및 다변화를 추진, 시간선택제 일자리를 크게 늘렸다. 그 결과 여성들이 대거 취업전선에 뛰어들었고 출산으로 인해 직장을 그만두던 여성들도 근무시간 조정을 통해 경력단절 없이 계속 일할 수 있게 되었다. 현재 독일 여성들의 경제활동참여율은 70%에 육박한다고 한다.

유럽에서 가장 행복한 나라로 꼽히는 네덜란드 역시 비슷하다. 네덜란드의 전체 취업자 중 절반 이상이 시간선택제로 일하고 있으며, 여성근로자의 상당수가 시간선택제 근로자다. 네덜란드는 1990년대 중반부터 여성 고용을 늘리기 위해 정부가 주도하는 캠페인을 벌여 시간선택제 일자리를 크게 늘렸다. 특히 시간선택제 근로자에 대한 차별을 금지하는 법을 만들어 시행한 후에는 청년들도 시간선택제 일자리를 선호하게 되었고, 이는 청년 취업 문제 해결에도 큰 도움이 되고 있다. 일자리가 많으니 실업 걱정이 없어지고 이를 기반으로 삶의 만족도가 높아져 국민의 행복지수도 올라가고 있다고 한다.

근로자의 노동시간이 긴 한국에서 시간선택제가 정착되기 위해서는 많은 시간이 필요할 것이다. 당장 기업들이 시간선택제 도입에 적극적이지 않을 것이고, 도입되더라도 여성들이 상사의 눈치를 보지 않고 당당하게 퇴근할 수 있을지도 의문이다. 그래서 정부가 나서서 시간선택제 도입을 적극 장려하는 동시에 근로시간에 따른 차별을 규제하는 법적 장치를 마련해야 한다. 기업들도 시간선택제 근로자들이 차별 없이 일할 수 있는 사내문화를 만들기 위해 노력해야 한다.

아울러 육아 책임이 여성에게만 있다고 생각하는 사회적 분위기도 달라져야 한다. 남성 직장인 극소수만이 육아휴직을 사용할 정도로 우리 사회에서 남성이 육아에 동참하기는 매우 힘들다. 이러한 점을 개선하여 남성들이 회사 눈치를 보지 않고 육아를 분담할 수 있는 문화적 인프라를 구축하는 것이 필요하다.

스웨덴은 OECD 회원국 중 여성 고용률이 가장 높다. 그리고 합계 출산율도 우리나라의 2배에 가까울 정도로 높다. 전일제로 입사한 뒤 결혼하고 아이가 생기면 시간제로 전환하고, 아이가 자라면 다시 전일제로 복귀했다가 정년이 가까워지면 다시 시간제로 전환한다. 이렇게 유연한 노동 환경이 오늘날 최고의 복지국가로 손꼽히는 스웨덴을 만들었다.

근로 형태 유연화를 통한 노동개혁의 필요성이 바로 여기에 있다. 야당과 민주노총은 노동개혁 얘기만 나오면 눈에 쌍심지를 켤 것이 아니고, 국가 백년대계와 노동자들의 삶의 질 향상을 위해 하나하나 해묵은 과제를 풀어 주는 전향적인 자세를 가져야 한다.

# 너도나도 치킨집,
# 자영업의 위기

------

명예퇴직을 신청한 회사 선배를 위로하기 위해 마련한 술자리에서 회사 후배가 묻는다.

"선배님, 퇴직하시고 하실 일은 정하셨어요? 설마 치킨집은 아니죠?"

그러자 선배의 얼굴이 갑자기 어두워진다. 아마도 치킨집 창업을 준비했나 보다. 우연히 보았던 드라마의 한 장면이다.

45세가 정년이라는 뜻의 '사오정' 세대의 자화상이다. 엄청난 경쟁을 뚫고 입사한 직장에서 50이 되기도 전에 나오는 경우가 일반적인 추세다.

한때 평생직장이라고 여기던 대기업도 예외가 아니다. 생계를 위해 어쩔 수 없이 퇴직금에 은행 대출을 보태서 창업을 한다. 하지만 특별한 기술이 없으니 한 집 걸러 하나씩 치킨집이다. 우리나라 치킨

집 수가 전 세계 맥도날드의 매장 수보다 많다고 하니 퇴직한 이후에 갖게 되는 새로운 직업은 모두 치킨집으로 통한다는 '기-승-전-치킨집'이라는 우스갯소리가 괜히 나온 말이 아니다.

2015년 통계청이 조사한 결과에 따르면 우리나라 사람들은 72세까지 일하기를 원하지만 자신이 가장 오래 근무했던 직장의 평균연령은 49세다. 55~79세 가운데 계속 일하기를 원하는 비율은 61%에 이른다.

청년들도 마찬가지다. 취업 자체도 어렵지만 어찌어찌하여 직장에 입사하더라도 1년 2개월 만에 첫 직장을 그만둔다. 청년층 취업준비생 중 18.9%만이 기업체 입사를 준비하고 있다고 한다.

직장인들은 조기퇴직으로 창업전선에 내몰리고, 다행히 정년까지 직장을 다닐 수 있었던 사람들도 노후를 준비하기 위해서는 다시 일자리를 찾아야 한다. 그런데 그것 역시 다른 직장이 아니라 창업인 경우가 태반이다. 취업에 실패했거나 포기한 청년들도 어쩔 수 없이 창업에 뛰어든다. 상황이 이러니 자영업자들이 늘어날 수밖에 없다.

우리나라의 자영업자 비중(2013년)은 27.4%로, OECD 국가 중 그리스, 터키, 멕시코 다음으로 높다. 그리스나 터키, 멕시코는 관광산업 의존도가 높은 나라여서 자영업 비중이 높을 수밖에 없다. 그런 의미에서 우리나라의 자영업 비중이 이렇게 높은 것은 매우 비정상적이라고 할 수 있다.

문제는 자영업 비중이 높다 보니 업종 간 경쟁이 치열하고, 치열한 경쟁 때문에 수익이 떨어지고, 그래서 마침내 실패하는 사람들이 늘고 있다는 사실이다. 2004년부터 2013년까지 10년 동안 자영업

창업이 949만 건이었지만 793만 명의 자영업자가 폐업해 생존율이 16.4%에 불과했다. 10명 중 2명도 안 될 만큼만 살아남고 나머지는 다른 업종으로 전환하거나 실업자가 되었다는 얘기다.

더욱 심각한 문제는 퇴직 후 생계를 위해 급하게 창업을 하다 보니 음식점이나 커피전문점, 카페 등 특정 업종에 집중되고 있다는 점이다. 당연히 경쟁이 심해져 실패율이 높을 수밖에 없다. 실제로 자영업 중 음식점의 생존율은 겨우 6.8%였다. 음식점 창업자의 90% 이상이 망한다는 뜻이다.

이렇게 된 원인은 무엇일까? 앞서 말했듯이 첫 번째는 조기퇴직 후 재취업이 어렵고, 청년들조차 취업이 어려워서 너도나도 창업에 뛰어들기 때문이다. 두 번째는 정부가 창업 지원에만 치중했지, 자영업자들이 창업 후 경쟁력을 확보할 수 있는 제도적 장치를 마련하는 데 신경 쓰지 못했기 때문이다. 치킨집 차릴 돈을 빌려주는 데만 신경 썼지, 막상 어떤 업종으로 어디에서 창업을 하면 잘 될 것인지에 대한 정보 제공이나 교육은 등한시했다는 말이다.

그런 점에서 이제부터라도 자영업 지원 정책의 방향을 전환할 필요가 있다.

우선 빅데이터를 이용한 업종별·지역별·업태별 통계 자료를 만들어 창업 희망자들에게 정확한 맞춤 정보를 제공해야 한다.

어떤 업종의 경쟁이 심한지, 어떤 지역에 어떤 업종들이 밀집해 있고, 어떤 업종이 성공 가능성이 높은지 각종 통계나 자료를 모으는 게 첫걸음이다. 그리고 지역별 상권 지도를 만들어 창업 희망자들에게 제공하고, 이 데이터를 바탕으로 실질적인 창업 컨설팅을 제공해야 한다. 이를 통해 경쟁이 덜한 업종이나 지역으로 자영업자들을 유도하여 과당 경쟁을 사전에 방지할 수 있어야 한다.

자영업자들은 몰락하는데 프랜차이즈 본사만 돈을 버는 불공정한 일도 규제할 필요가 있다. 행정지도를 강화하여 일정 거리 내에 있는 프랜차이즈 점포 수를 제한하고, 프랜차이즈 본사가 가맹점들에게 행하는 불공정한 거래 관행을 바로잡을 수 있도록 법적·제도적 정비도 함께 해나가야 한다.

아울러 정부와 지방자치단체들이 협력하여 과도한 경쟁이 예상되는 업종이나 지역에 대해서는 창업 초기부터 제한을 가하는 적극적 예방 활동도 도입할 필요가 있다.

또한 자영업자들의 부담을 줄여 나갈 수 있는 제도적 지원책들도 시급하다. 대표적인 예가 중소기업이나 영세 가맹점들에 대한 신용카드 수수료 인하다. 새누리당과 금융위원회가 당정협의를 통해 2016년 1월 말부터 연매출 3억 원 이하 가맹점들의 카드 수수료를 50% 인하하도록 했는데, 이를 통해 연매출 2억 원 이하의 가맹점은 연간 최대 140만 원, 연매출 3억 원 이하는 최대 210만 원의 카드 수수료를 절감할 수 있게 되었다. 국가 전체로 보면 6700억 원의 카드 수수료가 절감된다고 하니 엄청난 일이 아닐 수 없다. 특히 영세한 전통시장 상인들에게는 반가운 소식이 될 것이다.

자영업자들의 경쟁력 확보를 위한 경영지원과 기술교육도 지속적으로 펼쳐 나가야 한다. 창업 초기에 자금 지원만 해주고 알아서 하라는 식의 정책 지원으로는 자영업자들의 몰락을 막을 수 없다.

창업 이후에도 주기적으로 경영진단과 신기술 보급, 판로 확보 등의 단계별 지원 프로그램을 마련하여 자영업자들의 경쟁력을 높여주어야 한다. 아울러 경쟁력을 잃은 자영업자들이 다른 업종으로 전환할 수 있도록 도움을 주거나, 다시 재취업할 수 있도록 퇴출 지원 프로그램을 마련하여 한 번의 창업 실패로 인해 빈곤층으로 떨어지는 일이 없게 막아야 한다. 자영업의 몰락은 사회 양극화를 심화시키는 주요 원인이 될 수 있기에, 더욱 적극적인 지원책이 필요하다.

전통시장을 활성화하기 위해서도 많은 부분이 개선되어야 한다. 우선 소비자들이 전통시장을 이용할 때 불편하지 않도록 주차장 등 편의시설과 시장 내 안전시설을 개선해야 한다. 편리한 대형마트를 두고 굳이 불편한 재래시장을 이용할 사람은 거의 없기 때문이다. 이런 일은 상인들에게만 맡겨두지 말고 정부와 지자체가 장·단기 정비 계획을 마련하여 시장 환경 개선을 유도하는 게 답이다.

또한 카드단말기 임대료만 지원해 줘도 전통시장에서 카드 결제가 자유롭게 이루어져 더 많은 소비자를 전통시장으로 유인할 수 있다. 또 전통시장을 이용하는 시민들에게는 쿠폰 등을 발급하여 공용 주차장 이용 시 할인 혜택을 준다면 시민들이 좀 더 많이 전통시장을 찾게 되지 않을까.

우리나라 자영업자의 수는 560만 명이 넘는다. 여기에 봉급 없이 함께 일하는 가족까지 합치면 700만 명이 넘을 것으로 예측된다. 그리고 이들의 부양가족까지 생각하면 자영업에 기대 살아가는 사람들이 무려 2000만 명이다. 그런 만큼 자영업의 붕괴는 우리나라 국민의 40%에게 생존을 위협하는 문제다. 조기퇴직과 노후를 위해 창업전선에 뛰어드는 국민들에게 "알아서 잘 하세요"라는 식으로 방치해서 안 되는 것은 바로 이 때문이다. 빅데이터를 이용해 창업 초기부터 성공할 수 있도록 도와주고, 창업 후에도 지속적으로 지원해 주어야 한다. 자영업이 살아야 나라도 살 수 있다.

정치를 하지 않았다면 아마도 나 역시 사업을 했을 것이다. 뒤늦게 복학한 1988년 대학 4학년 2학기 무렵에 카페 경영을 그만두고 <경기일보>에 들어가고 <동아일보>로 옮긴 뒤, 그야말로 신들린 듯 일을 하다 10년차가 넘어서 슬슬 염증을 느끼기 시작했을 때, 그때 사업을 했어야 했다.

지금도 간혹 정치판에서 골머리 썩는 일을 겪을 때면, 그 시절에 한창 붐을 이루던 프랜차이즈 사업에 흥미를 느껴 아이템에 골몰하던 생각이 나곤 한다. '그때 저질렀으면 이렇게 정치판에서 골머리를 썩이고 있지는 않을 텐데' 하는 미련도 있다. 정치를 쉬는 동안에도 큰딸이 있던 중국과, 친구가 사업을 하는 필리핀에 이따금 다니면서 프랜차이즈 사업을 구상하기도 했다. 포장마차부터 카페까지 경험해 본 적이 있는 터라 그 어려움을 너무도 잘 알고 있지만, 그래도 즐거운 상상이다.

같은 자영업을 하더라도 남들과 다르게, 남들보다 먼저, 남들보다 독특하게 접근하라는 조언을 하고 싶다. 이 모든 것이 남다른 상상과 그것을 실행하는 도전에서 온다. 정치도 보다 세심하고 다양하게, 이 나라의 자영업자들에게 도움이 되는 역할을 하루빨리 해야 한다.

# 장애는 결코
# 남의 일이 아니다

어머니는 4급 장애인 판정을 받았다. 일찍이 아버지와 사별하고 평생 다섯 남매를 혼자 힘으로 기르느라 성할 날 없던 무릎에 인공관절 수술을 했고, 허리디스크와 암 투병, 골다공증으로 만신창이가 된 끝에 얻은 훈장(?)이다. 제대로 걷지 못해서 외출이라도 하려면 스쿠터 신세를 져야 하는 처지지만 아직도 자식들을 위한 일이라면 뒤로 물러서는 법이 없다.

그럼에도 불구하고 아들 며느리에게 짐이 되기 싫다며 아직도 혼자 사는 것을 고집하신다. 국회의원 때에는 매달 드리는 용돈을 받으시더니 당협위원장으로 선출되면서 월급도, 사무실 유지비도 보조되지 않는 궁박한 처지를 아신 다음부터는 이마저도 받지 않겠다고 하실 정도로 강단이 있는 분이다.

한때 코미디언으로 이름을 날리던 김병조 씨를 만난 적이 있다.

"지구를 떠나거라" "먼저 인간이 되어라" 같은 유행어를 만들어서 유명세를 날리던 그이가 갑자기 안 보여서 근황이 궁금했었는데, 『명심보감』을 풀어쓴 『김병조의 마음공부』라는 두 권짜리 책도 내고 대학에서 강연도 하며 살고 있었다. 그런 김씨도 한쪽 눈을 실명했다.

그는 1987년 민정당 전당대회장에서 여흥 시간에 뱉은 "민정당은 국민에게 정을 주는 정당이고, 통민당(통일민주당)은 고통을 주는 정당"이라는 말이 화근이 되어 된서리를 맞았다. 고향이 빛고을 광주여서 더 그랬다. 하고 있던 텔레비전 프로그램도 다 끊기고 항의 전화와 협박도 숱하게 받았다. 그때의 충격 때문인지 눈에 통증이 와서 병원에 갔더니 시신경을 끊어야 한다고 했단다. 그날 이후 한쪽 눈으로만 생활을 한다. 평생 장애를 안고 살아가야 하는 것이다.

어머니는 이렇게라도 움직일 수 있는 게 얼마나 다행스러운 일이냐고 말씀하신다. 김병조 씨 역시 한쪽 눈이라도 보이는 게 얼마나 감사한 일이냐고 했다. 두 분 다 처음부터 장애를 가진 것은 아니었다. 살다가 얻은 후천적 장애다. 보건복지부가 발표한 2014년 장애인 실태조사 결과에 따르면 우리나라 추정 장애인 273만 명(등록 250만 명) 중에서 사고 또는 질환 등의 이유로 후천적으로 장애가 발생한 경우는 88.9%에 이른다. 일반인은 누구나 예비 장애인이라는 말이 틀린 말이 아니다.

그러나 장애인을 돌보거나 교육하는 시설, 장애인이 살아가는 환경은 턱없이 부족하고 형편없다. 누구나 장애를 얻을 수 있다는 사실을 모르지 않으면서도 장애인을 위한 편의시설이나 생활터전이 들어선다면 쌍심지를 켜고 반대부터 하는 것이 현실이다. 더욱이 제도도 턱없이 부실하고, 예산도 마찬가지다.

내 친구 중에 지적 장애를 가진 아이를 기르는 부모가 있다. 아이가 혼자서는 아무것도 못하고 돌봐줄 사람도 없어서, 부모 중 한 명은 아예 아무 일도 못하고 아이의 뒤치다꺼리만 하고 다닐 수밖에 없는 형편이다.

내가 수원월드컵조직위원회 사무총장으로 있을 때, 이런 지적 장애 아이들을 모아 격주로 두 시간씩 수영장을 이용할 수 있게 했다. 아이는 수영도 배우고 물놀이도 하게 되어서 좋았겠지만, 부모로서는 두 시간 동안 볼일을 볼 수 있어서 좋았다며 고맙다는 인사를 몇 번씩이나 해서 민망했던 기억이 난다. 그들에게는 매일도 아니고 매주도 아니지만 이런 배려조차 진심으로 고맙게 느껴졌던 것이다.

가정에 장애인 한 명만 있어도 이처럼 정상적인 생활리듬이 깨진다는 사실을 절감했다. 물론 지금이야 장애인 가족으로서 느끼는 절실함이란 당시와 비교할 정도가 아니다. 작은 배려 하나가 장애인 당사자나 가족에게는 얼마나 큰 힘이 되는지 모른다.

박근혜 정부가 출범하고 처음 예산안을 편성한 2014년 이후 보건복지부의 장애인 예산은 연평균 24.1% 증가했다. 내년에는 1조 9011억 원에 이르고 2017년에는 2조 원 시대가 열릴 것으로 전망된다. 그러나 이 숫자도 장애인 분야의 복지 지출로는 경제협력개발기구 조사 대상 28개국 가운데 최하위다. 장애인이 복지부의 정책 우선순위에서 후순위로 밀렸다는 말이다.

사업의 실효성도 재검토해 봐야 한다. 장애인 사업 가운데 규모가 가장 큰 장애인연금은 내년도 예산안의 경우 5483억 원으로 책정되었다. 장애로 인한 손실을 보전해 주겠다는 취지지만, 현행 규정에 따르면 1급 장애인이 받을 수 있는 최대 연금액은 월 30여만 원에 그칠 뿐이다.

두 번째로 많은 예산이 투입되는 활동보조서비스 역시 실질적인 수요를 맞추기에는 턱없이 부족하다. 활동보조서비스는 장애인 가족을 대신해 활동보조인이 장애인을 돌보는 제도. 이 서비스를 받으려면 국민연금공단 장애심사센터의 평가를 받아야 하는데, '신체활동능력' 위주의 평가여서 신체가 아닌 지적 장애인은 혜택을 받기 힘들다. 복지부에 따르면 2014년 말 기준 정신지체를 앓는 장애인 9만 7000여 명 중 이 서비스를 받는 장애인은 740명뿐이다. 또 장애인을 돌봐주는 활동보조인 입장에서는 같은 돈을 받는 처지라서 정작 도움의 손길이 더 필요한 중증장애인은 기피하는 현상도 벌어진다. 이를 현실화하기 위해서는 더 많은 예산 책정이 필수다.

예산도 예산이지만 장애인 가족들의 실질적인 혜택을 위해서는 무엇보다 수요자의 목소리에 귀를 기울여야 한다. 장애인이 몇 명이고 어떤 장애를 앓고 있는지를 파악하는 일도 중요하지만, 실제로 장애인 가정에서 어떤 복지 혜택을 원하는지를 들어야 하는데도 소홀한 것이 지금의 현실이다. 또 수요에 비해 그동안 주목받지 못했던 정신지체나 뇌성마비 등 발달장애인 관련 예산을 늘려야 체감도가 높아질 수 있다.

이와 함께 우리 사회의 편견도 불식해야 할 과제다. 장애는 무서운 질병이 아니다. 다만 불편할 뿐이다. 더욱이 장애인의 90%에 가까운 수치가 후천적 장애라는 것을 생각하면, 바로 내 이웃이나 가족이 내일 장애인이 될 수도 있다는 사실을 간과해서는 안 된다. 날로 늘어나는 자동차, 복잡한 사회 현상으로 인한 극심한 스트레스, 사고 위험성이 높은 도심 환경, 묻지마 범죄의 증가 등이 모두 장애의 원인인 세상 아닌가. 함께 사는 이웃, 아픔을 나누자는 관점에서 좀 더 따뜻한 시선과 배려가 필요하다.

# 노인老人이 아니라
# 노인努人이라오

-------

평균수명이 늘어난 만큼 노인 인구가 차지하는 비율이 점점 늘어가고 있다. 우리나라는 지난 2000년에 이미 고령화 사회에 진입했다. UN 기준으로 전체 인구의 7%가 65세를 넘기면 고령화 사회로 구분한다. 현재 추세라면 14%인 고령 사회는 2017년에, 20%인 초고령 사회는 2026년에 진입할 것으로 보인다. 전 세계에서 유례를 찾을 수 없을 정도로 빠른 추세다.

이런 노령 인구의 증가는 평균수명의 연장과 젊은층의 저출산이 합쳐져서 만들어진 현상이다. 수명은 자꾸 늘어나 할아버지나 할머니 소리를 듣는 인구는 느는데, 그렇게 부르는 세대는 점점 줄어드니 그럴 수밖에 없다.

예전 같으면 손자를 품에 안고 재롱이나 받아줘 가며 인생에서 가장 여유로운 시기를 보내야 할 어르신들인데, 이젠 재롱 받아줄

아이도 없고 여유도 없다. 장성해 출가한 자식들은 저 벌어먹고 살기도 빠듯하다며 아이도 안 낳고 경제적 보탬도 주지 않기 때문이다. 그렇다고 착실히 노후 준비를 할 수 있었는가 하면, 그것도 아니다. 자식들 기르고 가르치고 시집 장가 보내다 보니 노후를 대비할 여력이 없었다.

나이 한 살이라도 젊었을 때야 힘이라도 쓸 수 있는 일을 할 수 있었다지만 나이가 드니 그것조차도 어렵다. 살아야 할 날은 많이 남았는데 살 길은 막막한 세대, 그것이 우리 아버지들의 세대인 어르신들의 현실이다.


우리나라 근로자들의 평균 퇴직 연령은 49세, 우리나라 평균 연령은 82세. 산술적으로만 보면 33년 동안은 자영업이 되었든 날품팔이가 되었든 어떻게 하든 혼자 힘으로 버텨야 한다. 퇴직 전까지 노후를 위해 벌어놓은 것이 있거나 자식이 성공해 보탬이 되지 않는다면 말이다. 하지만 상황은 그렇게 녹록해 보이지 않는다.

55세부터 79세 사이의 노령층에게 물었다. '언제까지 일을 하고 싶느냐'는 질문에 '72세까지'라고 답했다. 그래서 이유를 물었다. '노후 준비가 안 된 상태로 은퇴를 했기 때문'이란다. 우리나라에는 이렇게 일을 해야만 하는 '쉴 수 없는 노인'이 두 명 중 한 명 꼴이다. 그나마 지하철 택배나 아파트 경비 등 단순노무직이 대부분이다. 나이가 들었을 뿐이지 전문적 노하우가 닳아 없어진 것이 아닐 텐데도, 수십 년간 쌓아온 풍부한 경험을 퇴직 이후의 새로운 일자리로 연계시키는 어떤 시스템도 마련되어 있지 않다. 패기 있고 활달한 청년도 취업을 못해 사회문제가 되는 상황에서 노인을 위한 직업훈련 같은 것은 말을 꺼낼 분위기도 못 된다. 노인의 취업은 오직 개인의 능력에 달려 있을 뿐이다. 세계에서 유례를 찾아볼 수 없을 정도로 빠른 우리의 고령 인구 증가 추세에 비하면 대책은 그야말로 걸음마 수준이다.

다행스러운 것은 그나마 최근 노인 고용률이 점차 높아지고 있다는 점이다. 통계청 자료에 따르면 60~64세 노인들의 고용률은 58.3%로 한 해 전에 비해 1.1% 늘었다. 한 해 전에도 노인들의 고용률은 20대를 앞섰다. 이 대목에서 '역시 청년실업이 심각하구나' 하고 느끼는 이도 있겠지만, 그것은 다른 문제이니 넘어가기로 하자. 어찌 됐든 노인 고용률이 점차 높아지고 있다는 것은 고령화 사회를 넘어 고령 사회를 목전에 둔 우리로서는 고무적인 일이 아닐 수 없다.

일자리도 다양화되고 있다. 길거리 환경 개선과 주정차 계도, 공공 취로사업 같은 일은 여전하지만 여러 분야에서 다양한 시도를 하고 있다. 화성시는 최근 '노-노老-No 카페' 시리즈를 개발했다. 실버 바리스타들이 운영하는 어르신들의 카페다. 일하는 즐거움과 만남의 즐거움이 함께하는 공간이다. 벌써 30호점을 향해 달릴 정도로 인기몰이를 하고 있다.

여러 지자체에서는 혼자 사는 노인과 조손 가구, 경증 치매 노인 등의 가정을 방문해 생활이나 건강 상태를 점검하고 말벗이 되어 주는 '노노케어老老 Care' 사업을 통해 노인들의 새로운 일자리를 창출하고 있다. 이 밖에도 강원도처럼 지역 특산물 판매소를 공동으로 운영하거나, 초등학교 또는 지역아동센터의 급식도우미, 초등학교 방과 후 교실 강사, 보육시설 강사 도우미 등으로 그 영역을 확대해 나가고 있는 것은 참으로 고무적인 일이다.

나이가 들었다고 해서 차별하지 않는 직장도 생겼다. 젊은이들을 위한 유흥지로 유명한 남이섬은 얼마 전까지만 해도 '1차 정년 55세, 2차 정년 80세'를 아예 사규에 명시했다. 하지만 80세란 상징적 의미일 뿐 일을 하고 싶은 열정이 있고 할 수만 있다면 죽을 때까지 고용을 보장한다. 울산에서 선박 몸체를 만드는 창우산업은 고령자 위주로 채용을 해 현재 이 회사 근로자의 평균연령은 67세다. 이 글을 쓰기 위해 찾아보니 선박의 선수 선미용 블록을 제작하는 업체인 울산의 신화공업은 아예 '퇴직자의 요람'을 창업정신으로 내세우고 60세 이상의 퇴직자만 취업할 수 있도록 했다는 기사도 보인다. 지식보다는 지혜, 패기보다는 경험을 높이 사는 회사들인 것이다.

그러나 아직 멀었다. 일하지 않고서도 편안한 노후를 누릴 수 있으면 얼마나 좋으랴마는 상황이 그렇지 않다면 더 많은 일자리를 늘려야 하고, 더 다양한 직종을 만들어야 한다.

일자리를 늘리기 위해서는 정책적 뒷받침도 좋은 방법 중 하나다. 프랭클린 루스벨트만큼 흑인 문제에 관심을 둔 대통령도 드물다. 그는 전쟁이 한창이던 1941년에 "군수산업과 정부기관에서 노동자를 고용할 때, 인종·신념·피부색·출신국의 차이를 이유로 차별해서는 안 된다"는 내용의 행정명령 8802호에 서명했다.

하지만 현실은 따르지 않았다. 흑인 차별도 계속됐다. 20년 뒤 케네디 대통령은 좀 더 강력한 행정명령 10925호를 발표했다. 미국 내 사회적 소수자인 흑인과 히스패닉계, 여성, 장애인, 비기독교인, 성

소수자 등에게 대학 입학, 취업, 진급 시 일정 비율을 인정해 주는 정책이었다. 일종의 기회균등할당제로 강제력이 포함된 내용이었다. 그제야 비로소 흑인 고용률이 높아졌다. 정치적 선언들이 아니라 강력한 법法이 흑인 고용률을 높인 것이다.

나는 이 정책에서 우리나라 노인 일자리를 해결할 단초를 본다. 대한민국의 어르신 일자리 문제가 그렇다. 한마디로 말하자면 노인 일자리를 법제화해야 한다. 국가는 법으로 시행하고, 지방자치단체는 조례로 시행해야 한다.

가장 먼저 필요한 곳은 공공 분야다. 각급 행정 분야에 일정 비율을 어르신들로 채우도록 법률로 강제해야 한다. 대기업을 비롯한 민간 분야에도 강력히 권고하는 체계를 만들어야 한다. "경력단절 여성을 채용하라"는 정권의 말 한마디에 6만 명 주부들의 일자리를 만든 나라 아닌가. '어르신 채용을 의무화하라'는 정부의 명령이 필요하다. 그것이 지금의 어르신들을 위해서도, 또 머지않은 미래에 노인이 될 우리를 위해서도 필요조건이고 충분조건이다. 제도화되지 않은 공경은 동정과 선심에서 벗어날 수 없다.

다양한 노인 일자리 창출을 위해서는 벤치마킹도 필요하다. 우리보다 고령화가 앞서 이제는 초고령화 사회에 들어선 일본에서는 일하는 노인을 보는 것이 자연스럽다. 65세가 넘은 노인 인구만 1천만 명을 넘었고, 다섯 명 중 한 명이 직업을 가졌으니 적어도 200만 명이 직업전선에서 활동하고 있다. 이 같은 현상은 11년째 증가 추세다.

일본에 다녀온 사람이라면 알겠지만, 관광객이 가는 곳곳마다

노인들이 일하고 있는 것을 볼 수 있다. 노란 유니폼을 입고 관광지 안내를 맡기도 하고 문화재 해설사 역할을 하기도 한다. 청소와 주차장 관리도 이들의 몫이다. 백화점이나 편의점, 대형마트에 가도 주차 안내를 하거나 식품부에서 판매를 담당하는 분들은 거의 노인들이다. 주목해야 할 점은 이런 일이 자연스럽게 일상화되었다는 사실이다.

우리나라도 보건복지부가 시행하는 '고령층 친화사업'에 시니어 카페, 문화재 발굴, 외식업에서의 조리·주방·서빙·주차 보조, 전통식품 개발, 유통 등의 아이템이 있는데, 이것이 자리를 잡기 위해서는 취업 노인들의 신체적 특징, 관심 분야, 적성, 능력을 고려한 일자리가 배치되어야 한다. 그렇지 않고 단순히 고용률을 높이기 위한 취업이 되어 버린다면 실질적인 운영에도, 일자리를 통한 노인들의 성취감 해소에도 전혀 도움이 되지 않을 것이다.

청년실업도 해결 못하는 마당에 무슨 노인 일자리냐고 힐난할 이들도 있음을 모르는 바 아니다. 인정한다. 하지만 청년실업은 청년실업대로 풀어야 하고, 노인 일자리는 노인 일자리대로 풀어야지 선후가 따로 있는 것은 아니다. 청년 취업 못지않게 노인 일자리도 중요하다. 청년은 우리나라의 미래라서 소중하지만, 노인 역시 곧 닥칠 우리의 미래이기 때문이다. 또 이런 노력이 우리 경제발전의 원동력으로 청춘을 바친 그분들에 대한 우리의 작은 보답이기도 하다.


한국노인인력개발원에서 언젠가 노인老人이라는 표현이 마치 늙어서 사회에 의존적인 느낌을 주는 것 같으니, 차라리 힘써 일해 사회의 어엿한 주체로 거듭나기를 희망하고 응원하는 의미에서 노인努人으로 불러 달라는 주장을 했다. 좋은 제안이다. 노인老人 분들에게 응원의 박수를 보낸다. 그리고 더 많은 관심과 노력을 쏟겠노라는 약속을 드린다.

부침 많았던 정치 10년. 권력에 취해 세상을 보지 못했던 순간도 많았다. 나를 여의도로 보내준 어르신들의 은혜에 속시원하게 보답하지도 못했다. 정치적 영화와 고난을 모두 경험하고 돌아온 지금에서야 뼈저리게 느낀다. '대한민국에는 어르신을 말하는 정치인들은 많은데 어르신을 받드는 법률이 없구나.'

내 역할이 하나 더 늘었다.

# 코앞에 닥쳐 온 통일,
# 서둘러도 늦는다

-------

2015년 10월 20일 금강산 면회소로 백발의 노인이 들어섰다. 올해 88세의 북측 이산가족 채훈식 씨다. 두리번거리는 채씨에게 이미 머리가 허옇게 세어 버린 초로의 남자가 달려들어 끌어안고 울었다. 아들 채희양(65) 씨였다. 아버지 채씨가 옆에 앉은 남측 부인 이옥연(88) 씨에게 손을 내밀었다. "다 늙어서 손잡으면 뭐 해"라며 부인 이씨는 손을 잡지 않았다. 채씨는 "10년을 혼자 있다가 언제 통일이 될지 몰라서 (결혼을 했다)"고 어렵게 말하면서 눈시울을 붉혔다.

1950년 8월, 경북 문경에서 살고 있던 채씨는 "훈련소에 잠깐 다녀올게"라며 집을 나섰다. 그리고 65년 동안이나 집에 돌아오지 못했다. 전쟁 탓이었다. 부인 이씨는 행여나 남편이 찾아올까 하는 기대 때문에 평생 문경 옛집을 떠나지 못하고 살았다. 재혼도 하지 않았다. 이 기막힌 가족에게 주어진 만남의 시간은 2박3일이 전부. 두 시간씩

세 번 만나고 남편 채씨는 다시 북으로, 부인 이씨는 다시 남으로 헤어졌다. 65년의 기다림보다 더 가슴 미어지는 생이별 순간이었다. 분단의 비극으로 인해 벌어진, 누군가 인질들끼리의 만남이라는 말을 했을 정도로 가슴 아픈, 남북한 정부에 의해 시혜처럼 주어진 짧은 만남이고 긴 이별이었다.

이런 사연이 어디 이들 부부뿐일까. 2015년 10월 현재 이산가족 상봉을 신청하고 대기 중인 70대~90대의 고령자가 5만 5천여 명에 이른다. 상봉을 신청했던 13만여 명 가운데 절반 가까운 6만여 명은 이미 사망했다. 우리나라 사람의 평균수명이 81.9세라는 것을 감안하면 매년 6천여 명 이상이 만나야 지금의 생존자들이 한 번이라도 북쪽 가족을 만날 수 있다는 말이다. 그럼에도 불구하고 이산가족 상봉 정례화는 여전히 안개 속이다.

1990년 초 냉전 종식과 함께 한반도에도 화해와 협력의 분위기가 만들어지며 두 차례의 정상회담이 이뤄졌다. 남북한 사이에 다양한 대화가 오갔고, 금강산 관광이나 개성공단, 남북 교역과 같은 경제협력과 민간교류도 추진됐다. 그러나 이런 대화와 교류협력도 결국 오랜 기간 동안 쌓여온 불신과 대립의 벽을 넘지는 못했다.

현재 한반도 긴장과 갈등의 가장 큰 원인은 북한의 핵개발과 각종 도발 위협이다. 북한의 군사적 도발 위협은 남북 간 소모적인 군비경쟁과 그로 인한 막대한 자원 낭비를 초래하고 있다. 또 남북의 경제적 격차는 더욱 커지고, 남북 주민들의 생활양식과 문화도 상당 부분 달라지면서 같은 민족으로서의 동질성도 점차 약화되고 있다.

통일의 당위성은 여기에 있다. 통일이 되면 70년간 한반도를 짓누르던 전쟁의 공포도, 핵 위협도 사라지게 된다. 이산가족 등 분단으로 고통받아 온 사람들의 문제가 해결되고, 남북한 주민 모두가 자유롭고 풍요로운 환경에서 자신의 꿈을 이루는 행복한 삶을 누리게 될 것이다. 통일만이 이들의 아픔을 한꺼번에 해결할 수 있다. 통일을 앞당겨야 할 이유와 책임이 우리 정치에 달려 있는 것이다.

2014년 국회예산정책처는 2015년을 통일 원년으로 가정하고 향후 45년간의 경제적 편익 규모를 추산한 보고서를 발표한 바 있다. 이 자료에 의하면 통일한국의 국내총생산GDP 규모가 2013년 1135조 원(세계 12위)에서 2060년 4320조 원(세계 10위)으로 상승할 것으로 예측했다. 또 실질가격으로 환산한 통일비용 추산액은 4657조 원이지만, 통일로 얻어지는 순편익은 1경 4451조 원으로 통일비용의 3.1배로 예상하고 있다. 그리고 북한 지역 개발에 따라 남한 지역에 미치는 생산유발효과는 3650조 원(연평균 37조 4000억 원), 취업유발효과는 2953만여 명(연평균 65만 6000여 명)에 이를 것으로 전망하고 있다.

또 한국광물자원공사는 이런 보고서를 낸 적이 있다. 북한의 유망 광물자원 중 한국 내수의 50%를 북한에서 조달할 경우, 2011년 기준으로 연간 153억 9000만 달러의 수입대체효과를 거둘 수 있다는 것이다. 알다시피 북한은 국토의 약 80%에 광물자원이 광범위하게 분포돼 있으며 마그네사이트 매장량은 세계 3위, 흑연은 세계 4위, 금은 세계 6위, 아연은 세계 7위, 철광석은 세계 9위다. 북한에는 우리 정부가 선정한 10대 중점 확보 희유금속 중 텅스텐, 몰리브덴,

망간, 마그네슘 등 4종과 코발트, 크롬 등이 매장돼 있어 이를 우리 산업에 대체할 경우 막대한 경제적 효과를 기대할 수 있다.

이뿐 아니다. 남북이 함께 세계문화유산 등재를 추진하고 문화재 해외유출 방지, 해외 소재 문화재 환수 등을 추진해 문화재 강국으로 발전하며 스포츠 분야에서도 남북한 단일팀을 구성하면 하계 올림픽 종합 10위권에서 5위권 이내로 성적을 올릴 수 있을 것으로 보인다.

이외에도 미국 덴버대학 파디센터에서는 '인터내셔널 퓨처스 모델'이라고 해서 GDP, 인구, 군사력 등에서 각국이 차지하는 비율을 종합해 국력지수를 산출하고 있다. 이 센터의 연구에 따르면 2050년 우리나라의 국력지수는 1.71로 세계 10위를 달성할 것으로 예상하고 있다.


지난 2014년 3월 28일 통일 독일의 상징적 도시인 옛 동독 지역의 드레스덴 공대에서 박근혜 대통령은 '남북 평화통일 조성을 위한 대북 3대 원칙'을 발표했다. 일명 '드레스덴 선언'이다. 대통령은 '한반도 통일을 위한 구상'이라는 제목의 연설을 통해 남북한 주민의 인도적 문제 우선적 해결, 남북 공동번영을 위한 민생 인프라 구축, 남북 주민 간 동질성 회복 등을 평화통일 3대 원칙으로 선언했다. 이를 위해 남북교류협력사무소 설치, 이산가족 상봉 정례화, 유엔과 함께하는 북한 모자 패키지 1000days 사업 추진, 복합농촌단지 조성, 남-북-러, 남-북-중 협력 사업, 경제개발협력, 역사-문화예술-스포츠 교류 장려, 북한인력 경제교육, 미래세대 교육 프로그램 공동개발 등을 실천사항으로 제시했다.

2014년 7월에는 범국가적인 통일준비를 위한 민·관 협력 기구로 대통령 직속 '통일준비위원회'를 출범시켰다. 통일준비위원회는 지금까지 6차에 걸친 회의를 통해 통일 준비에 필요한 사안들에 대해 토론하고 대안을 마련해 나가고 있다.

통일의식 제고를 위한 교육도 진행되고 있다. 현재 국민들의 통일의식 조사에 따르면 통일 관심도는 약 80~84%, 통일 열망도는 75~80% 수준. 하지만 실제로 한반도의 통일시대를 이끌어 갈 젊은 세대의 관심도가 점점 낮아지고 있다는 분석에 따라 정부는 다양한 교육 콘텐츠를 보급하는 등 여러 방면의 노력을 기울이고 있다.

또 남북 간 격차와 이질감 해소를 위해서 북한의 열악한 인권상황을 개선해 나가는 것이 중요하다는 판단 아래 유엔과 국제사회의 협력을 이끌어내고 있다. 각국을 순방하며 북한의 핵문제와 인권문제에 대해 언급하고 지지를 얻어내는 것은 이런 노력의 일환이다.

다행스럽게도 주변국과 세계의 반응은 긍정적이다.

"미국은 드레스덴 선언에서 구체화된 바 있는, 핵무기와 전쟁의 공포에서 벗어나 민주주의와 자유시장경제 원칙을 기반으로 평화적으로 통일된 한반도에 대한 박근혜 대통령의 비전에 공감한다."
- 2014. 4. 25, 한·미 정상회담

"중국은 남북관계 개선을 위해 기울인 대한민국의 노력을 적극적으로 평가하며, 남북이 대화를 통해 관계를 개선하고 화해와 협력을 해나가는 것을 지지하고, 한반도의 평화적 통일에 대한 한민족의 염원을 존중하며, 궁극적으로 한반도의 평화적 통일이 실현되기를 지지한다."
- 2014. 7. 4, 한·중 공동성명

"러시아는 남북한 간 신뢰 구축을 통하여 평화를 확보하기 위한 '한반도 신뢰 프로세스' 구상에 대해 공감을 표하고, 남북관계 정상화와 역내 안보 및 안정의 중요한 조건인 한반도 신뢰 구축 노력을 적극적으로 지지한다."    - 2013. 11. 13, 한·러 공동성명

"남북한 간의 신뢰를 구축하여 남북관계를 개선함으로써 한반도의 지속 가능한 평화 기반을 마련할 필요성에 동의하며 이러한 관점에서 EU는 '한반도 신뢰 프로세스'를 지지하고, 북한의 인권에 대한 심각한 우려를 공유한다."    -2013. 11. 8, 한·EU 정상회담 공동언론발표문

"한국과 ASEAN 정상들은 한반도와 동북아의 지속 가능한 평화와 안정의 유지가 중요하다는 데 의견을 같이하며, 한반도의 영구적 평화와 동북아의 협력 및 신뢰를 증진함에 있어 한국의 한반도 신뢰 프로세스 및 한반도 평화통일 구상, 동북아 평화협력구상을 환영한다."    -2014. 12. 12, 한-ASEAN 특별정상회의 공동성명

우리 정치사를 보면 서로 다른 통일의 경연장이었다. 반공反共을 국시 삼은 흡수통일을 유일한 가치로 여기던 시절이 있었다. 동서 냉전 시대의 세계사적 조류가 우리를 그렇게 만들었다. 반면, 무조건적인 통일을 신봉하던 세력도 있었다. '오라 남으로, 가자 북으로'의 순진했던 구호가 캠퍼스를 누비던 시절이었다. 모두 70년대 산업화 시대와 함께 지나간 역사가 됐다. 흡수통일의 가치도, 감상적 통일의 가치도 정답은 아니었다.

이제 그런 구분법은 사라져야 한다. 통일을 정파의 독점적 화두로 삼으려는 낡은 생각을 버려야 한다. 툭하면 통일 세력과 반통일 세력

으로 나누고, 평화 세력과 전쟁 세력으로 나누는 것은 오래전 효력을 다한 철 지난 통일관이다.

한반도의 통일은 단순히 1945년 분단 이전의 상태로 돌아가는 것이 아니다. 서로 다른 두 체제와 이질화된 문화를 융합해서 하나의 새로운 공동체를 만들어 가는 것이다. 지난 70년간 쌓여온 분단의 폐해를 해소하고 평화와 번영을 실현하기 위한 필요충분조건이다.

급변하는 정세로 보아 통일은 그야말로 도둑처럼 어느 날 갑자기 방문할지도 모른다. 아니 어쩌면 이미 담을 넘으려고 한 발을 담벼락에 걸쳐놓고 있는지도 모른다. 이제 그 준비를 정치가 앞장서서 해야 할 때다.

# 매맞는 공권력,
# 만신창이 된 법치주의

-------

얼마 전 이런 기사가 신문에 실렸다. A씨가 손해배상청구 소송을 냈다. 소송의 상대는 대법원장과 서울중앙지법원장, 서울중앙지검장. 피고들의 신분만으로도 흔치 않은 사건이다. 기자들이 확인한 내용은 이랬다.

상해 혐의로 기소된 A씨가 1심에서 벌금 70만 원을 받았고, 이 판결은 항소심과 상고심에서도 그대로 유지됐다. 이에 대해 A씨가 "억울하게 유죄 판결을 받았다"며 법원과 검찰의 최고 책임자들을 상대로 소송을 제기한 것이다.

그런데 서울중앙지법 민사과의 중요 사건을 분석한 자료에 따르면, A씨의 경우와 비슷한 소송이 2014년 한 해 동안 모두 59건이나 있었다. 1년 전인 2013년 40건에 비해 50% 가까이 급증한 수치다. 2015년 8월까지도 이미 51건이 접수됐다.

이들은 저마다 재판이 잘못됐다고 주장하고 있다. 재정신청 등 정해진 절차를 따르는 것도 아니다. 일단 대법원장·검찰총장 등을 대상으로 소송을 제기한다. 무고죄의 위험이 없는 민사를 택하는 것도 눈여겨볼 일이다.

현행 법체계는 3심 제도다. 누구에게나 세 번 재판을 받을 수 있는 기회가 주어진다. 그 과정에서 피고인은 소명에 필요한 모든 행위를 할 수 있다. 기간도 충분해서 최소 몇 개월에서 최대 몇 년까지 주어진다. 이 제도 하에서 논쟁을 벌이고 그 후에는 결과에 승복하는 것이다. 이것이 법치주의에서 소속 구성원들이 서로 지키기로 약속한 법질서다. 이러한 법질서가 무너지는 것은 법이 아니라 사회가 무너진다는 것을 뜻한다.

이런 법치가 왜 이렇게 무너졌을까? 부끄럽게도 우리 정치에서 근본 원인을 찾을 수 있다. 자신에게 불리한 판결은 무조건 정치 판결로 부인하는 것이다. 명백한 범죄 사실을 두고도 형평성 잃은 수사라고 우겼다. 기억도 희미한 수십 년 전 사건을 들춰 가며 시대의 희생양으로 묘사했다. 또 과거의 범법이 오늘의 정의인 양 미화했다. 아주 드물었던 구시대 정치 사건을 들이밀며 위험천만한 일반화를 시도하기 일쑤였다. 그렇게 법은 유린당했고 농락당했다.

얼마 전 한명숙 전 총리에 대한 유죄 판결과 수감은 많은 이들에게 대한민국의 법은 누구를 위한 것이고, 정치인들에게 그 법은 어떤 의미인가 하는 숙제를 던졌다.

대법원은 8년이라는 결코 짧지 않은 기간 검토에 검토를 거듭한 끝에 한 전 총리에게 유죄를 선고했다. 돈을 전달한 자의 진술이 오락가락하지만, 정황상 유죄로 봄이 맞다는 결론이었다. 뇌물 액수가 9억여 원에 달하니 실형이 불가피했다.

그런데 한명숙 전 총리는 물론이고 야당 대표까지 나서서 이 판결을 걸고넘어졌다. 이전의 수뢰 사건 재판에서 법원이 무죄를 선고하자 "권력으로부터 독립된 정의의 판결"이라고 법원을 잔뜩 치켜세우던 태도에서 돌변해, 새정치민주연합의 문재인 대표는 "검찰 정치화에 이어 법원까지 정치화됐다"고 비난했다. 한 전 총리는 "역사와 양심에서 무죄"라며 스스로 무죄를 선언했다.

교도소로 들어가는 모습은 더 이해할 수 없었다. 수백 명의 지지자들이 백합꽃을 들고 배웅했다. 검은 정장 차림의 한 전 총리는 "사법부가 죽었으니 상복을 입고 들어간다"고 말했다. 과연 그날 모인 지지자들 중에 수백 페이지에 달하는 사건 기록을 본 사람이 몇이나 될까. 대법원은 못 믿고 한 전 총리를 믿는다는 그들이 확신하는 근거의 실체는 무엇인가.

대법원 판결 위에 올라탄 정치 행위의 오만함이다. 오죽하면 새정치민주연합 김상곤 혁신위원장조차 "정치적인 판결이라고 생각은 하지만 대법원의 최종 판결은 존중돼야 한다"고 했겠는가.


2015년 10월 18일 새벽 2시, 부산 북구 만덕지구대에 10대 3명이 들이닥쳤다. 다짜고짜 경찰관에게 욕설을 퍼붓고 몸싸움을 시작했다. 경찰관이 멱살을 잡히고 물컵이 날아다녔다. 연행된 친구들을 구하기 위해서 경찰서를 습격한 것이다. 차량을 털다가 체포되었으니 명백한 범죄자인 친구들이다. 이들 10대들은 경찰에게 "친구들은 죄가 없으니 석방하라"고 요구했다. CCTV에 녹화된 모습을 본 모든 국민이 경악하지 않을 수 없었다. 나와 친한 사람은 무조건 잘못이 없고, 그 사람을 단죄하는 공권력은 무조건 탄압이라는 비뚤어진 논리는 어디서 나오는 것인가.

미국에서는 폴리스라인을 넘어선 하원의원을 현장에서 수갑 채워 연행해도 시빗거리가 되지 않는다. 정복을 입은 경찰관의 총기 사용에 대해서는 우리나라에 비해 엄청나게 관대하다. 공권력의 권위가 짓밟히면 사회 질서가 순식간에 무너진다는 사실을 알기 때문이다.

지금 우리의 법치가 위협받고 있다. 검사실 내부가 황산 테러로 아수라장이 되는 어처구니없는 나라. 재판정에서 보복 범죄가 횡행하는 나라. 대법원장·검찰총장이 피고인들에 의해 피고가 되는 나라.

이런 현실에서 그 피해는 고스란히 선량한 국민들에게 돌아간다. 민주화 과정에서 부당한 공권력에 저항하던 사람들을 관대하게 처벌하거나 영장을 기각시켰던 사법부의 용기 있는 판결은 이제 종지부를 찍어야 한다.

국회에서도 폭력이 사라진 지 오래되었고, 예산안도 법정기일에 맞춰 통과되는 전통이 만들어지기 시작했다. 이런 노력이 나비효과가 되어 법질서와 공권력의 회복으로 이어질 수 있기를 바란다.

집시법에 입각한 신고 집회로 질서정연한 시위가 벌어지고, 폴리스라인을 넘어서면 엄격하게 처벌받고, 법적 판결에 시비를 거는 것이 오히려 이상해지는 사회, 특권층이라는 말이 신문지면에서 사라지는 사회는 언제나 올까.

망국적 법질서 위협의 맨 꼭대기에 정치가 있다. 당리당략에 빠져

염치고 도덕성도 상실한 정치는 국민의 손으로 몰아내고, 상식과 합리가 자리잡고, 정의가 강물처럼 흐르는 사회가 빨리 와야 한다. 그것이 명실상부한 선진국의 모습이요 선진 국민의 자세다.

# 결과에 깨끗이 승복해야
# 진정한 선진국

------

얼마 전 국회 본회의장에서 야당의 한 의원이 2012년 대선을 부정하는 발언을 해 큰 물의를 빚었다. 이 의원은 투표 당일 개표율이 낮은 시각에 당선 유력 방송이 보도된 데 대한 의혹, 일부 투표소에서 투표가 진행 중인데 개표가 이미 시작됐다는 자료 등을 제시하며 "박근혜 대통령은 정통성이 없다"고 주장했다.

참으로 어처구니없는 주장이었다. 야당 대변인도 즉각 "철저하게 개인 의견이며 당의 의견과는 전혀 관계가 없다"며 진화에 나섰고, 이 의원을 당직에서 사퇴시켰다. 지난 대선의 당사자인 문재인 대표도 "제기한 의혹이 상식적이지 못하다"고 분명하게 선을 그었다. 선관위도 나서서 "개표 상황표에 찍힌 시간은 PC에 설정된 시간으로 인쇄되기 때문에 PC 시각이 현재 시간으로 설정돼 있지 않으면 투표지 분류 시각이나 종료 시각이 실제와 다르게 출력될 수 있다"고 해명했다. 단순한 기계의 오류를 심각하게 오해한 것에서 비롯된 해프 닝으로 볼 수 있지만, 이는 야당의 정치 수준을 극명하게 보여준 사건 이라고 생각한다.

미국은 땅덩어리가 넓은 만큼 투표 방식이 주마다 다르다. 2000 년 대선에서 플로리다 주는 천공식穿孔式 투표 방식을 채택했다. 미국 의 경우 대선과 동시에 연방 상·하원 의원, 주 상·하원 의원, 주 판사, 주 검사, 주 공익 변호사, 주 교육위원, 주 헌법개정안 등의 투표를 한 꺼번에 한다. 도장에 인주를 묻혀서 찍는 식의 투표 방식으로는 투표 하기도, 개표하기도 쉽지가 않다. 그래서 채택한 것이 천공식 투표다.

이 투표 방식에는 치명적 결함이 있는데, 컴퓨터 카드에 구멍이 완 전히 뚫리지 않은 투표용지들은 기계가 처리하지 못한다는 점이다. 바늘로 구멍을 찌르면 찌른 부분의 종이가 떨어져 나가야 하는데, 그 렇지 않고 투표용지 뒷면에 덜렁덜렁 매달려 있는 경우도 생기게 마 련이다. 이런 투표용지가 기계에 들어가면 구멍이 다시 막히게 되 어 무효 처리를 해버리는 것이다. 이런 투표용지가 유독 문제된 것이 2000년 대선 플로리다 주에서였다.

부시와 앨 고어 후보의 표 차이가 너무 근소해서 재개표에 들어갔 다. 작은 변수에 자칫하면 당선자가 바뀔 수 있는 상황이었다. 하지만 이 작업은 여간 어려운 게 아니었다. 일일이 수작업으로 확인하다 보 니 한 달이 넘도록 재개표가 끝나지 않았다. 이때 연방대법원이 나서 서 가이드라인을 제시했다. 최종 기한을 정해서 그때까지 계산된 득 표로 당선자를 결정하기로 한 것이다. 결과는 537표 차이로 부시의 근소한 승리였다. 상대 후보인 앨 고어는 당연히 항의해야 할 상황이었지만 깨끗이 승복했고, 이로써 선거는 끝을 맺었다.

앨 고어는 부시에게 축하 전화를 했다. 지지자들도 이런 고어의 결정을 인정하고 수긍했다. 미국 대통령 선거가 한순간에 전 세계의 웃음거리가 될 뻔했지만, 한 후보자의 승복으로 미국 민주주의의 위대함을 입증했다.

다시 우리나라로 돌아와 보자. 어떤가. 대선이 끝날 때마다 개표 시비와 불복 운동이 일어났다.

2002년 대선이 끝난 뒤에는 실제로 재검표를 하기도 했다. 당시 노무현 후보와 이회창 후보의 득표 차가 57만여 표에 불과해 한나라당 당원들을 중심으로 '개표 오류설'이 제기됐고, 그것이 당선무효소송과 재검표로까지 이어졌지만 결과는 뒤집어지지 않았다. 재검표에 든 비용 5억 원만 날렸다.

2012년 선거도 박근혜 후보가 51.6%, 문재인 후보가 48.3%를 얻었다. 후보 간 득표 차이는 3.3%p로 그리 큰 차이가 아니었다. 하지만 2002년 대선이 1.6%, 2008년 대선이 2.3% 차이로 끝난 것과 비교하면 오히려 근래 보기 드문 큰 표 차이라고도 볼 수 있다.

개표가 막판에 이르러 당락의 윤곽이 드러나던 날 밤에 당사자인 문재인 후보는 언론 앞에 나와 패배를 인정했다. 그러나 그때뿐, 그 이후로 틈만 나면 대선 불복 시비가 벌어졌다.

대선 직후, 국정원의 대선 개입 댓글 사건이 불거졌다. 일부 직원들이 인터넷 댓글에 정치적 성향의 글을 퍼나른 사실이 밝혀졌다. 그러자 야권은 기다렸다는 듯이 일제히 대선 무효를 주장했다. 물론 야권은 대선 무효가 아니라 '선거가 잘못됐다'는 지적이라고 강조하지만, 그것이 '선거 결과를 인정 못하겠다'는 것과 무슨 차이가 있는지 모르겠다. 국정원 때문에 선거 결과가 바뀌었다는 주장과 박근혜 후보의 당선은 무효라는 말은 도대체 어떻게 다른 걸까. 이것이 선거 불복이 아니고 무엇일까.

앞서 말한 야당 의원의 헛발질도 이런 연장선상에서 일어난 일이라고 해석하지 않을 수 없다. 야당의 즉각적인 해명도, 당사자의 선긋기도 곧이곧대로 믿는 국민은 결코 많지 않을 것이다. 대선이 끝난 지 3년이 되었는데도 이렇듯 대선 불복은 꾸준히 이어졌다.

앨 고어는 재개표 상황에 따라 얼마든지 승리할 수 있었다. 그런데도 연방대법원이 "시간이 없다"며 사실상 중단시켰고, 고어는 그 결정을 받아들였다.

그런데 이 일이 우리 정치에서 빚어졌다고 가정하자. 이길 수 있는 상황으로 검표가 진행되고 있는데, 선관위원장이 개표를 중단하고 끝내라고 했다고 치자. 과연 지고 있는 쪽에서 그 결과에 승복할 수 있었을까. 아마 모르긴 해도 선관위원장 탄핵부터 시작해 대선 불복을 위한 온갖 수단을 써서 큰불을 지폈을 것이다. 거리에서 대선 무효를 내걸고 농성하는 사람들을 보면 측은지심이 발동하기도 하지만, 3년이 지나도록 미련을 버리지 않는 우리 정치 풍토도 그냥 간과할 일이 아니다.

투표는 '훌륭한 사람'을 뽑는 행위가 아니라 '표 많이 받은 사람'을 뽑는 행위다. 나는 16대 총선과 18대 총선에서 이겼다. 17대 총선에서는 졌다. 이겼을 때도 박종희, 졌을 때도 박종희였다.

상대 후보보다 훌륭해서 이겼다고 생각하지 않았고 모자라거나 문제가 있어서 졌다고 여기지도 않았다. 그것은 오직 위대한 장안구 유권자의 한 표 한 표로 이뤄진 신성한 선택이라고 생각했을 뿐이다. 그 무서운 결과에 겸허하게 승복하는 것이 후보자의 도리였다. 그래서 단 한 번도 상대를 걸고넘어진 적이 없다.

우리가 얘기하는 국격은 한 나라의 가치·등급을 일컫는 말이다. 그 국격을 결정하는 요소 가운데 가장 중요한 것은 민주적 절차에 대한 승복과 질서의식, 문화수준 등이다. 다수의 의견에 소수가 승복하는 것이야말로 대의민주주의를 지탱해 나가는 핵심 규범이다. 툭하면 선거 불복을 선언하는 나라, 툭하면 재선거를 요구하는 나라, 툭하면 촛불로 권력을 엎으려는 나라…. 이런 모습을 보며 스스로 탄식한다.

'대한민국 경제는 훌쩍 커버려서 세계와 어깨를 나란히 하는 규모가 되었는데, 언제쯤 되어야 민주정치의 후진국 대열에서 빠져나올 것인가?'

제4부

# 첫 마음으로

# 다시

# 출발선에 서다

내가 하고 싶은 일은 사회개혁가다. 기
자를 하면서 꿈꿨지만 한계에 부딪혔
고, 정치인으로서도 성공하지 못했던
일들을 밑바닥부터 차근차근 만들어
가는 사회개혁가. 내가 그리는 마지막
꿈이다.

# 민심의 바다에서
# 세상의 변화를 읽어라

------

2010년 6월 2일 여의도 한나라당 당사 앞에는 아침 일찍부터 방송사의 중계차량과 기자들이 몰려들었다. 시간이 지나면서 몰려드는 차량의 숫자가 점차 늘기 시작해 개표에 임박해서는 무려 6대의 방송 중계차량이 당사 주변에 포진했다. "민주당에는 세 대, 자유선진당에는 두 대가 왔다"는 소식이 전해지자 민심의 흐름에 민감한 언론이 한나라당의 승리를 확신한 것으로 풀이됐다. 심지어 당사 5층의 주요 언론사 기자들이 미리 써놓은 기사 초안도 '한나라당이 지방선거에서 승리했다'는 방향으로 마련해 두었다는 말도 들렸다.

이렇게 '무난한 승리'를 넘어 '압승'까지 가능할 것이라는 전망이 흔들리기 시작한 건, 투표율이 50%를 넘어설 것이라는 전망이 방송사로부터 전해지기 시작한 오후부터다. 유명 연예인들의 투표 인증샷이 트위터를 통해 퍼지면서 야당 지지 성향이 강한 젊은층들이 투표장으로 달려가기 시작했다는 소식이 끊임없이 올라왔다. 오전의 낙관적인 분위기가 어느새 불안과 초조가 섞인 긴장감으로 바뀌면서 당사 분위기가 가라앉기 시작했다. 드디어 출구조사 결과가 발표되었다. 한나라당의 참패였다.

광역자치단체장 16곳 중 10곳에서 졌고 기초자치단체장 228명 중 겨우 82명만이 한나라당 간판으로 당선됐다. 광역의회 의원 761명 중 한나라당은 288명, 민주당은 360명으로, 민주당에 크게 뒤졌고 교육감 선거에서도 서울과 경기, 강원에서 패배했다.

대통령의 국정지지도가 50%를 넘고 여당의 지지율도 40%대를 유지하며, 야당에 한 번도 역전당한 적이 없었던 것이 그즈음의 한나라당이었다.

천안함 폭침이라는 돌발 변수가 발생했지만 역대 선거에서 안보에 대한 위협 상황은 보수층을 결집해 여당에 유리했기에 오히려 악재가 아니라 호재라고 생각되었다. 그래서 각종 여론조사에서도 한나라당이 승리할 것이라는 '낙관적인 전망'이 우세했다.

역대 지방선거가 정권에 대한 중간평가라는 성격 때문에 언제나 여당에 불리한 것은 사실이었지만, 그럼에도 겉으로 드러난 지표들은 모두가 한나라당의 승리를 예측하기에 부족함이 없었다. 그런데 뚜껑을 열어 보니 결과는 전혀 반대였다.

한나라당은 2010년 지방선거 패배 후 '질래야 질 수 없는 선거'에서 패배한 원인이 무엇인지를 분석했다. 1년여의 기간 동안 지방선거 전반에 대한 분석과 함께 다양한 세대와 계층에 대한 여론조사를 통해 지방선거 패배의 원인을 분석하여 백서를 냈다.

나는 '어떻게 선거를 치러야 하는지, 새누리당이 어떤 방향으로 변화해야 할 것인지' 고민이 될 때마다 이 백서를 꺼내 읽어 보곤 한다. 당시 백서에서 지방선거의 패배 원인으로 꼽은 내용 중 몇 가지는 놀라울 정도로 현재에도 유효하다.

그 첫 번째가 서민들이 느끼는 체감경기와 정부와 여당이 말하는 경제지표와의 엄청난 차이다. 2010년 지방선거 당시 거시경제 지표는 나쁘지 않았다. 2008년 금융위기를 무난히 극복하고 있었고 경제성장률과 고용 지표도 확연하게 개선되어 가고 있었다. 해외 언론들조차 금융위기를 가장 빨리 극복한 모범생이라며 한국을 칭찬할 정도였으니 '경제대통령'이라는 이명박 대통령과 한나라당은 경제회복에 큰 자신감을 가지고 있었다.

하지만 국민 개개인이 느끼는 체감경기는 달랐다. 월급은 안 오르고, 일자리는 줄었다. 가계 빚은 늘었고 돈 씀씀이는 팍팍해졌다. 계층 간 소득차는 계속해서 벌어지고 있었다. 시장 상인들은 장사가 안된다고 한숨을 쉬고 있었는데도 정부와 여당은 호전되는 경제지표만을 믿고 의기양양하고 있었다. 결국 바닥 민심을 읽지 못한 것이 선거 패배로 이어졌다.

실제로 선거 직후 한국정책과학연구원KPSI에서 실시한 여론조사에서 한나라당이 참패한 원인으로 '서민경제를 어렵게 해서'라고 답변한 사람이 전체 응답자의 38.8%에 달했다. 경제회복에 대한 기대감이 충족되지 못하자 정부와 여당에 대해 불만을 가지고 있었던 것이다.

결국 이것이 2010년 지방선거에서 한나라당이 대패할 수밖에 없었던 결정적 원인이 된 것이다. 이것은 내년 총선을 비롯해 앞으로 치러야 할 모든 선거에서 반드시 되새겨야 할 뼈아픈 교훈이다. 거시적 지표만을 내세우며 국민들에게 경제가 회복되고 있다고 아무리 자랑을 해도 서민들이 느끼는 체감경기가 나아지지 못한다면 민심은 냉혹하게 심판할 것이다. 자만하지 말고 국민들의 바닥민심을 읽기 위해 노력해야 한다. 보다 현실적이고 밀도 있는 서민 위주의 정책을 부단히 추진하여 실물경제가 좋아져야만 표심도 바뀔 것이다.

두 번째는 2040세대의 '반한나라당 선택'이다. 역대 한국의 선거에서 20대와 30대는 투표를 하지 않는 세대라고 여겨져 왔다. 하지만 2010년 지방선거 때는 달랐다.

트위터와 문자를 통한 젊은이들의 투표 독려가 엄청난 파급효과를 불러 왔다. 유명 연예인들이 인증샷까지 올리며 투표를 독려하자 너도나도 인증샷을 올려 확인받는 것을 자랑으로 여길 정도였다. 그리고 오후에 들어서면서 젊은층의 투표율이 급격히 높아졌다. 실제로 20대의 투표율은 28.3%, 30대 40.5%, 40대 36.9%로 50대 31.2%, 60대 28.9%보다 높게 나타났다. 전체 투표자 중 20~40대의 비중이 70%에 육박하였고 이들의 표심에 의해 선거의 승패가 갈렸다.

20대는 청년실업과 비정규직 문제 등 청년들의 고민을 해결하지 못한 것에 대한 반감으로, 30대는 '4대강 사업'에 대한 반감과 야당이 제기한 '무상급식'에 대한 관심으로 한나라당이 아닌 민주당을 선택했다. 역대 선거에서 승패의 열쇠를 쥔 것으로 평가되었던 40대도 보수적인 성향을 보일 것이라는 한나라당의 분석과는 달리 반한나라당 성향이 강했다. 조기퇴직 등으로 불안감이 커지고 자녀 양육비 등의 증가로 삶이 점점 팍팍해지면서 여당에 대한 불신이 커져가고 있었는데, 이를 정확히 읽어내지 못한 것이다.

20대, 30대는 투표율이 낮기 때문에 선거에 미치는 영향이 적을 것이라는 생각은 버려야 한다. 실제로 20대, 30대의 투표율은 2012년 18대 대선과 19대 총선을 기점으로 점점 높아지는 추세다. 40대의 성향도 점점 예측하기 힘들어지고 있다. 20~40대의 유권자들은 이전 선거와는 달리 현실문제에 대해 민감하고 실리적으로 반응하기 때문에 그들의 목소리에 더 귀를 기울이지 않으면 2040세대로부터 어느 순간 바로 일침을 당할 수 있음을 유념해야 한다.

2010년 지방선거가 끝난 뒤 한나라당 하이파이브 유세단 단원, 한국대학생정치학회 회원, 한나라당 대학생 모임 캠퍼스Q 1, 2기 등 다양한 경력을 가진 젊은이 10명이 한나라당 당사에서 모임을 가졌다. 이 모임에서 나온 20대의 생생한 목소리는 7년여가 지난 지금에도 여전히 자유한국당의 변화의 방향을 제시하는 데 참고할 만하다. 그 몇 가지를 소개한다.

**고영훈**　20대는 투표를 하지 않는다는 전제를 갖고 있다 보니, 여론조사에서는 높은 지지율이 나와도 실제 정책이나 활동 수립 시에는 고려하지 않은 것 같다. 20대는 없는 표로 생각하고 전략을 짜고 활동을 하는 것 같다. 한나라당은 젊은 층을 흡수하기 위한 노력을 하지 않았다. 반면에 민주당은 오랫동안 노력해 왔다. 한나라당도 이제라도 시작해야 한다.

**조정윤**　선배들이 "너희 당은 너무 클리어하지 않았어. 민주당은 적어도 무슨 소리를 하는지는 알 수 있었다"고 이야기를 많이 했다. 그리고 "너희 당은 20대를 너무 무시해"라는 말도 들었다. 정말 한나라당에서 20대를 위한 공약이 별거 없었다고 생각한다. 한나라당이 20대를 존중하지 않는다고 생각하니까, 한나라당이 아닌 다른 당을 찍어 주자, 한나라당을 심판하자라는 분위기로 표를 잃은 것 같다.

**박창원**　민주당은 귀에 쏙쏙 들어오는 구호 등 언어 활용이 뛰어났던 것 같다. 반면 한나라당에서 주장하는 바가 머릿속에 잘 들어오지 못했다. 또 대학생들이 뭘 원하는지도 파악이 늦었다. 트위터 기자단 모집도 지방선거 열기가 달아오른 상황에서 공고가 났다. 후보들이 길거리 홍보하는 장면은 많이 나오지만, 트위터 등에 글을 남기거나 하는 것은 적다. 단순히 하드웨어적인 것을 이용하는 것이 늦은 게 아니라, '시대감'을 캐치하는 데 늦었던 것 같다.

**임승균**　20대를 너무 무시한다. 왜 무시하는지 이해한다. 하지만 이번 선거를 통해 20대의 파워가 확인되었다. 앞으로 젊은층을 바라보는 시각을 바꾸지 않으면 향후 있을 대선에서도 큰 실책이 될 수 있다.

　학생들의 말에서 '한나라당'을 '자유한국당'으로 바꿔 보자. 20~30대가 한나라당을 심판하기 위해 투표장으로 달려갔던 2010년과 똑같이 여전히 자유한국당은 20~30대의 목소리에 관심을 가지지 않은 채 든든한 지지층인 60~70대에게만 기대고 있지 않은가?

세 번째는 여론조사 결과를 지나치게 믿었다는 점이다. 선거 전 언론사에서 실시한 여론조사에 의하면 한나라당의 후보들이 10~20%의 차이로 앞서는 것으로 나타났고 이를 믿고 선거의 승리를 확신했다. 하지만 결과는 오차범위 밖 패배 또는 오차범위 내 접전이었다. 왜 이렇게 여론조사와 실제 투표 결과가 다르게 나타났을까?

그 원인 중 하나는 여론조사 자체가 가지는 한계를 인식하지 못했기 때문이다. 2010년 지방선거의 여론조사가 실제 민심을 그대로 반영하지 못하게 하는 원인들이 있었는데 '브래들리 효과', '미네르바 효과', '블랙박스 효과'가 그것이었다. '브래들리 효과'란 통계이론인 '침묵의 나선형 이론'과 비슷한 것으로 사람들은 자신의 의견이 압도적인 다수에 속한다고 생각하면 의사를 적극적으로 밝히지만, 소수라고 생각하면 입을 다문다는 것이다. 이런 까닭에 다수의 의견은 확대재생산되고 침묵하는 소수의 의견은 과소평가되는 결과를 가져온다.

시중에 떠도는 말 중에 이런 우스갯소리가 있다. 직장에서 사장을 위시한 직원들이 식사를 위해 중국집을 찾았다. 메뉴판을 들고 음식을 고르던 사장이 종업원에게 말했다.

"난 짜장면! 이 집은 짜장면이 제일 맛있어"

이를 본 상무는 "네, 이 집은 역시 짜장면이 제일 맛있죠"라고 맞장구를 치고, 부장 역시 "네, 그럼 저도 짜장면으로 하겠습니다"라고 한다. 분위기가 이러니 직원들도 당연히 "저희도 같은 걸로…."

속마음은 다른 메뉴를 먹고 싶을지라도 주류의 의견에 동조하여 모두 짜장면을 선택하는 것처럼 여론조사에서도 자신의 생각을 숨기

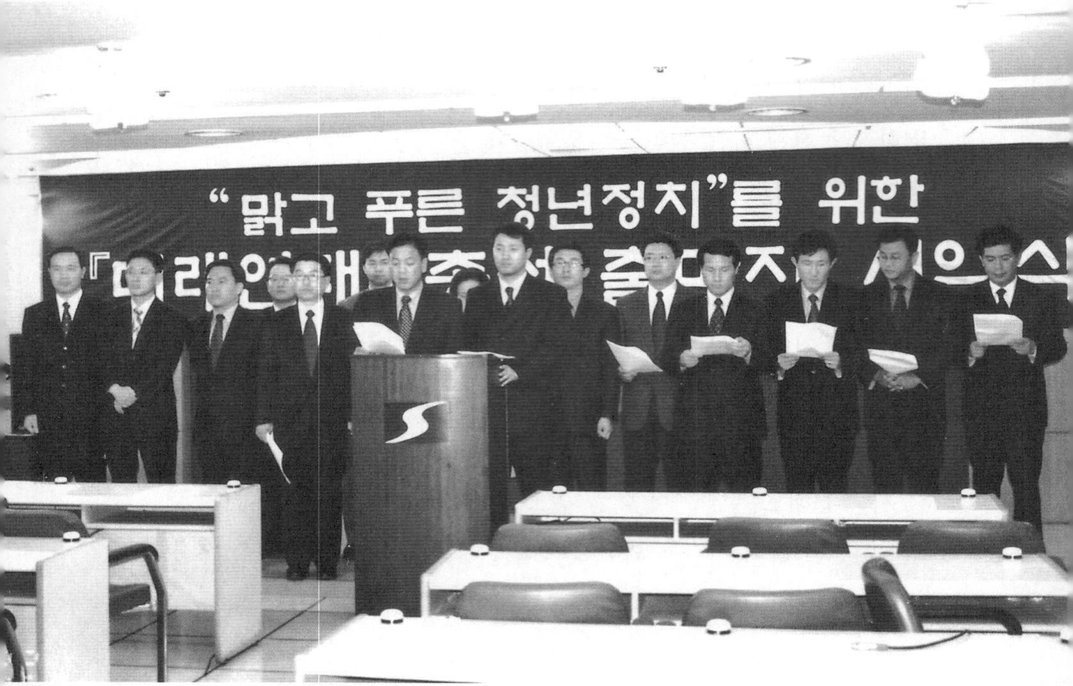
“맑고 푸른 청년정치”를 위한

고 다수의 의견을 따라가는 경향이 있다. 이 때문에 여론조사에서 나타난 지지도와 실제 투표 사이에 상당한 오차가 발생하는 것이다.

다음으로 '미네르바 효과'란 경제정책에 대한 비판 글을 올린 것이 재판까지 간 인터넷 논객 미네르바 사건의 영향으로, 정권이 무서워 속마음을 털어놓지 못하는 현상을 일컫는다. 2010년 ARS 여론조사의 경우 2~3%의 응답률을 보였는데, 이는 4년 전 지방선거의 5~8%의 응답률보다 현저히 낮아진 것이다. 미네르바 효과 때문이었다. 여론조사에서 침묵했던 사람들이 비밀이 보장되는 투표장에서는 자신의 소신대로 투표를 하니 여론조사와 투표 결과가 달라질 수밖에 없었다.

'블랙박스 효과'는 여론조사 공표 금지 조항에 따라, 일정 기간 민심 변화의 추이를 파악하기 힘들기 때문에 나타나는 상황을 말한다. 선거 일주일 전 발표된 여론조사에서 한나라당 지지율이 상당히 높게 나타남에 따라, 한나라당 지지자 중 일부는 투표를 할 필요성을 느끼지 못해 투표하지 않았던 것으로 조사되었다. 이 때문에 여론조사보다 실제 한나라당의 지지율이 상당 부분 떨어지게 된 것이다. 이 블랙박스 효과가 여론조사와 실제 지지율이 차이나도록 하는 가장 큰 원인이었던 것으로 분석되었다.

이러한 원인 외에도 유선전화만을 대상으로 한 조사방법상의 문제, 지나치게 남발된 여론조사로 인한 유권자들의 여론조사 기피, 조사 업체들이 조사 의뢰자에게 유리하게 조사 결과를 의도적으로 만들어내는 점 등이 여론조사의 신뢰성을 떨어뜨리는 원인이 될 수 있다.

하지만 가장 큰 원인은 '믿고 싶은 사실'만 믿으려 하는 당의 자세에 있다. 외부 여론조사와는 달리 당시 여의도연구소의 여론조사는 실제 선거 결과에 거의 근접했다. 하지만 이를 보고받은 선거캠프는 "어째서 여의도연구소 조사 결과가 외부 조사 결과와 큰 차이가 나느냐?"며 역정을 냈다. 결국 현실을 그대로 받아들이기보다는 '믿고 싶은 사실'만을 믿었던 것이다. 이 때문에 사태의 심각성을 미리 파악하여 사전에 대처하지 못했던 것이다.

여론조사는 요술방망이다. 조사 방법과 대상에 따라 수시로 변할 수 있기에 여론조사는 민심의 흐름을 읽는 참고 자료일 뿐이다.

여론조사의 효용성을 부정해서도 안 되지만 맹신해서도 안 된다. 여론조사를 정세 판단의 도구로 적절히 이용하는 지혜가 필요하며 아울러 여론조사 결과를 후보자들에게 실시간으로 전달할 수 있도록 해야 한다. 정보를 제대로 전달받지 못해 더 이상 유세가 필요 없는 곳에다 힘을 쏟는 후보는 없어야 한다.

당시 실시된 여론조사에 의하면 새누리당의 정당 지지율은 40%대를 유지하고 있었다. 이에 비해 야당은 20%대 초반에 머물러 양당 간 지지율 격차가 거의 2배에 달했다. 더욱이 야당의 지지기반인 호남에서도 새누리당과 야당의 지지율 격차가 5%에 불과하여 이런 상황에서 총선을 치를 경우 새누리당이 전국적으로 승리하는 것은 물론 호남에서도 의석을 확보할 수 있을 것이란 기대감이 높아지고 있었다.

하지만 여론조사가 여론을 그대로 반영하는 것도 아니며 여론이란 언제든지 변할 수 있는 것이다. 여론조사 결과를 믿고 지나치게 낙관한다면 2010년 지방선거의 뼈아픈 패배를 또다시 반복할 수밖에 없다. 온고지신의 지혜를 발휘하기는커녕 순간의 방심과 자만에 빠져 과거의 실수를 반복하는 우를 범해서는 안 된다.

바닥 민심에 귀 기울여 서민과 중산층을 비롯한 2030세대 등 세대와 계층을 아우르는 정책 개발과 당내 계파 갈등 해소, 투명한 공천제도 확립 등 부단한 쇄신 노력 없이 당원들만 가득한 유세장의 뜨거운 열기를 보고 민심을 오판하는 오만함에 빠져서는 안 된다.

선거의 승패를 좌우할 젊은 세대와 부동층은 유세장을 찾지 않는다. 그들의 마음을 잡지 못하면 언제든지 풍찬노숙했던 천막당사 당시의 새누리당으로 돌아갈 수 있음을 기억하자.

# "보수정당으로서 도대체 어떤 매력이 있나?"

## - 젊은이들이 새누리당을 싫어하는 이유

다음 아고라 토론방에서 네티즌들로부터 '젊은 세대가 한나라당을 싫어하는 이유'를 들었다. 한나라당 시절의 자료지만, '한나라당'을 '새누리당'으로 바꾼다고 해도 그리 다르지 않을 것이다. 반면교사로 삼기 위해 내용과 이유가 비교적 구체적이고 과도하게 감정적이지 않은 글들을 추렸다.

- 공평하지 않아서 그렇다. 정의롭지 않아서 그렇다. 약자의 아픔을 알아주지 않고, 가난한 자의 신음에 귀를 닫아서 그렇다. 민심에 귀를 기울이지 않으면 언제나 국민은 등을 돌린다.

- 개발세력의 역사적 유통기한은 끝났다.

- 고용창출, 경기 활성화, 홍수예방이라는 거짓 명분으로 4대강에 돈을 들일 게 아니라, 국민이 정녕 원하는 곳에 그 예산을 써야 한다. 가령 아이를 안심하고 맡길 수 있는 어린이집을 전국에 만들면 보육교사, 조리사, 관리원 등의 고용이 창출되고 경제가 활성화되는 것은 물론 저출산 문제도 해결된다.

- 부자와 재벌만을 위한 정책 일변도였다는 것을 국민들은 다 안다.

- 공권력을 강화하고, 언론을 장악하고, 안보를 핑계로 공안정국을 조성하는데 어찌 좋아할 수 있을까.

- 90년대 학번으로서 요즘 젊은이들의 당당함, 자신감을 높이 평가한다. 그런데 정치권은 요즘 젊은이들의 비전과 고뇌를 잘 모르고 그냥 노동

자, 월급쟁이, 단순한 한 표로 보는 것은 아닌가.

- 도대체 보수정당으로서 어떤 매력이 있나. 민족주의를 계승한 것도 아니고, 그렇다고 도덕성이 높은 것도 아니고.

- 보수 특유의 과감한 결단력과 추진력을 보여줘야 하는데 그렇지 못하다. 보수 명분을 단 짓이 아니라 진짜 보수의 모습을 보여줘야 민심을 얻을 수 있다.

- 말만 앞서고, 말과 행동은 하나도 일치하지 않고, 자신들과 특정 집단들의 이익만을 대변한다. 새로운 생각과 도전을 말하지만 결국 본인들은 구태의연한 생각과 방법을 답습하면서, 마치 그것이 대단한 것처럼 포장하는 모습은 역겹다.

- 입과 힘으로 정치를 하려는 정당이기 때문이다. 힘보다는 배려하는 마음으로 정치를 해야 한다.

- 도덕불감증, 민주주의 실종, 청년실업, 대학등록금 두 배, 공약 폐기, 물가상승, 전세 대란…. 보수든 진보든, 기본을 지키고 국민이 이해하고 납득이 갈 만한 행동을 할 때 지지해 주는 것이다. 복지국가 돌입 발언, 부자 감세, 서민경제 파탄, 각종 국책사업 파탄 등은 기본이 안 지켜지고 민심을 모르니 벌어진 일이다.

- 공평하지 않아서 그렇다. 정의롭지 않아서 그렇다. 약자의 아픔을 알아주지 않고 가난한 자의 신음에 귀를 닫아서 그렇다. 민심은 천심이다.

- 민심은 정확하다. 노무현이 실수할 때 노무현에게서 등을 돌렸다. 그때는 민심을 존중해야 한다더니 자신들에게 불리해지니 무조건 눈 가리고 귀 막고 있다. 한나라당의 가장 큰 죄는 자신에게만 관대하다는 거다.

- 젊은이들은 권위주의를 싫어한다. 민주정부 10년을 거치면서 상당수 국민들의 의식이 높아졌다. 그런데 지금의 한나라당과 이명박 정부를 보면 얼마나 권위적이고 거만하게 보이는지 아는가? 노무현이 다 잘한 건 아니지만 그래도 국민들과 소통하려고 노력했다. 그런데 한나라당과 이명박 정부는 국민과 허심탄회하게 대화를 한 적이 없다. 토론하자고 하면 일방적으로 설득이나 하려고 드는데 젊은이들이 좋아할 수 있겠나?

- 무엇이 문제인지 모른다는 것 자체가 한나라당에 미래가 없다는 증거다.

- 젊은층의 지지를 얻기 위해서는 청년실업을 해소해야 한다. 청년실업 해소를 위한 최우선적 과제는 재벌개혁이다.

- 기득권을 꽉 쥐고 주무르는 것은 그렇다고 치더라도, 왜 권리와 특권만 챙기고 의무는 내팽개치나. 군대는 갔다 왔나? 공정한 경쟁은 하고 있나? 당신들의 자식들은 어떤가?

- 비정규직이 절반을 넘고 재벌들은 피자와 통닭 장사까지 나섰다. 서민들은 뭐 해먹고 살아야 하나? 비정규직을 양산하는 당신들의 정책을 어느 서민이 지지해 줄 수 있겠나?

- 공정하지 못하고, 정의롭지 못하고, 약자에게 강하고, 강자에게 약하다.

- 나라 빚 사상 최대, 빈부격차 사상 최대, 엥겔계수 5년 만에 최대, 간접세 사상 최대. 그런데 30조 원씩 들여 삽질이나 하고 있다.

- 등록금, 비정규직, 육아, 취업… 어느 한 가지라도 젊은 사람들을 위한 정책을 편 일이 있나?

- 부패한 이념정당이다. 새로운 얘기를 하면 늘 좌빨 타령과 북한 타령이나 하니 구역질이 난다. 이슈화되는 문제들은 이념 딱지를 붙여 공론화

자체를 못하게 하면서, 자신들의 기득권을 지키는 정책은 몰래, 목숨 걸고 시행한다. 당신들은 5%를 위해 95%를 희생시키는 정당이다.

- 식상한 색깔론을 내세우지 말고, 민생경제와 물가안정으로 승부해라.

- 쓴소리만 하는 보좌관을 두어라. 출근해서 퇴근 때까지 좋은 말은 한마디도 못하게 하고 쓴소리만 하게 해라. 그러면 민심을 알게 될 것이다.

- 반값 등록금 공약에 속은 대학생들은 천문학적인 등록금 때문에 빚내서 대학엘 다니고 심지어는 자살도 한다. 빈부격차가 사상 최대로 커져서 부자는 더 부자가 되고, 중산층은 서민으로, 서민은 빈민으로 전락했다. 책임질 일이 없다고 생각하는가?

- 젊은이들은 국방의 의무를 위해 2년의 시간을 희생하는데, 대통령을 비롯해 국무총리, 장관, 여당 대표 등이 군대에 안 간 한나라당을 좋아하겠나?

- 부동산은 거품, 높이 오른 물가, 선거철엔 북풍, 틈만 나면 거짓말, 선거공약 뒤집기, 유전무죄 무전유죄, 언론 장악, 독재정치, 공기업 사유화, 친재벌 정책, 4대강 삽질, 고액 대학 등록금, 구멍 뚫린 국방, 재개발 사기, 금융사기, 천안함 피격, 연평도 포격 사건 무대책, 남북 긴장 악화.

- 한나라당 =기성세대. 젊은이들 등골 빠지게 한 장본인.

- 문제의식 결여, 책임의식 전무, 국가의식 실종, 민족의식 고갈, 청렴함 제로.

- 표현의 자유를 억압한 게 가장 큰 문제다. 솔직히 댓글도 마음대로 못 달겠다. 몰래 정보 수집을 해둘 것만 같아서.

# ⟨복면가왕⟩에서 읽는
# 정치판

-------

요즘 ⟨복면가왕⟩이라는 예능 프로그램이 인기다. 복면을 쓰고 정체를 숨긴 출연자들이 노래 실력을 겨루면 청중들이 투표를 통해 승자를 가린다. 패배한 사람은 복면을 벗고 자신의 정체를 드러낸다. 복면을 벗을 때마다 전혀 예상치 못한 인물이 등장하여 시청자들의 탄성을 자아낸다.

얼굴을 숨기고 노래를 부르는 이유는 출연자들에 대한 청중들의 편견을 없앤다는 이유도 있겠지만, 가장 큰 이유는 궁금증 유발일 것이다. 이런 색다른 포맷 때문에 큰 인기를 누리고 있지만 누가 뭐래도 이 프로그램의 본질은 '누가 노래를 잘하느냐'다. 전적으로 청중들의 선택을 통해 결정한다.

나는 ⟨복면가왕⟩이 정치를 쏙 빼닮았다는 생각을 하지 않을 수 없다. ⟨복면가왕⟩ 출연자들은 노래를 통해 경쟁하고 청중의 선택을 받아 승자가 되면 마지막에는 '복면가왕'에 도전한다. 정치인들도 자신들이 대변하는 계층이나 세대, 집단의 이익을 위해 서로 경쟁하고 그 공과를 선거를 통해 평가받는다. 모두 경쟁이라는 과정을 통해 선택을 받아야 한다는 점에서 동일하다.

그런데 참 이상하다. 가수들의 경쟁은 재미있게 지켜보면서 정치인들의 정쟁은 손가락질하고 욕한다. "국회의원들은 싸움만 한다"며 정치인들을 비난하고, 더 심각하게는 "매일 싸움만 하는 정치인들 때문에 정치는 꼴도 보기 싫다"는 정치회의론이 만연하고 있다. 하지만 정치란 공동체 간의 갈등을 조직화하여 해결해 나가는 것이고, 정치인은 공동체를 대신해 싸우는 사람이다.

현대적 의미의 정치는 전제군주의 횡포에 맞서 시민들이 대표를 뽑아 의회를 구성하면서 시작되었다. 극한 대립 상황에서 시민들의 이익을 대변하기 위해 시민들의 대표는 잘 싸우는 사람이어야 했다. 이렇게 끊임없는 싸움을 통해 시민들의 투표권을 확보하고 이를 바탕으로 시민들이 요구하는 법과 제도를 만들어 온 것이 바로 현대 정치의 발전 과정이었다.

우리가 정치 선진국이라고 부르는 영국이나 미국, 프랑스도 오랜 세월 동안 정치적 이해를 달리하는 세력들끼리 치열한 경쟁을 통해 현재의 발전된 의회민주주의를 만들어 왔다. 때로는 치열한 이념논쟁을 벌이기도 했고, 이것이 극단적으로 표출되어 전쟁으로까지 비화돼 수많은 사람들이 피를 흘리기도 했다. 우리가 아는 영국의 청교도혁명·명예혁명이 그러했고, 프랑스에서도 수많은 희생을 치른 끝에 시민혁명을 이룬 뒤에도 좌파와 우파의 끊임없는 대립이 계속되었다. 좌파와 우파라는 말의 기원이 프랑스 혁명 후 소집된 의회에서 급진적인 자코뱅파는 의장석 왼쪽에, 점진적 변화를 원하는 지롱드파는 오른쪽에 앉은 것에서 유래했다는 것은 모두가 아는 상식이다.

우리 정치도 마찬가지다. 자신이 추구하는 가치를 위해 늘 싸워야 한다. 지금은 국회선진화법 때문에 몸싸움이 사라졌지만 내가 몸담았던 16·18대 국회에서는 일 년에 서너 차례 대규모 충돌이 벌어졌다. 특히 2004년 3월 12일 노무현 대통령 탄핵 때 국회 본회의장의 살벌했던 여야 충돌과 악다구니 같은 현장의 실루엣은 내게 정치혐오의 트라우마로 남아 있다.

18대 국회 들어 국회본회장의 문이 부서지고 주먹질까지 하더니 급기야 최루탄 소동을 빚었던 후진적 정치 추태는 나와 생리적으로도 맞지 않았다. 지역구에 다니다 보면 이구동성으로 "국회에서 싸움질 좀 하지 마세요"라는 핀잔을 듣곤 한다. 맞는 말이기도 하고 틀리는 말이기도 하다.

대한민국의 현실정치는 숫자싸움이고 진영논리가 맞서는 현장이다. 토론을 하고 투표를 하는 민주주의의 겉모습은 평화로운 것 같지만 그 안에는 단 한 표라도 많으면 상대방의 의견은 무시하고 우리 측 논리로 사회를 이끌어가는 일방통행이 숨어 있다. 정치인들의 대결에 기업·관료·언론·시민단체 등이 자기들의 이익에 따라 정치참여나 무관심을 부추기거나, 때로는 갖가지 사술로 현실을 호도하기도 한다.

특히 분단 상황인 우리나라의 현실은 다른 나라보다 훨씬 복잡하고, 충돌은 사생결단식이다. 과거 정권 때야 독재와 민주의 투쟁으로 선악이 확 갈리니까 차치하고서라도, 노무현 정권 때 국가보안법이나 사립학교법 파동, 이명박 정권 때 세종시 이전 문제 등은 참으로 애매하다.

국정교과서 채택과 노동·금융·공공·교육 등 4대 개혁 방향에 대해서도 정치권은 사사건건 대립하였다. 대한민국 대표팀이 축구 경기를 할 때만 온 국민이 한마음이고, 프로야구 지역구단이 타구단과 경기할 때만 그 지역의 의견이 합치된다.

야당은 국정원의 정치개입을 비판하지만, 국정원장이 정치인 사찰과 도청 문제로 구속된 것은 야당이 정권을 잡았을 때의 일이다. 새누리당은 야당이 국정의 발목을 잡는다고 비판하지만, 나도 16대 국회 때 김대중 정권의 총리 후보 두 명을 청문회에서 연거푸 낙마시킨 경험이 생생하다. 여성과 언론사 사주 출신 총리 후보였는데, 법적·도덕적 흠결이 많긴 했지만 지금 와서 보니 정권의 입장에서는 얼마나 곤혹스러웠을까 이해가 간다.

남경필 경기지사가 정무부지사 자리를 사회통합부지사로 바꾸면서, 야당 출신인 이기우 전 의원을 임명했다. 한국 정치에서 새로운 실험인 연정聯政인데, 예산심의권 등을 갖고 있는 경기도의회는 여소야대이면서도 대체로 남 지사에게 협조를 잘하고 있다. 1년쯤 지나자 서서히 자리를 잡아 가고 있는 것이다. 여소야대 상황을 극복하기 위한 고육지책인지, 정치적 소신에 의한 결단인지 시간이 지나가야 평가를 받을 수 있을 것 같다. 그런 남 지사가 어느 지역의 야당 단체장과 지역발전을 위한 MOU(양해각서)를 체결했다. 그런데 그 지역 발전 공약은 현실성이 희박한 것으로 선거 때마다 논쟁이 있는 것이어서,

우리 당의 당협위원장은 불만이 이만저만 아니다. 결국 야당의 손을 들어준 셈인 남 지사가 과연 새누리당 소속이 맞느냐는 것이다.

이렇게 참으로 판단하기 어려운 문제들이 정치권에 즐비하다. 쇼하지 않고 싸우지 않고 정책적으로 토론하고 국민이 선택하면 그 길을 따르는 신사紳士 같은 정치면 좋겠는데, 현안의 본질은 사라지고 저질 공방만 남았다.

그러나 가만히 생각해 보자. 만약 정치인이 자신의 공동체를 위해 싸우지 않는다면 누가 그들의 이익을 대변하고 문제를 해결할 것인가? 정치인들에게 싸우지 말라고 하는 것은 정치인이기를 포기하라는 뜻과 같다. 사회적 갈등이나 문제가 있을 경우, 종교는 개인의 내면적 수양이나 믿음을 통해 문제를 해결하려고 하지만 정치는 자신들이 옳다고 믿는 바를 관철시키기 위해 치열한 논쟁을 통해 승자를 가린다. 이 과정에서 정당이나 계파가 대변하는 공동체 이익을 위해 싸우는 것은 너무나 당연하다.

그런데도 국민들은 정치인들이 싸움만 한다며 손가락질한다. 나는 그 이유의 상당 부분이 우리 역사의 특수성에서 비롯되었다고 본다. 그 첫 번째가 조선시대의 당쟁에 대한 부정적 역사관이다. 당쟁은 여러 가지 폐단을 낳기도 했지만 사상적 기반을 공유하는 정치세력들이 서로 경쟁하며 자신들의 정치적 이상을 실현시키기 위한 것으로, 현대적 의미의 정당과 비슷하다고 볼 수 있다.

하지만 일제강점기에 식민주의 사학자들에 의해 당쟁 때문에 국가의 발전이 저해되었다는 부정적 인식을 갖게 되었다. 이런 역사관을 배워 왔던 많은 분들이 정치인들의 경쟁을 '당쟁'과 비슷한 것이라고 생각하게 된 것은 아닐까?

또 한 가지 원인은 남북분단과 6·25전쟁이다. 해방 후 치열하게 전개된 좌우 이념 논쟁은 남북분단과 6·25전쟁을 거치면서 상대방을 죽고 죽이는 싸움으로 이어졌다. 이런 극한 대립만을 봐왔던 국민들에게 현재 정치인들의 정쟁도 공존을 위한 정당한 경쟁이 아니라 서로를 말살하기 위한 전쟁으로 비춰지는 것이다. 그래서 싸움만 하면 그 이유도 묻지 않고 무조건 나쁜 것으로 속단해 버리고 마는 것은 아닐까?

이유가 어쨌든 우리 정치의 수준이 국민들의 기대에 미치지 못하는 것은 사실이다. 나도 정치인의 한 사람으로서 무거운 책임감을 느낀다. 하지만 지금의 모습이 실망스럽다고 해서 정치 자체를 불신하고 무가치한 것으로 치부해서는 안 될 것이다. 서구의 의회민주주의가 수백 년 동안 치열한 논쟁을 통해 현재의 모습으로 발전해 온 것처럼, 우리 한국 정치도 수많은 굴곡을 거치며 좀 더 성숙한 모습을 갖춰 나갈 것임을 믿고 기다려 주기 바란다.

2015년 반기문 UN 사무총장이 오바마 미국 대통령에게 '상선약수 上善若水'라는 휘호를 선물해 화제가 되었다. 노자의 『도덕경』에 나오는 말로 '지극히 선한 것은 물과 같다'는 의미다. 무위無爲를 강조한 노자는 물처럼 부드럽게 만물을 포용하며 이롭게 하는 것이 최고의 선이라고 생각했다. 그래서 경쟁을 기반으로 하는 정치는 필요 없는 것, 피해야 할 것으로 여겼고 우리도 이 영향을 받아 정치에 대한 부정적

인식을 가지게 된 듯하다.

하지만 나는 다르게 해석하고 싶다. 물은 평소에는 부드럽고 모든 것을 포용하지만 자신의 앞길을 막는 것이 있으면 강하게 부딪혀 그 것을 무너뜨리고 계속 전진한다. 이것이 물의 양면성이다. 정치도 이 와 같다. 때로는 포용하고 때로는 경쟁하며 자신이 속한 정당이나 계 파가 추구하는 정치적 이상을 이루어 나가는 것, 이것이 정치가 추구 하는 선이 아닐까?

정치인들에게 싸우지 말라고 하는 것은 정치를 하지 말라는 말과 다름없다. 정치인들이 자신의 공동체를 위해 경쟁하고 싸우는 것은 정치인의 의무이자 존재 이유인 것이다. 정치인들이 싸우는 이유를 보지 않고 정쟁 자체만 보고 정치를 불신하는 것은 겉으로 드러난 현 상만 보고 그 본질은 보지 못하는 것이다.

다시 <복면가왕> 얘기로 돌아가 보자. <복면가왕>의 승자를 선택 할 때 복면이 어떻게 생겼는지 보고 결정하지 않는다. 그 사람이 어떤 노래를 어떻게 불렀는지, 누가 더 잘 불렀는지를 보고 판단한다.

정치인에게도 마찬가지 기준이 적용돼야 한다. 그들이 무엇을 위 해, 누구를 위해 싸우는지, 그것이 국민들에게 어떤 이익을 가져올 것 인지를 먼저 생각해 보고 판단하면 좋겠다.

# 술독에 빠진 정치

-------

술꾼들의 필독서인 수주 변영로 선생의 『명정 40년』이란 책을 보면 6세 때부터 술을 마신 이야기가 나온다. '백주에 소를 타고' 편에는 3인의 술꾼들, 즉 공초 오상순, 횡보 염상섭, 성재 이관구 등과 함께 술 마신 기행을 재미있게 풀어 나갔다.

지금의 성균관대학교 뒷산에 올라가 술을 마시면서 객담과 농담, 문학담을 두서없이 나누던 중 갑자기 폭우가 내렸다. 대취한 이들은 공초가 대자연과 인간 사이의 이간물인 옷을 모두 찢어 버리자는 기상천외한 제의를 하자, 옷을 하나도 걸치지 않고 언덕 아래 소나무에 매어 있던 소를 타고 시내로 진출하다가 봉변을 당했다는 이야기도 있다. 술을 마시지 않고는 살 수 없었던 시대의 슬픔, 그런 사람들의 낭만적인 이야기다.

박정희 시대 여야가 요정에서 만나 담판을 짓고 현안을 풀어 가던 시절에는 술과 함께 여자도 정치의 배후세력이었다. 전직 대통령들의 혼외자식 문제가 술과 얽혀 뭐가 진실인지 아리송한 시절이 있었다.

술로 해롱대는 정치가 스마트폰과 IT 시대를 구가하던 와중에 터진 음주실신사건도 있었다. 2015년 10월 14일 강원도의회 도정 질의에 대한 답변을 하던 중 최문순 강원지사가 의식을 잃고 쓰러진 것이다. 최 지사는 중국 안후이성 대표단과의 오찬 회동에서 낮술을 지나치게 마시고 의회에 출석했다가 쓰러져 실려 나갔다.

나도 30여 년간 기자와 정치인 생활을 하면서 술에 얽힌 이야기가 많다. 솔직히 말하자면 술을 통해서 직업에 충실할 수 있었고, 한때는 타고난 술꾼으로 불리기도 했다. 이웃 지역의 신현태 전 의원처럼 술 안 마시면서 정치를 하는 분들을 보면 참으로 존경스럽다.

지금이야 그렇게 심하게 술을 마시지 않지만, 기자 생활을 시작한 1988년엔 그야말로 대한민국 전체가 술 권하는 사회였다. <동아일보>가 석간이던 시절, 낮술에 소주 한 병이나 폭탄주 대여섯 잔은 기본이고 저녁 회의 후에 벌인 술자리는 2차, 3차, 4차까지 이어지기 일쑤였다. 그러고는 아침 7시까지 경찰서로 출근해 시경 캡에게 1차 보고를 해야 했다. 잠도 제대로 못 자고 긴장된 나날이 이어졌다.

입사한 후 두 달쯤 지났을 때 손바닥이 노래지고 식은땀이 나는 황달 증세가 있어 병원에 가보니, 급성알코올성간염이라고 했다. 술 잘 마시는 기자 한 명 들어왔다고 신기해하며 이 부서 저 부서의 회식 자리마다 불려 다니며 술을 마셨는데, 그 술을 다 받아 마시다가 결국 탈이 난 것이다. 경기도청과 경찰청, 수원지검 등 출입처마다 술 잘 마시는 기자로 소문이 나서 거의 매일 술자리가 이어졌는데도, 큰 탈 없이 지금껏 견디는 것을 보면 건강은 타고난 것 같다.

술자리에서 취재원과 마음을 터놓고 얘기하다 보면 얻을 수 있는 고급 정보가 참 많았고, 작은 팁이 특종과 기획 기사로 이어지는 경우도 많았다. 1990년대 초 10차에 걸친 화성연쇄살인사건 때는 검사·경찰관·기자들이 함께 폭탄주를 마시고 차를 타고 가다가 대형 음주교통사고를 낸 일도 있었다. 하지만 술 때문에 일어난 일이라고 해서 서로 봐준 덕에 세상에 알려지지 않고 묻혔다.

술자리에서 멱살잡이도 많았고, 그다음 날 화해하자며 또 술을 마시다가 다시 주먹질이 오가기도 하는 참으로 질풍노도와 같은 시간들이었다. 기자 시절엔 광교산에 등산을 갔다가 내려와서 술을 마시고 운전하다가 앞서가던 차를 들이받는 사고를 낸 적도 있다. 식사가 끝나면 촌지도 돌리고, 술자리는 으레 단란주점까지 이어지곤 하던 시절의 얘기다. 경기도청 출입기자 시절엔 도지사 공관에서 가수를 초대해 술자리를 갖기도 했고, 수원지검 출입기자들이 회식을 하면 2차는 반드시 단란주점에서 끝났다. 기자실에서도 툭하면 고스톱이나 포커판이 벌어지고, 끝나면 돈을 딴 사람이 으레 술을 사곤 했다.

김영삼 대통령 재임 초기만 해도 술자리가 많았으나, 서슬 퍼런 공직자 재산등록 이후 분위기가 점차 투명해졌다.

국회의원이 되고 나자 술도 마음놓고 마실 수 없었다. 안 마시면 많이 컸다고 하고, 마시고 나서 다음 자리에 가면 의원이 되더니 매일 취해 다닌다고 손가락질을 했다. 상갓집에 가면 보통 소주 한 병은 마셔야 했고, 기자들과 식사라도 할 때면 낮에도 소주 폭탄주를 대여섯 잔씩 마셔야 하니 죽을 노릇이지만 그것을 알아주는 사람은 아무도 없었다.

16대 국회의원 시절에 대표비서실장과 대변인으로서 하던 일 중 가장 고역이었던 것이 기자들과 술 마시는 일이었다. 하루도 빠지지 않고 점심 저녁으로 술자리가 서너 번씩 있어 늘 알코올성 지방간 상태였다.

내가 한나라당 대변인 시절에 대표권한대행으로 모셨던 박희태 전 국회의장은 다들 알다시피 대한민국 술 역사에 기념비적인 분이다. 1983년 춘천지검장 시절에 강원도의 군·검찰·안기부·경찰 등이 모인 지역기관장 모임에서 이분이 처음으로 양주 폭탄주를 만들어 마셨고, 이를 널리 퍼뜨렸다는 것이 정설이다. 박희태 전 의장이 대표권한대행으로 계시던 석 달가량은 대외 행사, 특히 언론계와의 술자리에 점심 저녁으로 차출돼 참으로 원 없이 술을 마셨다.

박 전 의장은 헌정사상 최고의 명대변인답게 해학도 있으셨고 술자리의 분위기를 잘 끌고 나가셨다. 그렇게 술을 즐기시던 분인데, 나중에는 한 손으로 마이크를 잡을 수도 없을 정도로 중독 증세를 보였고, 끝내 골프장 캐디 성추행 사건으로 불명예 퇴장해서 참으로 안타깝게 생각한다.

내가 직접 겪어 본 정치인 주당 중 두 번째는 이명박 전 대통령이다. 술에 관한 한 남에게 져본 적이 없다는 고 정주영 현대그룹 회장이, 신입사원 환영연 때 폭탄주 30잔을 마시고 끄떡도 하지 않는 이 전 대통령을 보고 먼저 자리를 파하자고 했다는 얘기가 있을 정도로 대주가다. 대선 경선이 막바지로 치닫던 2007년 8월 초 서울 소공동 롯데호텔에서 내게 당내 경선 선대위 대변인직을 제의하면서, 그 바쁜 시간에 둘이 마주 앉아 점심에 와인 두 병을 비운 기억이 난다.

세 번째는 고건 전 총리와 손학규 전 민주당 대표. 고 전 총리는 2000년 서울시장 때 국정감사가 끝나자 시청 옆 호프집으로 국회 행자위원들을 초청했다. 그 자리에서 폭탄주 몇 순배를 돌리면서 중간 중간 알잔을 거의 모든 참석자들과 일대일로 주고받을 정도로 술이 셌다. 손 전 대표와는 내가 비서실장으로 있을 때 수시로 술자리를 가졌다. 최근엔 2009년 10·28 보궐선거 때 이찬열 의원의 선거운동을 돕기 위해 수원에 와서 둘이 앉아 자정 무렵까지 폭탄주 20여 잔을 마셨는데, 그다음 날 새벽 성대역에서 벌어진 선거운동에 참석했다고 해서 깜짝 놀란 적이 있다.

이회창 전 한나라당 총재도 폭탄주를 은근히 즐기면서 정치적으로 이용했던 분이다. 한나라당 후보 시절 술 못 마시는 신현태 전 의원에게도 석 잔이나 폭탄주를 안겨 부축하면서 자리에서 일어나게 만들기도 했다.

정치현장에서 폭탄주 때문에 일어난 사건도 참 많다. 1986년 국회 국방위 회식사건, 1995년 기자들과 술자리에서 폭탄주를 마시다가 전직 대통령 비자금을 발설한 사건, 1999년 당시 진형구 대검공안부장이 기자들에게 한 조폐공사 파업 유도 발언으로 법무부장관이 해임되는 사건 등 여러 가지 불미스러운 일이 많았다. 새누리당 최연희 전 의원은 <동아일보> 기자와의 회식 자리에서 여기자에게 큰 실수를 해 결국 불명예스럽게 정치 생활을 접었다.

윤창중 전 청와대 대변인의 경우는 술이 얼마나 인간을, 가정을, 개인을 황폐화시킬 수 있는지 그 끝을 보여줬다. 대통령의 방미 출장길에 동행한 그가 술에 취해 인턴 여대생을 성추행했다가 해외토픽에 오르내린 스토리는 정말 눈 감고 귀 막고 싶은 심정이다. 언론인으로 사회의 부정부패와 비리 등을 질타하던 그의 처지는 그렇다 치고, 가족들은 얼마나 상처를 받았을까.

'술 권하는 사회'는 누구의 책임도 아니고 정치인인 내가 고스란히 떠안아야 할 일이다. '술 권하는 정치'는 두말할 필요 없이 구식 정치 문화다. 산전수전 다 겪은 구정치인들이 점점 줄어들고, 여성정치인이 대거 등장하고 신세대가 사회의 주류를 차지하면서, 술을 마셔야 정치를 한다는 논리는 점점 설득력을 잃고 있다. 다만 정치판에서만 술이 사라지는 변화의 속도가 좀 늦을 뿐이다.

이제 술 없는 정치판이 눈앞에 다가왔다. 술과 음모로 점철돼 있던 한국의 정치판을 갈아엎어야 한다. 치열한 시대정신으로 무장하고 그야말로 맨정신으로 국민만 바라봐야 한다.

# 국회의원이 뭐라고
# 특권 누리나

-------

'기본급은 600만 원, 입법활동비 313만 6000원, 관리업무수당 58만 원, 정액 급식비 13만 원, 명절 휴가비 775만 원, 정근수당 646만 4천 원, 야식비 59만 원…, 1인당 연간 지급 총액 1억 3796만 원.'

얼마 전 한 전직 국회의원이 밝힌 세비 수령 내역이다. 과거 내 경험에 비추어 보건대 진실에 가까워 보인다. 그는 국회의원의 특혜 200여 가지 중에서 세비歲費를 가장 큰 특혜로 꼽았다.

월급 600만 원은 그렇다 치자. 연봉 1억 3천만 원이라는 총액도 선진국인 프랑스·영국보다는 높다고는 하지만 보아넘길 수 있다. 요새 대기업 임원들의 평균 연봉이 1억 원을 훌쩍 넘긴 지 오래니까 그럴 수 있다. 어이없는 것은 부수적으로 갈라놓은 항목들이다. 정액 급식비는 뭐고, 야식비는 또 뭔가. 정근수당이라는데 출석 여부는 어떻게 적용하고 있나.

세비 수령 내역에 적히지 않은 것들도 있다. 차량유지비로 매월 35만 8000원을 받고, 유류비로 매월 110만 원을 지원받는다. 유류비와 차량유지비로만 1년에 1750만 원가량을 지원받고 있는 것이다.

이러니 국민이 국회의원을 욕하는 것이다. 기본급은 600만 원이라면서 이런저런 명분으로 돈 챙기는 꼼수가 거슬리는 것이다. 더 이해 못할 것은 국회가 '개점휴업' 상태여서 의원들이 하는 일이 아무것도 없어도 이 세비와 혜택은 꼬박꼬박 챙긴다는 점이다. 국회의원 업무와는 아무 관계 없는 질병 때문에 병상에 몇 년을 누워 있어도, 심지어 각종 비리에 연루되거나 범법 행위로 감옥에 갇혀 재판을 받더라도 혜택은 달라지지 않는다. 이렇듯 '무노동 무임금' 원칙이 적용되지 않는 곳이 우리나라 국회다.

그런데 이보다 국민을 더 화나게 하는 특권들이 있다. 연로회원 지원금이라는 명목의 연금이다. 일반 국민이 매달 30만 원씩 내야 받을 120만 원을 돈 한 푼 안 내고 받는다. 물론 전직 국회의원들이 다 받는 것은 아니고 도시근로자 평균가계소득 이하인 가난한 헌정회원들만 해당한다고는 하지만 이 또한 국민 감정을 거스르는 특혜다.

2011년에는 그동안 없던 가족수당까지 만들었다. 매달 배우자에게는 4만 원, 자녀에게는 2만 원씩 준다. 고등학생 자녀에게는 44만 원, 중학생 자녀에게는 6만 원씩의 학비도 지원한다. 통신요금도 연간 1092만 원이나 지원되고, 예비군이나 민방위 훈련도 열외다.

국가 시설인 기차 이용은 무료다. 각종 출장에는 별도로 여비와 숙박비를 지원해 준다. 해외시찰에는 비즈니스석 이상의 항공료는 물론, 출장 지역에 따라 일비와 숙식비 등을 합해 하루에 수십만 원을 별도로 받는다. 업무추진비 명목으로 받는 돈도 수백 달러다. 그러다 보니 해외시찰을 빙자한 해외여행이 잦을 수밖에 없다.

공식적으로 보좌직원 7명과 인턴 2명 등 총 9명의 보좌진을 둘 수 있고, 이들의 인건비는 모두 세금으로 지원된다. 현재 이들 보좌진에 대한 인건비 명목으로 국회의원 1인당 연간 4억 원에 가까운 세금이 지원되는 것이다. 과거에는 자신의 친인척을 보좌직원으로 등록하고 실제는 2~3명만 근무하게 한 뒤 그 급여를 챙기는 경우도 있었다.

두 번이나 국회의원을 했던 처지로서 남의 일이라 핑계 댈 일도 아니다. 마치 처음 듣는 양 시치미 뗄 일도 아니다. 액수와 항목의 차이는 다소 있으나 나도 그런 특혜 속에 있었다. 그리고 그 특혜를 당연하듯 누려 왔던 것도 사실이다. 심지어 그런 특혜가 일반 서민과 차별화되는 나만의 권력이라고 착각한 적도 있다. 두 번의 당선과 한 번의 낙선, 그리고 한 번의 당선무효를 겪고 난 지금, 하느님 앞에 고해성사告解聖事하는 마음으로 이 글을 쓴다.

지금까지 누리던 국회의원의 특혜는 내려놔야 한다. 세비는 당당하게 총액으로 정해야 한다. 부수입으로 챙기는 모든 항목을 없애야 한다. 가족에게 주어지는 수당도 근거 없다. 국회의원의 자녀와 일반 국민의 자녀가 어떤 근거나 기준에 의해서도 차이가 있어서는 안 된다.

VIP실로 무사통과하는 공항 특혜도 없애야 한다. 일반 국민과 함께 줄 서고 검색받아야 한다. 의정 활동에 꼭 필요한 특권을 제외한 모든 것을 골라내야 한다. 그렇게 되면 지금의 특혜보다 100개쯤 줄수 있을 거라고 본다.

대표적으로 비난받는 특권이 면책免責특권이다. 이 역시 손질이 필요하다. 과거 독재에 맞서야 했던 시절엔 필요했다. 서슬 퍼런 권력의 폐부를 찌를 최소한의 성역이 필요했다. 하지만 지금도 그럴 필요가 있는지는 따져봐야 한다. 근거 없는 폭로, 허위 사실 유포가 면책특권 뒤에 숨어서 자행되고 있다. 어차피 국회의원의 정당한 발언은 언론이 지키고 국민이 지킨다. 역시 폐지하거나 합리적으로 축소할 필요가 있다.

최고의 복지국가요 선진국이라는 스웨덴에서는 꿈도 꾸지 못할 일이다. 2012년 기준으로 스웨덴 국회의원의 세비는 우리나라 돈으로 연간 1억 1312만 원이지만 이 나라 국민의 1인당 GDP는 우리나라의 두 배에 가깝다. 세비 이외에 특별수당이라는 것은 아예 없다.

유류비나 차량유지비 지원도 없다. 이들은 주로 대중교통을 이용해 출퇴근을 하고 업무를 본다. 그리고 이럴 경우에만 그 비용을 사후에 보전받는다. 해외출장을 위해 비행기를 이용할 때에도 우리나라처럼 비즈니스석이 아닌 이코노미석을 이용해야만 비용을 보전받을수 있다. 공무상 해외에 나가더라도 그 비용은 임기 중에 약 850만 원 한도 내에서만 가능하다. 스웨덴 국회의원에게도 휴대전화 사용료는 지원된다. 하지만 반드시 공무에 한정된 통화일 경우에만 지원이 될뿐, 개인 용도의 통화는 제외된다.

스웨덴 국회의원에게는 개인보좌관 제도라는 게 없다. 공식적으로는 1명의 정책보좌관이 4명의 국회의원을 보좌한다. 간혹 정당에 소속되어 있는 비서의 도움을 받을 수는 있지만, 그것도 의원 2명당

1명의 비서가 고작이다. 그러다 보니 의원이 직접 전화를 받고 스케줄 관리까지 하는 경우가 태반이다. 그럼에도 불구하고 의원이 발의하는 의안 수는 4년 임기에 평균 100여 개다. 전 세계에서 가장 활발한 의정 활동으로 꼽힌다. 우리나라 국회의원들이 반성해야 할 대목이다.

선거 때마다 후보들은 저마다 이런 특권을 없애겠다고 약속한다. 국회의원들에 대한 국민들의 반감이 고조될 때마다 스스로 특권을 내려놓겠다는 약속을 방패막이처럼 내세운다. 한두 번 얘기된 것이 아니다. 아마 그 약속이 지켜졌다면 지금 의원들의 특권은 절반 이하로 줄어들었을 것이다. 그런데 선거가 끝나고 개원開院하면 없던 일이 돼버렸다. 당선이나 되고 보자라거나 소나기만 피하고 보자는 심리에서 내건 거짓 약속이었다.

왜 이런 약속이 되풀이되는데도 지켜지지 않는 것일까. 이유는 간단하다. 누군가 앞장서지 않아서 그렇다. 서로 눈치만 보기 때문이다. 어쩌다 이런 이야기라도 꺼낼라치면 '긁어부스럼 만들지 말고 잠자코 있으라'는 무언의 압박과 눈총이 사방에서 날아든다. 이런 분위기에는 여야가 따로 없다. 국회의원의 특권 내려놓기는, 그야말로 고양이 목에 방울을 다는 일이다.

그래서 결심했다. 고양이라는 특권에 폐지라는 방울을 내가 나서서 달 생각이다. 기회만 주어진다면 국회의원 특권 폐지를 위한 기구를 내가 주도해서 만들려고 한다. 그 기구 안에 국회의원과 일반 국민을 같은 숫자로 참여시키고, 그 안에서 우선 의원들이 누리는 특권의

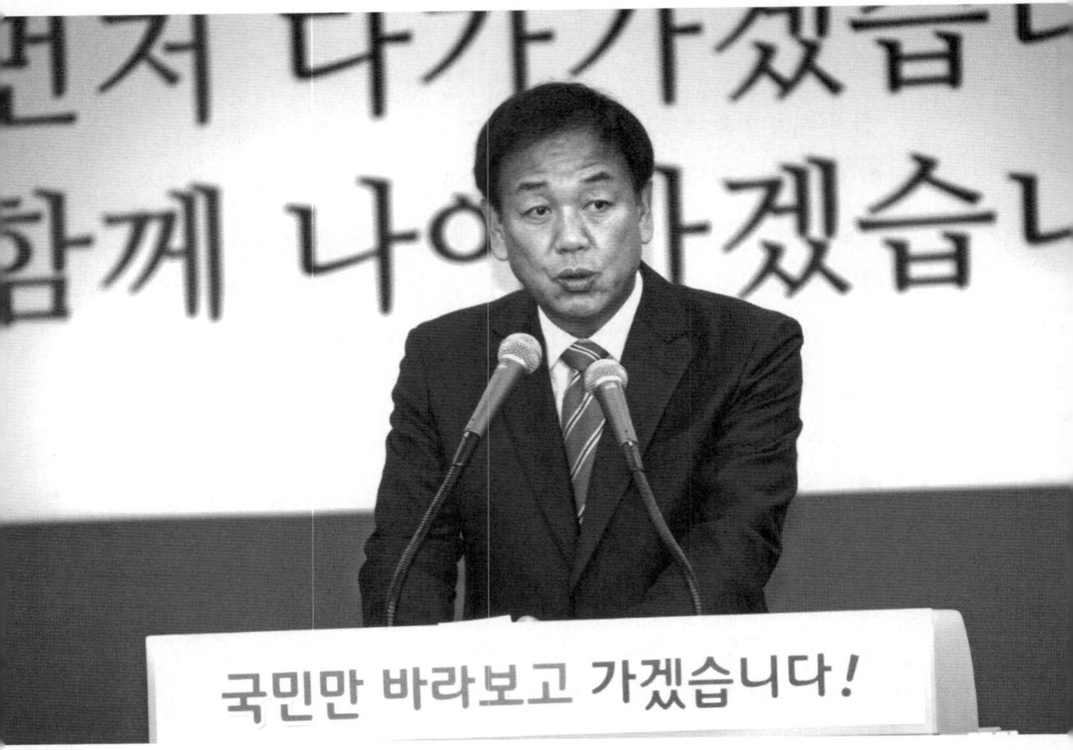
국민만 바라보고 가겠습니다!

내용을 분석할 필요가 있다. '버려야 할 특권' '축소해야 할 특권' '존치해야 할 특권'을 구분하는 것이다. 이렇게 추려진 의견을 국회 내 특별위원회나 관련 소위원회에 정식으로 상정해서 관철시키는 게 목표다.

경험에 비춰 보건대 이런 일은 언론과 시민단체의 응원과 감시를 받으며 추진하면 속도를 낼 수 있다. 물론 쉽지 않을 것이라는 걸 잘 안다. 움켜쥐기는 쉽지만 버리기란 결코 쉽지 않기 때문이다. 많은 반대와 회유에도 시달릴 게 분명하다. 어느 순간 내 스스로 포기하고 그 속에 안주해서 묻어 갈는지도 모른다. 그래서 이렇게 공개적으로 약속하고 스스로를 다잡으려는 것이다.

이 자리를 빌려서 특권 폐지 활동의 구체적인 계획을 공개해 둔다. 시작은 등원 1년 이내, 1차 기구는 국민 참여 기구, 2차 행동은 국회 정식 안건 상정…. 이것이 국회의원 특권 폐지를 위한 로드맵이다.

신문기자와 국회의원을 하며 산 지도 벌써 30년이 되었다. 이 세월 동안 나 역시 특별한 대우에 너무도 익숙해 있었다. 내가 제안하는 '국회의원 특권 내려놓기 운동'은 그 반성과 참회의 의미다.

# 살아온 기적,
# 살아갈 기적

------

희망은 볼 수 없는 것을 보고, 만질 수 없는 것을 느끼고, 불가능한
것을 이룬다.
　　　　　　　　　　　　　　　　　　　　　　　　　- 헬렌 켈러

못 가진 것에 대한 욕망으로 가진 것을 망치지 말라. 하지만 지금
가진 것이 한때는 바라기만 했던 것 중 하나였다는 것도 기억하라.
　　　　　　　　　　　　　　　　　　　　　　　　- 에피쿠로스

희망은 어둠 속에서 시작된다. 일어나 옳은 일을 하려 할 때, 고집스
런 희망이 시작된다. 새벽은 올 것이다. 기다리고 보고 일하라. 포기
하지 말라.
　　　　　　　　　　　　　　　　　　　　　　　　- 앤 라모트

희망을 이야기하면 가슴부터 벅차오른다. 절망을 겪어본 사람은
더욱 그렇다. 철없던 사춘기를 빼고는 그다지 절망할 일 없이 인생을
살아오다가, 의원직 상실이라는 충격을 받은 뒤로 내 삶의 태도는 퍽
조심스러워졌다.

믿는 도끼에 발등 찍힌다고 가까운 사람에게 당하고 나니 가까이 있는 사람도 한 번 더 쳐다보게 되었다. 그러다가 방광암 판정을 받은 뒤로는 아예 세상이 무서워졌다. 나 자신도 믿지 못하게 됐다. 술도 6개월 동안 한 방울도 마시지 않았다.

수원사 주지인 성관 스님의 주선으로 3개월 과정의 불교 교리반 강의도 듣고, 책에도 푹 빠져 지내면서 그나마 위안을 받을 수 있었다. 달리기에도 재미를 붙여 일주일에 서너 차례 서호천변에서 땀을 흘리던 와중에, 우연히 고 장영희 교수의 『살아온 기적 살아갈 기적』 이라는 에세이집을 접했다.

밤을 새워 단숨에 읽고 그 뒤로도 서너 번 숙독을 하면서, 나는 삶에 대한 의지와 희망이 얼마나 위대한가를 절감했다. 내가 맞닥뜨린 실의와 좌절, 방황의 역정은 장 교수에 비하면 참으로 부끄러울 지경이었다.

장 교수는 두 살에 열병을 앓고 나서 소아마비에 걸려 평생을 목발에 의지하는 1급 장애인으로 살아왔다. 서강대 영문과를 졸업하고 미국 유학길에 올라 뉴욕주립대에서 영문학 박사학위를 받았다. 그리고 귀국해서 모교의 영문과 교수로 재직하는 동안 번역가로, 칼럼니스트로, 교과서 집필자로 왕성하게 활동했다.

암 투병 와중에도 아무 내색 않고 평소와 다름없는 생활을 유지해 '천형天刑 같은 삶과 암을 이겨낸 여교수'로도 알려져 있는 장 교수는 이 책에서 자신의 불행에 아랑곳하지 않고 참으로 담담하게 삶의 희망을 노래한다. 누군가에게 받은 상처 때문에 마음의 벽을 쌓아갈 때 이 책은, 아니 장 교수는, 눈물 또한 삶의 일부분이며 그것이 어쩌면 행복의 작은 씨앗일지도 모른다고 위로해 준다.

이 책의 내용 중에 압권은 논문을 도둑맞은 사건이다.

뉴욕에서의 고단한 유학 생활 6년째, 학위논문을 마무리짓고 행복한 귀국을 꿈꾸고 있을 때였다. 그런데 완성된 논문을 제출하기 직전에 옷과 소지품 등이 들어 있는 여행용 가방을 도난당했다. 2년여를 공들인 학위논문 최종본도 거기에 있었다. 당시에는 컴퓨터가 아닌 전동타자기로 작업을 해서 저장된 것도 복사본도 없었다. 처음부터 논문을 다시 써야 하는 것이다.

그 자리에서 기절한 장 교수는 기숙사로 돌아와 아무것도 먹지 않은 채 꼬박 닷새를 두꺼운 커튼을 치고 죽은 듯이 지냈다.

무거운 가방을 메고 목발을 짚고 눈비를 맞으며 힘겹게 도서관을 드나들던 일, 엉덩이에 종기가 날 정도로 꼼짝 않고 책을 읽으며 지샜던 밤이 너무나 허무해 죽고 싶었다고 했다. 그렇게 닷새를 보내고 맞은 아침, 문득 눈을 뜨니 커튼 사이로 한 줄기 햇살이 스며들어 어두침침한 벽에 가느다란 선을 그으면서 마음속 깊은 곳에서 속삭이는 어떤 목소리를 듣는다.

'괜찮아. 다시 시작하면 되잖아. 다시 시작할 수 있어. 기껏해야 논문인데 뭐. 그래, 살아 있잖아. 논문 따위쯤이야.'

"선택의 여지가 없어져 본능적으로 자기방어를 하고 있는 것인지도 몰랐다. 그러나 그것은 분명 절체절명의 막다른 골목에 선 필사적 몸부림이 아니었다. 조용하고 평화롭게 있는 그대로를 받아들이고 일어서는 순명順命의 느낌, 아니, 예고 없는 순간에 절망이 왔듯이 예고 없이 찾아와서 다시 속삭여 주는 희망의 목소리였다."

그렇게 장 교수는 다시 시작한다.

그 경험을 통해 절망과 희망은 늘 가까이에 있다는 것, 넘어져서 주저앉기보다는 차라리 다시 일어나 걷는 것이 편하다는 것을 배웠다고 담담하게 이야기한다. 하느님이 인간에게 실패를 맛보게 하는 것은 일어서는 법을 가르쳤기 때문인 것 같다고 짐짓 태연해한다. 그런 우여곡절 끝에 1년 후 다시 완성한 논문 첫 페이지에 이런 헌사를 적어 넣었다.

"내게 생명을 주신 사랑하는 나의 부모님께 이 논문을 바칩니다. 그리고 내 논문 원고를 훔쳐가서 내게 삶에서 가장 중요한 교훈 - 다시 시작하는 법을 가르쳐 준 도둑에게 감사합니다."

장 교수는 이 글에서 말한다. 다시 시작하는 법을 배우기 위해 1년은 충분히 투자할 가치가 있다고.

장 교수는 유방암으로 3년여에 걸친 투병 생활 끝에 완치됐으나, 얼마 지나지 않아 척추암 진단을 받았다. 유방암이 전이됐던 것이다.

병원에서 입원하라는 전화를 받고도 놀라지 않고 "꿈에도 예기치 않았던 일인데도 마치 드디어 올 것이 왔다는 듯, 그냥 풀썩 주저앉았을 뿐"이라고 적고 있다. 그러면서 인생에서 숱하게 넘어졌고 남들보다 더 자주 넘어졌지만, 아마도 다시 일어서는 법을 가르치기 위해 신이 자신을 넘어뜨린다고 믿는다며 담담히 받아들였다.

그 후 지독한 항암과 방사선 치료를 받았지만 또다시 간으로 전이돼 더욱 고통스런 치료를 받으면서도 희망을 잃지 않았다. 음식을 삼키는 게 아니라 식도에 칼을 집어넣는 것 같다고 말하면서도 얼굴에서 웃음기를 거두지 않았던 장 교수다.

힘에 부치는 항암치료와 통증으로 인해 꼼짝없이 병원 침대에 누워 있으면서도 일상으로 돌아오는 희망을 놓지 않았다.

"창밖으로 보이는 파란 하늘 아래 드넓은 공간, 그 속을 마음대로 걸을 수 있는 무한한 자유, 아침에 일어나 밥 먹고 늦어서 허둥대며 학교 가는 김빠진 일상이 미치도록 그리웠다. 바쁘게 일하고 사람들을 만나고 누군가를 좋아하고 누군가를 미워하고 - 그렇게 아름다운 일을, 그렇게 소중한 일을 마치 아무 일도 아니라는 듯 태연히 행하고 있는 바깥세상 사람들이 끝없이 질투나고 부러웠다."

그렇다. 절망해 본 사람만이 공감할 수 있는 일상의 소중함이다.

장 교수는 신체장애나 암 투병 등의 어려움을 극복하는 힘이 어디에서 나오냐는 질문을 받을 때마다, 그냥 본능의 힘이라고 대답하곤 했다. 의지와 노력으로 가질 수 있는 힘이 아니라 내공의 힘, 그리고 세상에서 제일 멋진 축복이 희망이라고 말했다. 컴컴한 독 안에 들어 있는 쥐보다 한 줄기 빛이 내리쬐는 독 안에 든 쥐가 더 오래 사는 것처럼 희망의 힘이 생명까지 연장시킨다고 힘주어 말했다.

그 희망의 위대한 힘을 믿고, 누가 뭐래도 희망을 크게 말하며, 새 봄을 기다리던 장 교수는 건강이 조금만 회복되어도 글쓰기를 멈추지 않았다.

새옹지마塞翁之馬라는 옛말처럼 좋은 일이 나쁜 일로 이어지는가 하면, 나쁜 일은 다시 좋은 일로 이어지기를 끝없이 반복하는 운명행진곡 속에 참 용감하고도 의연하게, 그리고 성실히 살아내던 장 교수는 2009년 5월, 57세를 일기로 세상을 떠났다.

절망의 나락 속에서 희망을 갈구하는 사람들을 토닥여 주는 글을 남기고.

"괜찮아! 괜찮아!

'그만하면 참 잘했다'고 용기를 북돋아 주는 말. '너라면 뭐든지 다 눈감아 주겠다'는 용서의 말. '무슨 일이 있어도 나는 네 편이니 넌 절대 외롭지 않다'는 격려의 말. '지금은 아파도 슬퍼하지 말라'는 나눔의 말. 그리고 마음으로 일으켜 주는 부축의 말 '괜찮아'. 그래서 세상 사는 것이 만만치 않다고 느낄 때, 죽을 듯이 노력해도 내 맘대로 일이 풀리지 않는다고 생각될 때, 나는 내 마음속에서 작은 속삭임을 듣는다. 괜찮아! 조금만 참아. 이제 다 괜찮아질 거야. 아, 그래서 '괜찮아'는 이제 다시 시작할 수 있다는 희망의 말이다."

# 정조대왕에게서
# 민생을 배운다

------

1932년 발행된 잡지 《별건곤》에는 작가 최영주가 쓴 <춘색삼천리>라는 작품이 실려 있다. 삼천리에 걸친 우리나라 전역의 봄 풍경을 묘사한 수필인데, 그중에서도 '화성춘풍곡'이라 이름 지어서 우리 지역을 소개한 글이 있어 반가웠다.

"통수바위에서 나려다보는 봄빗도 내밀 수 없는 정취의 하나올시다. 이 바위는 화홍문 밧겻 광교산光敎山 드러가는 어구에 서 있는 고석바위올시다. 바위 아래로는 망세천忘世川 냇물이 흐르고 냇가에는 기름진 봄잔듸가 봄볏해 아롱아롱합니다. 여기서 선머슴들은 벌불을 노코 청솔개비 이 물에 적시어 후두를 겨끄며 우아성을 치고 놉니다. 조으는 듯 잠자는 듯 꿈을 꾸고 누엇는 듯한 시루봉時樓峰 허리의 적은 암자 청련암靑連庵의 봄빗이 당장 발밋에 보이고 살구꼿 어우러진 노리터 밋창에 물방아소리가 한가이 들니는 이곳. 구름 퍼듯 만 개한 벗지꼿 속에 안키운 화홍문 터전과 푸른 버들가지에 업히어 잇 는 수류정을 바라보는 멋. 10리 장송길에 버든 대유평大有坪 넓은 뜰 에서 들니어 오는 두레 소리. 모다가 꿈이요 그림입니다."

옛 표현이 많아 구절구절을 다 알아들을 수 있는 건 아니지만, 평화 롭고 한적한 풍경이 느껴지는 참으로 아름다운 묘사가 아닐 수 없다. 이것이 우리 수원, 화성의 멋이다.

잘 알다시피 수원 곳곳에는 정조의 숨결과 손길을 느낄 수 있는 곳 이 많다. 기획부터 완성까지 정조는 모든 일에 관여했다. 아버지 사도 세자를 기리기 위한 효심으로 시작되었지만, 정조 스스로도 아버지 를 죽이고 자신의 왕위 계승을 극구 반대했던 노론에 장악당한 한양 을 떠나 새로운 정치공간이 필요했다. 그곳이 아버지의 무덤과 가까 우면서도 아무런 방해 없이 자신의 정치적 꿈과 이상을 펼칠 수 있는 화성이었다.

아버지 사도세자의 비극적인 죽음, 당쟁을 해소하고 개혁을 이루 려는 정조의 의지와 기득권을 쥐고 왕을 조종하려는 노론과의 대립 은 가히 극적이다. 그래서 이 시대를 다룬 소설이나 드라마, 영화도 많 다. 이인화의 소설로 유명한 『영원한 제국』은 영화화되었고, 이서진 이 출연했던 드라마 <이산>, 배우 현빈의 <역린>은 큰 화제를 불러 일으키며 관객 동원에 성공했다. <조선 명탐정-각시투구꽃의 비밀> 도 이 시기를 다뤘고, <사도>처럼 영조와 사도세자, 정조에 이르는 이야기를 다룬 것까지 치면 손가락으로 꼽기 힘들 정도로 많다.

우리는 이런 작품들을 통해 '개혁 군주'로서의 정조 모습을 떠올린다. 정치적 경쟁 세력과 끝없이 대립하다 끝내는 독살되고 마는 모습을 많이 보아 왔기 때문이다. 그러다 보니 정조가 백성의 삶을 최우선에 둔 '민생 군주'였다는 사실을 망각하기도 한다. 왕위에 오른 정조는 제일 먼저 왕권을 강화하기 위해 온힘을 다했다. 그것은 곧 사대부의 권력을 약화시키는 것을 의미했다. 그렇게 강화된 왕권으로 정조는 민생을 살리기 위해 애썼다.

『중용』의 가르침대로 '계지술사(繼志述事 : 선인의 뜻을 잘 계승하고 선대의 사업을 잘 발전시켜 나간다)'를 내걸고, 전통문화를 계승하면서 중국과 서양의 과학기술을 받아들였다. 재정수입을 늘리고 상공업을 진흥시키기 위해 육의전을 제외한 모든 시전에 독과점을 금지하는 통공정책通共政策을 폈다. 역사에서는 이를 신해통공辛亥通共이라고 부른다. 이를 위해 시전 상인들이 자유 상인을 통제하던 권한인 금난전권禁亂廛權을 폐지해 자유로운 상업을 진작시켰다. 전국 각지의 광산 개발도 적극 장려했다.

그 결과 상공업이 발전했고, 한양 인구도 크게 늘었다. 도성 밖에도 새로운 마을이 곳곳에 생겼다. 한강에는 상선들이 많이 드나들었고 포구도 늘어났다. 사람들이 북적이고, 장사꾼이 요란하고, 뱃길이 바빠졌던 세상. 조선 백성들이 한 번도 경험하지 못한 살맛 나는 세상이 펼쳐졌다.

이러한 민생정치에 정점을 찍은 것이 '화성 축조'다. 화성 축조의 방점은 백성을 배불리 먹여 살리는 자급자족에 있었다. 자급자족에 농지는 필수다. 화성 축조 과정을 담은 <화성성역의궤>에 따르면,

당시 수원 땅은 척박해서 농사짓기에 적당치 않았다. 그래서 장안문 밖에서부터 고등촌에 이르는 황무지를 개간해 26결(1결은 토지의 비옥 여부에 따라 다르지만 쌀 20섬을 수확할 수 있는 토지로 대략 1200평쯤 된다)의 농지를 만들었다. 개척만 한 것이 아니라 논을 사들이기도 해 둔전屯田으로 삼았다. 이렇게 만들어진 너른 땅이 대유평이다. 또 농사에 필수적인 저수지까지 축조했는데, 그것이 만석거다.

둔전이란 토지가 없는 아전이나 관노비, 백성들에게 농사를 지을 수 있도록 나누어주고, 거기서 거둔 세금으로 군사를 운용할 수 있게 한 국가 소유의 논이다. 자신의 땅이 없어도 수확량의 30%만 내면 누구나 농사를 지을 수 있도록 한 것이다. 땅뿐 아니라 종자와 소도 나누어주어서 백성의 농사를 도운 왕이 정조다.

큰 가뭄이 이어져 자신의 거대한 꿈이며 포부인 화성 축조 공사를 중단시키면서도 정조는 이렇게 말했다.

"삼남과 경기 지역은 가을이 되어서도 백성이 잇따라 굶주림에 쓰러지고 있으며, 서북 지역의 변방 고을들도 양곡을 대기가 어렵다고 보고하고 있다. 백성이 굶주려 죽는 우환이 온 나라에 한창 급하고, 공사의 구령 소리가 온 부府 안에서 그치지 않는다면, 저 처자를 부양하는 잔약한 백성이 원망하고 눈 흘기면서 '우리 임금은 어찌하여 성 쌓는 데 쓰는 마음을 백성을 보호하는 데 베풀지 않으며, 성 쌓는 데 드는 재물을 백성을 살리는 데로 옮겨 쓰지 않는가'라고 말하지 않겠는가."

정조에겐 최대 국책 사업인 성곽 축조보다 백성의 마음을 헤아리는 것이 더 중했던 것이다. 백성을 아끼는 정조의 마음이 물씬 묻어나는 말이다.

요사이 툭하면 여론조사를 내세워서 정책을 호도하거나 민심을 왜곡하는 경우가 왕왕 있다. 여론조사라는 게 질문 방식이나 시기, 대상에 따라 결과가 달라질 수 있어서, 정치권은 마치 아전인수처럼 자신에게 유리한 결과를 들이밀고 정책의 정당성을 주장한다. 그러나 어떤 방식의 여론조사가 되었든 변하지 않는 주제가 있다. '정치권에 바라는 것'을 주제로 삼을 때다.

대답은 하나다. 서민경제 안정, 물가안정, 일자리 창출 같은 민생이다. 국민이 바라는 것은 이념도 아니고 개혁도 아니다. 오로지 먹고사는 문제, 즉 민생인 것이다.

정조는 즉위 이듬해에 앞으로 펼칠 정책은 백성을 살리고, 인재를 양성하고, 군사제도를 정리하고, 재정을 늘리는 것이라고 공포했다. 이 가운데 어떤 정신이든 소중하지 않으랴마는, 지금의 시대정신과 맞는 것으로 치환할 필요가 있다. 그것이 역사에서 현재를 배우는 옳은 자세다. 정조를 통해 내가 세운 정치의 목표는 '민생'이다. '백성을 살리는 일', 이제 그것을 실현하기 위해 '어떻게'를 고민해야 할 차례다.

오늘도 거북시장을 지나다가 한 상인을 만났다.

"아이구, 어떻게 좀 해봐요. 장사 안 돼 죽겠어요!"

내겐 이 분뿐 아니라 대한민국 국민의 타는 속을 시원하게 해줘야 할 의무가 있다. 그게 내 역할이고 숙제다.

오늘밤 꿈에 정조대왕이라도 현몽하셔서 국민들을 잘살게 하는 시원한 해결책을 가르쳐 주셨으면 좋겠다. 부질없는 생각이지만 정치를 하면서 자나깨나 머리를 떠나지 않는 간절한 화두다.

# 그 많던 수원의 명문고는
# 다 어디로 갔을까

------

"엄한 교육을 받느라 고생스럽긴 하지만 성과는 탁월하다는 자부심이 깔려 있다. 수성고는 학원에 갈 필요가 없을 정도로 딱 부러지게 공부시키고 생활습관도 제대로 가르치는 학교로 알려져 있다. '떡매'는 엄격한 생활지도를 상징하는 수성고의 전통이다. 너비 5cm, 길이 50cm인 떡매는 '사랑의 매'다. (중략) 야간 자율학습 참여율은 90%가 넘는다. 3학년생 교실은 오후 11시가 돼야 불이 꺼진다. 올해 졸업생 473명 가운데 468명 (99%)이 4년제 대학에 합격했다."

2007년 4월 16일자 <동아일보> 기사다. 야간 자율학습 참여율 90%, 2cm를 넘지 않는 짧은 머리, 사랑의 떡매, 대학 진학률 99%…. 요즘 일반고에서는 도저히 찾아보기 힘든 기록들이다. 그 시절 이런 수성고가 있는 장안구민은 자부심을 느낄 만했다. 다른 지역 학부모들의 부러움을 한 몸에 받았다. "수성고에 가면 사교육 안 시켜도 대학 보낼 수 있다"는 말이 교육계와 수원 전체에 회자됐다. 팔달·권선·영통구에서 밀려든 지원자로 웬만한 특목고 입학 경쟁률을 웃돌았다.

나는 1970년대에 고등학교를 다녔다. 100년 전통의 수원고등학교가 모교다. 남양 홍씨가 세운 자율과 사랑이 조화된 최고의 명문고다. 뒤늦게 개교된 유신고등학교도 많은 장학금 혜택과 튼튼한 재단의 지원 덕에 날로 교세가 확장됐다. 당시로서는 파격적인 교복이 상징하듯 신세대 육성의 첨단을 달렸다.

실업계 고등학교의 면모도 대단했다. 3·1정신을 계승한 삼일실업고등학교는 웬만한 인문계보다 커트라인이 높아 자부심이 하늘을 찔렀다. 70~80년대 산업역군의 산실 수원공고는 건축·토목과 등에서 많은 인재를 배출해 이름난 기업인, 건축사, 공무원, 교사 등 동문들의 자부심도 대단했다.

대한민국 농업교육의 산실이었던 수원농고는 수원고와 쌍벽을 이루며 경기도청, 농촌진흥청, 서울농대에서 수많은 인재가 활약한 명문학교였다.

수원여고, 영복여고, 매향여고 등 여학교들도 빛나는 전통을 디딤돌 삼아 수많은 인재를 배출한 명문학교로 그 자부심이 하늘을 찌르고 있다.

이러했던 수원의 명문고 역사가 한순간에 끊어졌다. 2009년, 진보 교육감들의 교육자치 때문이다. 자율이라는 미명 하에 학교에서 학생들을 가르치는 데 여러 제약이 생겼다.

학생인권선언의 등장으로 교권이 한없이 추락했고, 자율학습 폐지로 밤을 밝히던 교실의 불도 하나 둘 꺼져 갔다. 어느새 학교에서 통용되는 평등이라는 단어는 공평하게 공부하지 않는 평등을 얘기하게 됐고, 교내 자율은 선생님의 지시를 따르지 않아도 되는 방종으로서의 자율을 얘기하게 됐다. 수십 년 또는 백 년을 지켜온 전통들이 교육청의 관치官治 하에 급격히 무너져 갔다.

그 마지막 사건이 수성고에서 일어났다. 2010년 10월, 한 학생의 체벌이 세상에 알려졌다. 속칭 떡매에 의한 체벌이었다.

대부분의 학교가 인권교육에 충실한 반면, 수성고는 체벌과 자율학습 등을 고집했다. 진보교육감의 '손보기'가 시작됐다. 강도 높은 감사가 진행되더니 학교장을 문책했다.

진보 측 시민단체들은 교문 밖에서 더 강하게 학교를 압박했고 시위는 여러 날 동안 계속됐다. 한순간에 수성고는 '학생 잡는 학교' '반인륜적 학교' '구시대 학교'가 됐다. 그리고 그해 말 수성고 교장이 전격 교체되기도 했다. 그러면서 50년 역사에 걸쳐 쌓아왔던 '대학 진학 우수학교'로서의 명성과 전통을 내려놓게 됐다.

그 후 명문고의 역사는 더 이상 수원에 남아 있지 않다. 한번 곤두박질친 학생들의 학력 수준은 전국 꼴찌에서 벗어나지 못하고 있다. 인문계고의 대학 진학률도 갈수록 떨어졌다. 실업계고의 취업률도 개선되지 못했다. 다급해진 건 수원 지역 학부모들이다.

학교가 방치한 아이들을 차에 태우고 학원가를 찾아 헤매기 시작했다. 명문학원들이 있다는 서울 대치동과 분당까지 밤늦도록 실어 나르고 PC방에서 기다리다 데려오는 전쟁이 벌어졌다. 거기에 소비

되는 에너지 낭비와 사교육비 부담에 가정까지 휘청거렸다.

KDI(한국개발연구원)가 조사한 사교육 시장 자료를 보면 그 규모에 입이 딱 벌어진다. 2010년 30조 4393억 원, 2011년 31조 1014억 원, 2012년 31조 6141억 원, 2013년 33조 896억 원, 2014년 32조 8732억 원이다.

교육감 직선제가 실시된 2009년 이래 경기도 교육감에 줄줄이 진보인사가 당선됐다. 무상급식으로 상징되는 진보교육 행정이 젊은 중도 표심을 현혹시켰다.

다른 지역에서도 진보진영 교육감이 줄줄이 등장했는데 공교롭게 그 기간에 사교육 시장은 가파르게 증가한 것은 결코 우연이 아니다. 진보교육 스스로의 모순에서 그 원인을 찾을 수 있다. 진보교육이 내건 가치는 인권이 살아 있는 교육과 모두가 평등한 교육이다. 그리고 이 가치를 실현한 방법으로 공교육의 정상화를 들고 있다.

그런데 교육현장에서는 정반대의 현상이 나타났다. 학생 인권과 교사 인권이 충돌하며 갈등이 생겼고 모두의 평등을 강조하다 보니 교육 기회의 평등을 상실한 것이다. 공교육 정상화는 거꾸로 공교육 무력화로 이어졌고 그 결과가 바로 사교육으로의 이동, 즉 사교육비 증가다.

학교는 학생들을 교육하는 곳이고 그 교육을 위임한 이들은 학부모다. 교육의 구체적인 방법은 학교와 스승에게 위임돼 있다. 그것이 큰 틀의 교육에서 말하는 진정한 자율과 인권 존중이다. 그런 교육현장이 지금 진보진영에 의해 이념 실험장이 돼 있다.

경기도의 학생들이, 수원의 학생들이, 장안구의 학생들이 그 실험대에 올라 있다. 그리고 결국 전국 최하위 학력집단이라는 참담하고 부끄러운 지경에까지 이르렀다.

학생들을 가르치는 교육의 질적 측면뿐 아니고 투표를 통해서 교육감을 선출하는 방식도 되돌아봐야 한다. 40억 원에 달하는 법정선거비용, 교육자들을 줄세우기하는 풍토, 누리과정에서 나타난 것처럼 중앙정부와 지방정부 교육청이 예산을 갖고 허구한 날 대립하는 구도 등 교육자치의 문제는 한두 가지가 아니다. 이제 모두를 향해 심각한 질문을 던져 봐야 할 때다.

'교육감 직선제가 우리 교육을 어떻게 만들었나? 과연 교육감 직선제를 계속 유지할 것인가?' 하는 문제를 말이다.

# 균형 잃은 도시,
# 새 리더십이 답이다

-------

2015년 10월 초부터 장안구 전역에 때 아닌 현수막 전쟁이 벌어졌다. 영문을 모르는 일부 주민은 선거철이냐고 내게 묻기도 했다. 지지부진하던 인덕원~동탄(신수원선) 간 복선 전철 기본계획이 확정되고 연이어 북수원역 설치 요구가 받아들여지자, 현역 국회의원들의 이름이 붙은 현수막이 장안구 전역을 거의 도배하다시피 한 것이다. 어느 의원은 이즈음 민원 상담을 해준다는 것과 함께 백 장 넘게 현수막을 내걸었다.

현행 선거법은 국회의원이 아닌 정치인들은 어떤 명목으로도 현수막도 걸 수 없게 해놓은 반면, 현역 의원은 이런저런 핑계로 이름을 알릴 수 있게 해놓았다. 이 사업의 진행 과정을 처음부터 끝까지 속속들이 아는 나로서는 그저 씁쓸하기만 한 블랙코미디로밖에 보이지 않았다.

인덕원을 출발해 수원을 관통한 뒤 동탄까지 잇는 이 계획은 애초 2004년 총선에서 내가 인덕원과 병점을 잇는 복선전철을 '강남까지 전철 연결'이라고 공약했는데, 당시 국토교통부가 '수도권 광역교통 5개년 계획'에 반영함으로써 시작되었다.

하지만 이는 2007년 3월 KDI가 실시한 예비타당성 조사에서 사업성이 낮은 것으로 판단되어 사실상 중단되었다. 그러던 것이 동탄 신도시 건설 계획과 함께 노선이 변경되고, 2007년 말 한나라당 수원 지역 당협위원장들의 건의를 당시 이명박 대통령 후보가 받아들여 공약으로 채택됐던 사업이다. 그런 우여곡절 끝에 2007년 11월 건교부가 발표한 '대도시 광역교통계획'에 추가 검토 사업으로 포함되어 2008년 10억 원의 타당성 조사 용역비를 확보할 수 있었던 것이다.

내리막길을 걷는 장안구를 살릴 마지막 기회라고 판단했다. 하지만 당시는 동탄 신도시가 건설되기 전이어서 타당성이 낮게 나오는 바람에 지자체가 사업비의 40%를 부담하는 도시철도사업으로 시작되었다. 내가 야인 생활을 하는 5년 동안 이 계획은 우여곡절 끝에 국책사업으로 전환된 것 정도에서 그쳤을 뿐, 더 이상 진전이 없었다.

국회의원 신분을 잃은 처지라서 이 답답한 현실을 그저 지켜봐야만 하는 안타까움에 가슴을 치는 게 고작이었다. 이 또한 주민과의 약속을 지키지 못한 내 탓이다. 선거에서 당선됐지만 내 잘못으로 의원직을 박탈당하고 5년여의 정치 공백기 동안 신수원선도 나랑 비슷한 처지처럼 표류한 것이다.

끝없는 장안구의 추락이 마치 내 탓 같아서 제대로 잠을 이루지 못한 날도 하루 이틀이 아니었는데 마침내 2015년 10월 6일 신수원선의 기본 설계가 확정되었다. 이 일의 시작이 '강남까지 전철 연결'이라는 내 선거 공약에서 출발했다는 자부심을 갖고 있는 나로서는 뛸 듯이 기쁜 일이었다.

내가 새누리당 당협위원장을 맡은 이후에도 뒷얘기가 많았다. 사업의 빠른 추진도 필요했지만 당초 설계에는 북수원역이 빠져 있어 주민들의 불만이 하늘을 찌를 듯했다. 파장동 연수원삼거리에 북수원역을 설치해 달라는 주민들의 요구를 전달하기 위해 2015년 6월 평소 형님 동생으로 지내던 최경환 부총리와 유일호 국토교통부장관을 부랴부랴 만났다. 의왕에서 장안구청 간 5.98km를 건너뛰는 역사 설계의 부당함을 따지고, 북수원역 설치를 바라는 주민의 뜻을 담은 장안구 시·도의원 명의의 탄원서를 전달했다. 두 분은 "박 위원장의 건의대로 지역 사정을 감안해 설계하고 빨리 착공하는 방안을 강구하겠다"고 답변했다.

내가 이런 내용들을 블로그와 밴드에 공개하자 새정치민주연합의 이찬열 의원과 김상민 비례대표 의원은 한 달 후쯤 기재부차관 등을 만나 탄원서를 전달했다. 장안구 출마를 염두에 둔 두 의원은 "지역 발전에는 여야가 없다"며 사이좋게 정부 당국자를 만나 한동안 호사가들의 입방아에 오르내렸다.

이런 우여곡절 끝에 마침내 연수원삼거리(북수원)역 설치가 확정된 것은 만시지탄이지만 참 잘된 일이다. 2004년에 추진했던 강남까지의 전철 연결 실패, 도시철도사업의 지지 부진과 노선 갈등으로 인한 사업 지연, 각종 사회간접자본SOC 사업이 표류하면서 끝없는 나락으로 떨어지던 장안구의 미래에 한 줄기 희망이 보이는 첫 출발점이었다.

이번 신수원선의 기본계획 확정은 수원을 사통팔달의 도시로 만들겠다는 내 계획 중 하나일 뿐이다. 우선은 조기 착공을 이끌어내야 하는 숙제가 남았고, 또 수원과 강남을 직통으로 잇는 신분당선 연장(화서역~호매실~화성봉담~향남)과 조기 착공 역시 해결해야 할 과제다. 거기에 더해 수원에서 출발하는 KTX 노선을 확보하는 일까지 풀게 된다면 우리 수원은 그야말로 동서와 남북을 종과 횡으로 누비는 편리한 교통의 요지로서의 역할을 하게 될 것이다. 그것이 내가 머릿속으로 늘 그리는 미래 수원의 첫걸음이다.

오랜만에 지역일꾼 자격으로 신수원선의 과제를 처리하면서, 나는 무책임한 아마추어리즘이 풍미하는 지방 행정에는 적극적이고도 치밀한 리더십이 필요하다는 사실을 다시금 깨달았다. 그러면서 자연스럽게 지금은 고인이 되신 이병희 전 의원을 떠올렸다. 5·16이 끝나자 당시 박정희 국가재건회의 의장과의 독대 끝에 인천에 있던 경기도청을 수원으로 옮겨온 주역이다. 또 지금껏 수원 경제의 큰 역할을 담당하고 있는 삼성전자를 유치했고, 이곳 출신인 고 최종현 회장을 설득해 지금은 SK가 된 선경이 수원에 사업장을 벌이도록 애썼다. 한일합섬을 비롯한 국내 굴지의 기업들이 수원에 뿌리를 두고 경제활동을 할 수 있도록 유도한 것도 그분의 공이다. 한때 수원의 경기가 최고의 활황을 맞이한 배후에는 이런 노력들이 뒷받침되었기 때문이다. 지금 수원에는 삼성 외에는 이렇다 할 기업도 없이 빽빽하게 아파트만 지어지고 있다.

중앙정부가 국토균형발전이라는 이름으로 기업과 공공기관을 빼내갈 때 그것을 대체할 생산 유발 수단을 만들어야 했다. 그런데 속수무책으로 구경만 했다. 지난 시간 장안구에는 그런 지도력이 없었고, 그런 정치도 없었다. 그것이 민생의 표본이면서 우리 경제의 견인차 역할을 하며 경기도 정치 1번지라고 불리던 장안구의 추락을 만들었다. 이제 다시 한 번 희망과 부활을 꿈꾸어야 한다.

최근 일본 오사카의 유니버셜 스튜디오에 다녀올 일이 있었다. 인근 지역인 화성에서 송산그린시티 천만 평 부지에 유니버셜 스튜디오를 유치하기로 하고 사업을 추진 중이다. 이번 출장은 벤치마킹을 위한 자리였다.

2015년 말에 태스크포스팀을 꾸리고 2~3년 안에 사업에 착수한다는 계획인데, 이 자리에 서청원·이상일·강석훈 의원 등과 함께 참관할 기회가 주어진 것이다. 현지 매니저의 안내에 따라 시설과 운영 전반에 관한 소개도 받고 해리포터관이나 스파이더맨관 같은 몇 가지 체험을 할 수 있었다. 한마디로 놀랍고 부러울 따름이었다. 최첨단 놀이기구는 말할 것도 없고, 놀이기구 하나를 타더라도 기다리는 사람들이 지루하지 않게 동선과 볼거리를 고려한 설계는 우리나라의 것과 비교할 수도 없었다. 더 놀라운 것은 평일에는 4만 명, 주말에는 9만 명이 입장하는 등 연간 1300만 명이 다녀가는, 가히 황금알을 낳는 거위로 자리잡은 것이다.

오사카가 부럽고 화성이 그저 부러울 따름이었다. 하지만 한 걸음 더 나아가 생각해 본다면 우리 수원에도 또 다른 기회가 될지 모른다는 생각이 들었다. 가령 화성의 유니버셜 스튜디오, 용인의 에버랜드, 수원의 화성을 연계한 관광코스를 만든다면 3~4일 동안 충분히 관광객의 발길을 묶어둘 만한 매력이 있겠다, 그것이 새롭게 도약하는 수원의 미래가 될지도 모르겠다는 희망의 단초를 얻었다. 현재 추진 중인 신수원선과 신분당선 연장까지 완공된다면 이런 내 꿈이 단지 꿈으로 끝나지 않을 것이라는 믿음도 생겼다.

분명한 것은 수원과 장안구에는 새로운 리더십이 필요하다는 것. 새로운 성장 동력을 만들어내는 적극적이면서도 치밀하고 강력한 리더십이다. 나는 늘 장안구의 추락이 내 탓인 것처럼 여겼다. 그래서 장안구의 미래와 희망을 만드는 일 역시 내 몫이라는 사실을 숙명으로 받아들이려 한다. 이제 균형을 잃어버린 도시라는 오명을 안게 된 수원과 장안의 새로운 역사가 시작될 것이다.

# 내 영원한 꿈은
# 사회개혁가

- - - - - -

최근 인터넷에 떠도는 유명한 글이 있다. 세계적인 기업인 애플사의 공동창업자인 스티브 잡스가 세상을 떠나면서 남긴 글이라고 해서 화제다. 말년의 모습인 그의 깡마른 얼굴과 앙상한 다리 사진이 함께 올라와 있어서 감동을 더 했다.

하지만 일부 신문 보도에 따르면 이 글은 스티브 잡스가 남긴 글이 아니란다. 작자를 알 수 없는 어느 개인이 마치 스티브 잡스의 마지막 말인 것처럼 블로그에 올렸단다. 정작 잡스의 마지막 임종을 지켜본 누이동생은 그가 오래도록 아내와 아이들을 쳐다보다가 의미를 이해하기 힘든 세 마디의 말을 남겼다고 전했다.

"Oh, wow. Oh, wow. Oh, wow."

잡스의 마지막 말이거나 그렇지 않거나를 떠나 인터넷에 떠도는 글은 참으로 많은 울림을 남겼다. 일단 그 내용부터 함께 보자.

"나는 비즈니스 세상에서 성공의 끝을 보았다. 타인의 눈에 내 인생은 성공의 상징이다. 하지만 일터를 떠나면 내 삶에 즐거움은 많지 않다. 결국 부는 내 삶의 일부가 되어 버린 하나의 익숙한 '사실'일 뿐이었다.

지금 병들어 누워 과거 삶을 회상하는 이 순간, 나는 깨닫는다. 정말 자부심 가졌던 사회적 인정과 부는 결국 닥쳐올 죽음 앞에 희미해지고 의미 없어져 간다는 것을. 어둠 속 나는 생명 연장 장치의 녹색 빛과 윙윙거리는 기계음을 보고 들으며 죽음의 신의 숨결이 다가오는 것을 느낄 수 있다.

이제야 나는 깨달았다. 생을 유지할 적당한 부를 쌓았다면 그 이후 우리는 부와 무관한 것을 추구해야 한다는 것을…. 예를 들어 관계, 아니면 예술, 또는 젊었을 때의 꿈…. 끝없이 부를 추구하는 것은 결국 나 같은 비틀린 개인만을 남긴다.

신은 우리에게 부가 가져오는 환상이 아닌 만인이 가진 사랑을 느낄 수 있도록 감각senses을 선사하였다.

내 인생을 통해 얻는 부를 나는 가져갈 수 없다. 내가 가져갈 수 있는 것은 사랑이 넘쳐나는 기억들뿐이다. 그 기억들이야말로 너를 따라다니고, 너와 함께하고, 지속할 힘과 빛을 주는 진정한 부다.

사랑은 수천 마일을 넘어설 수 있다. 생에 한계는 없다. 가고 싶은 곳을 가라. 성취하고 싶은 높이를 성취해라. 이 모든 것이 너의 심장과 손에 달려 있다.

이 세상에서 제일 비싼 침대가 무슨 침대일까? 병들어 누워 있는 침대다. 너는 네 차를 운전해 줄 사람을 고용할 수 있고, 돈을 벌어 줄 사람을 구할 수도 있다. 하지만 너 대신 아파 줄 사람을 구할 수 없을 것이다. 잃어버린 물질적인 것들은 다시 찾을 수 있다. 하지만 '인생'은 한번 잃어버리면 절대 되찾을 수 없는 유일한 것이다. 한 사람이 수술대에 들어가며 본인이 끝까지 읽지 않은 유일한 책을 깨닫는데, 그 책은 바로 '건강한 삶'에 대한 책이다.

우리가 현재 삶의 어느 순간에 있든, 결국 시간이 지나면 우리는 삶이란 극의 커튼이 내려오는 순간을 맞이할 것이다. 가족 간의 사랑을 소중히 하라. 배우자를 사랑하라. 친구들을 사랑하라. 너 자신에게 잘 대해 줘라. 타인에게 잘 대해 줘라."

최고의 부와 명성을 누리는 누구라도 모든 것에는 끝이 있게 마련이다. 그것은 굳이 삶의 끝을 의미하는 죽음만이 아니다. 부에도 끝이 있고 명성에도 끝이 있다. 오르막과 내리막을 반복하는 인생에서는 필수적이다. 끝이 좋아야 모든 일이 좋다는 말처럼 나는 늘 오늘을 마지막인 것처럼 여기며 산다. 그것이 일을 대하는 데도 사람을 대하는 데도 최선을 다하게 만든다.

내 삶을 돌아보면 한 편의 소설처럼 느껴질 때가 많다. 혹독하게 방황하던 사춘기를 거치고, 오징어잡이 배도 타고 포장마차도 하면서 세상의 온갖 일들을 경험하고, 특종과 낙종의 긴장감에 시달리던 신문기자에서 정치인으로 변신해 당선과 낙선에 의원직 박탈까지 당한 국회의원으로 살아왔다. 어쩌다가 암 투병도 해봤다. 한마디로 치욕과 영광, 절망과 희망이 교차되고 반복된 삶의 점철이다.

그러나 어떤 자리에서 어떤 일을 하든지 변함없이 고집처럼 지켜 온 신념이 있다. 그것은 사람에 대한 애정이다.

인터넷에 떠도는 저 글의 구절구절이 그동안 내 삶의 태도를 돌아 보게 하고 부족하고 경솔한 삶에 대해 반성하게 하지만 가장 공감하 고 가슴을 울리는 말은 마지막 구절이다. 가족을 소중히 하고, 아내와 친구를 사랑하고, 너와 다른 사람에게 잘 대해 주라는 말이 오래도록 귓전을 울리는 것은 그런 이유에서일 테다.

기자 생활을 하는 동안 수많은 특종을 했지만, 지금껏 기억에 남는 기사는 골수 백혈병을 앓고 있는 초등학생이 돈이 없어 수술 시기를 놓치는 바람에 발을 동동 구르고 있다는 사연이었다. 이 기사를 시작 으로 각계각층에서 온정이 쏟아졌고, 덕분에 치료를 받을 수 있었다. 병이 자꾸 재발해 세 번이나 수술을 받아야 했지만, 기사의 주인공인 초등학생은 결국 완치 판정을 받았고 지금껏 건강하게 잘 살고 있다. 나는 모금 과정부터 치료, 그리고 재발과 완치 과정을 모두 기사로 썼 다. 내가 기자로서 하고 싶은 일은 바로 이런 일이었다. 세상의 그늘 진 곳을 비추어서 밝고 따뜻하게 만드는 것, 부패와 부조리를 드러내 서 건강한 사회를 만드는 것이다.

정치를 하겠다고 호랑이굴에 들어와서도 사람만 보고 일했다. 청 와대 관계자, 고위 공무원, 국회의원, 판·검사, 국정원 간부, 방송사 PD가 관련되어 전체 분양 물량의 10%인 130세대를 특혜 분양해 논란이 된 분당 파크뷰 사건을 파헤친 것도, 교통위반자를 촬영해서 신고하면 포상금을 주던 카파라치 제도를 폐지하는 일에 힘을 쏟은 것도 바로 사람 때문이었다. 누구나 공평해야 하고, 또 서로 믿고 의지하는 따뜻한 사회를 만들어야 한다는 오랜 신념이 나에게 그런 일을 하도록 만들었다.

수원월드컵경기장관리재단 사무총장으로 있을 때에는 인사 체계도 바로잡고 관련 예산을 두 배 이상 절감해 수익도 늘렸지만, 한편으로는 운동장 주변을 주민의 휴식처로 탈바꿈시켰고 노인과 장애인, 불우 청소년들을 위해서는 수영장을 개방해 무료강습을 시켰다. 시설은 주민의 것이라는 인식에서 출발한 일이다.

선거 때마다 허무한 공약을 외치기보다 '사람이 꽃보다 아름다워'를 부르고 다니는 것도 마찬가지다. 입에 발린 소리보다 듣는 이에게 잠시라도 위로와 위안 또는 즐거움이 된다면 그것이 바로 내 역할이라는 생각에서다.

모든 직업에 정년이 있지만, 정치만큼은 정년이 없다. 국회의원 선거에서 떨어지면 공공기관의 기관장이나 이사가 되어 나가기도 하고, 거기서 몇 년을 버티다가 출마해서 당선되면 또 그 생명줄을 잇는게 정치판이다. 하지만 나는 지난 5년 동안 정치를 쉬면서 다시는 정치를 안 해야겠다는 결심을 한 적이 있다. 내가 뿌린 씨앗은 거둔다는 의미를 포함해 이런저런 이유로 무산되긴 했지만, 욕심을 부린다는 생각에 남들이 눈살을 찌푸릴 정도로 붙박이 정치인이 되고 싶은 생각은 없다.

내가 하고 싶은 일은 사회개혁가다. 기자노릇을 하면서 꿈꿨지만 한계에 부딪혔고, 정치인으로서 노력을 해왔지만 성공하지 못했던 일들을 밑바닥에서부터 차근차근 만들어 가는 사회개혁가가 내가 그리는 마지막 모습이다. 숱한 사회 경험, 기자로서 또 국회의원으로서, 월드컵경기장을 운영한 CEO로서의 경험들을 모두 쏟아부으려고 한다.

은퇴 후에 사회봉사 활동을 하며 지내는 미국의 지미 카터, 최고의 배우였으면서도 말년을 아프리카 오지에서 불우한 아이들을 돌보며 지냈던 오드리 햅번 같은 사람, 신동엽 시인의 <산문시>에 나오는 "하늘로 가는 길가엔 황토빛 노을 물든 석양 대통령이라고 하는 직함을 가진 신사가 자전거 꽁무니에 막걸리병을 싣고 삼십 리 시골길 시인의 집을 놀러가더란다"의 석양 대통령…. 생각만으로도 멋지지 않은가.

인터넷에 떠도는 글 중에는 또 이런 것도 있다. '천국에서 날아온 김수환 추기경님의 편지'라는 제목의 글이다. 당연한 말이지만 돌아가신 김수환 추기경님이 이런 글을 보내왔을 리 없다. 누군가 원칙을 잃어버린 세상, 본말이 전도된 세상에 띄우는 메시지로 작성했을 테다. 우연히 읽게 된 글이지만 사회개혁가를 꿈꾸는 내게 잊지 말아야 할, 잊어서는 안 되는 것을 가르쳐주는 것 같아 가끔 묵상에 잠기곤 한다. 이 공감을 여러분과 나누면서 이 글을 맺어야겠다.

사랑하고 사랑하는 신부님, 수녀님, 형제자매 여러분.
여러분에게 베푼 보잘 것 없는 사랑에 비해 엄청나게 많은 사랑을 받으며 선택된 자로 살아온 제가, 죽은 후에도 이렇듯 많은 분들의 분에 넘치는 사랑을 받으니 나는 행복에 겨운 사람입니다. 감사하며 또 감사드립니다. 그러나 사랑하는 여러분들에게 생전에 하지 못한 마지막 부탁이 하나 있어 이렇게 편지를 보냅니다.

불교에 이런 말씀이 있습니다.

"보라는 달은 안 보고 손가락만을 쳐다본다."

달은 하느님이시고, 저는 손가락입니다.

제가 그나마 그런대로 욕 많이 안 먹고 살 수 있었던 것도 다 그분의 덕분입니다. 성직자로 높은 지위에까지 오른 것도 아는 분은 아시겠지만 다 그분의 덕입니다. 속으론 겁이 나면서도 권력에 맞설 수 있었던 것도 사실은 다 그분의 덕입니다. 부자들과 맛있는 음식 먹을 수 있는 유혹이 많았지만 노숙자들과 함께할 수 있었던 것도 사실은 다 그분의 덕입니다. 화가 나 울화가 치밀 때도 잘 참을 수 있었던 것도 다 그분의 덕입니다. 어색한 분위기를 유머로 넘긴 것도 사실은 다 그분의 덕입니다. 나중에 내가 보고도 약간은 놀란 내가 쓴 글솜씨도 사실은 다 그분의 솜씨였습니다. 내가 한 여러 말들, 사실은 2천 년 전 그분이 다 하신 말씀들입니다.

그분의 덕이 아닌 내 능력과 내 솜씨만으로 한 일들도 많습니다.

빈민촌에서 자고 가시라고 그렇게 붙드는 분들에게 적당히 핑계대고 떠났지만 사실은 화장실이 불편할 것 같아 피한 것이었습니다. 늘 신자들과 국민들만을 생각했어야 했지만 때로는 어머니 생각에 빠져 많이 소홀히 한 적도 있습니다. 병상에서 너무 아파 신자들에게는 고통 중에도 기도하라고 했지만 정작 나도 기도를 잊은 적도 있습니다. 이렇듯 저는 여러분과 다를 바 없는, 아니 훨씬 못한 나약하고 죄 많은 인간에 불과합니다.

이제 저를 기억하지 마시고 잊어 주십시오. 대신, 저를 이끄신 그분. 죽음도 없고, 끝도 없으신 그분을 쳐다보십시오. 그분만이 우리 모두의 존재 이유입니다.

잘 아시겠지만 제가 마지막으로 남겼다는 말, "서로 사랑하십시오" 사실 제가 한 말이 아니라 그분의 말씀이십니다. 저는 손가락일 뿐입니다. 손가락을 보지 말고 그분을 쳐다보십시오.

　　　　- 천국에서 김수환 스테파노(여기서는 더 이상 추기경이 아닙니다)

# 다시 일어나 희망을 쏘다

큰일을 겪고 나면 작은 일엔 아무래도 대범해지게 된다. 의원직을 박탈당해 5년 동안 뜻하지 않은 정치방학을 맞았고, 설마 내가 걸리랴 싶었던 방광암을 잘 극복해 내고, 다들 당선될 거라고 예상했던 20대 총선에서 불의의 낙선의 아픔을 맛보고, 다시 일어나 경기도지사의 꿈을 펼치려는 지금, 만감이 교차한다.

허탈하고 야속하기도 했고 화가 치밀다가 헛웃음을 웃기도 했다. 그런가 하면 가장 힘든 시기에 담배도 끊었고 5년 전부터 달리기를 시작해 그간 마라톤 풀코스(42.195km)를 세 번 완주했다. 두 번의 국회의원 당선보다 더 자랑스럽게 여기는 일들이다.

좀처럼 화를 내지 않는 습관이 생긴 것도 이즈음부터다. 사람이 아무리 발버둥쳐도 하늘의 뜻을 어길 수 없다는 깨달음이 생긴 탓이다.

예전에는 그저 듣기 좋은 말이려니 싶었던 호사다마好事多魔요,

새옹지마塞翁之馬라는 말이 무슨 뜻인지도 알게 되었다.

"넘어진 김에 쉬어 간다"는 옛말이 있다. 줄곧 앞만 보고 달려오다가 돌부리에 걸려 주저앉게 되면서 나를 둘러싼 사방이 찬찬히 눈에 들어왔다. 그전에는 건성으로만 보아 오던 것들이다. 푸른 하늘은 물론이고 나무·숲·꽃·새·계절의 변화 같은 자연으로 시작해서 등을 두드려 주는 손길, 따뜻한 말 한마디, 무심한 듯하지만 격려를 담은 표정까지, 어느 것 하나 그냥 지나칠 수 없었다.

멈춰야 비로소 보이는 것들은 참으로 소중한 것이다.

혼자 잘나서 여기까지 온 것이 아니요, 저 많은 것들이 지금의 나를 만들었다는 생각을 하면서 고개를 숙인다. 나이 오십을 하늘의 뜻을 아는 지천명知天命이라고, 육십을 이순耳順이라고 하는 것이 새삼 마음에 다가왔다.


기자가 되어 첫 출근을 하던 날, 국회의원이 되어 처음 등원하던 날, 도지사의 꿈을 갖고 시작하려는 지금의 이 마음은, 처음으로 풀코스 마라톤 출발선에 섰을 때의 심정과 같다. 잘 달려야 할 텐데 무사히 완주할 수 있을까, 지금이라도 그만 둘까. 늘 두려움과 기대가 반반씩이다.

그리고 그 두려움과 기대를 한발한발 내디디며 뛰다 보면 죽을 만큼 힘든 고통의 언덕길도 오르고, 무아지경이라고 해도 그르지 않을 황홀한 꽃길도 지나면서 어느새 결승전에 도달하는 벅찬 감동도 맛봤다.

장거리를 달릴 때는 꼼수가 통하지 않는다. 연습한 만큼 기록이 나오고 연습이 부족하면 근육경련이 나서 마라톤을 완주할 수 없다. 마라톤이 인생의 축소판이라는 것은 정말 맞는 말이다.

많은 주자들이 코스를 이탈해 가로질러 가더라도 그것을 기록으로 인정받을 수 없듯이, 대세가 이미 기울었다고 해도 옳은 일이 아니라면 '아니오'라고 얘기할 수 있어야 한다. 아무리 다수가 원한다고 해도 명분만 있다면 누군가는 소수의 편에서 목소리를 내야 한다. 나는 그것이 옳은 일이라고 굳게 믿는다.

다행히 내 주변에는 그런 나를 응원해 주고 그것이 옳다고 박수를 보내 주는 이들이 아직 많아서 힘과 용기를 얻는다. 이 또한 얼마나 감사한 일인가.

이제 경기도지사 출마의 대장정을 떠나려 한다. 당 지지율이 바닥이고 보수우파 회생의 조짐이 전혀 보이지 않는 지금, 너무 무모한 도전이라고 말하는 이들이 많다. 그래서 더 피가 끓어오른다. 황무지에서 씨를 뿌리고 꽃을 피운다는 각오로 내 온몸을 던져 보련다.

돌아보면 거침없이 도전해 왔고 주저없이 달렸다. 주저앉기도 하고 깊은 나락으로 추락하기도 했다. 꿈길과 꽃길로만 가득하고 고난과 좌절이 없으면 그게 무슨 인생이랴.

가슴 졸이며 지켜봤지만 아름다운 완주였노라고 평가받는 그런 삶을 살고 싶다. 우리 모두의 희망을 자랑스럽게 쏘아올리는 당찬 도전을 하고 싶다.